Martina Kempff

Messer, Gabel, Kehr und Mord

Von der Autorin bisher bei KBV erschienen:

Kehrblechblues
Umkehrschuss

Martina Kempff ist Autorin und Übersetzerin und hat mehr als die Hälfte ihres Lebens im Ausland verbracht: In San Francisco, Berlin und Helsinki aufgewachsen, zog es sie nach der Zeit als Redakteurin und Reporterin bei der ›Berliner Morgenpost‹, ›Die Welt‹ und ›Bunte‹ nach Griechenland. Nach zwölf Jahren in Amsterdam führte die Sehnsucht nach dem deutschen Sprachraum sie in die Eifel. Hier spielen ihre Krimis um die Hobby-Gastronomin Katja Klein und den belgischen Polizeiinspektor Marcel Langer.

MARTINA KEMPFF

MESSER, GABEL, KEHR UND MORD

KBV

Originalausgabe

www.kbv-verlag.de
E-Mail: info@kbv-verlag.de
Telefon: 0 65 93 - 998 96-0
Fax: 0 65 93 - 998 96-20
Umschlaggestaltung: Ralf Kramp
unter Verwendung von © michal - Fotolia.de
Lektorat: Volker Maria Neumann, Köln
Druck: CPI books, Ebner & Spiegel GmbH, Ulm
Printed in Germany
ISBN 978-3-95441-477-2

Für Claudine Lorenz,
die sich als Chronistin von Ouren
mit mir auf sagenhafte Abwege
und in diverse Abgründe begeben hat.

Über die Eifel:

»In St. Vith erzählte man uns, dass die Wölfe aus den
Ardennen herüber fleißig Besuche machten,
dass namentlich in der Hohen Eifel kein Apfel reif würde,
Korn könne an vielen Orten gar nicht gebaut werden,
die Bienenzucht und Viehzucht gedeihe auch nicht recht.
Das Wetter scheint hier sehr unbeständig zu sein;
wir können kaum eine kurze Strecke wandern,
wo uns nicht ein Regenwetter überfällt.
Wir gehen auf dunklen Pfaden in die Nacht hinein,
wissen gar nicht mehr, ob wir uns verirrt haben.«

Hoffmann von Fallersleben (1798-1874)

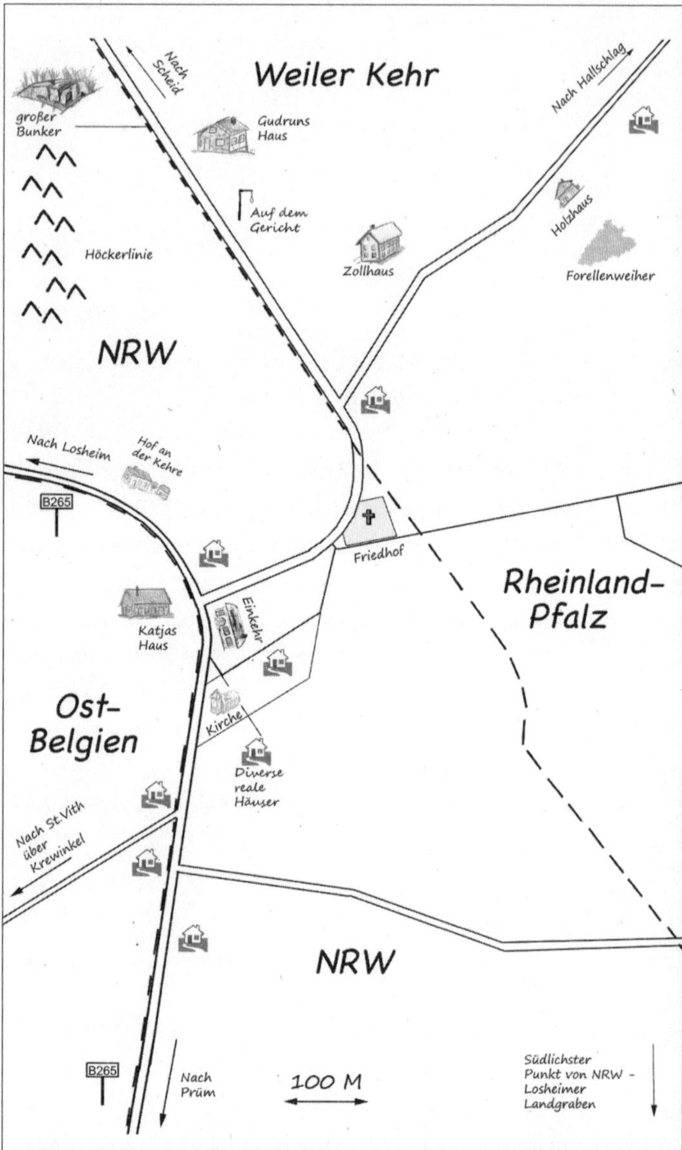

Weiler Kehr
Nach Scheid
großer Bunker
Gudruns Haus
Nach Hallschlag
Auf dem Gericht
Holzhaus
Höckerlinie
Zollhaus
Forellenweiher
NRW
Nach Losheim
Hof an der Kehre
B265
Friedhof
Rheinland-Pfalz
Katjas Haus
Einkehr
Ost-Belgien
Kirche
Diverse reale Häuser
Nach St.Vith über Krewinkel
NRW
B265
Nach Prüm
100 M
Südlichster Punkt von NRW - Losheimer Landgraben

KEHRseite für Einsteiger

Die Kehr gibt es tatsächlich.

In diesem verschlafenen Weiler der Schnee-Eifel (siehe Karte) treffen Belgien, Nordrhein-Westfalen und Rheinland-Pfalz aufeinander. Die heute noch gebräuchliche Flurbezeichnung *Auf der Kehr* stammt aus den Dreißigerjahren des 19. Jahrhunderts. Entstanden ist die Ortschaft, als die alte Straße von Trier über Prüm, Losheim und Büllingen nach Aachen ausgebaut wurde. Ebenjene Staatsstraße, die seit 1922 die Kehr in einen belgischen und einen deutschen Teil zerschneidet und die auf der Kehr eine Kurve, eine Kehre eben, beschreibt. Einigen Gerüchten zufolge soll der Flecken seinen Namen allerdings von der einstigen Hinrichtungsstätte beziehen, die heute noch *Auf dem Gericht* heißt: Missetäter seien dort früher vom Galgen »weggekehrt« worden.

Zu einer gewissen historischen Berühmtheit gelangte der Flecken nach dem Zweiten Weltkrieg: Als Losheim 1949 dem belgischen Verwaltungsgebiet zugeschlagen wurde, sparte man den Ortsteil Kehr aus. Neun Jahre lang (dann wurde Losheim wieder deutsch) war Kehr mit seinen damals 48 Einwohnern die kleinste Gemeinde auf deutschem Festland. Nur die nordfriesischen Hallig-Gemeinden waren noch winziger.

Auf der Kehr leben heute sechzig Menschen. In meinen neun Kehr-Krimis stoßen nach und nach dazu:

Katja Klein: Die einstige Berliner Moderedakteurin geriet auf der Suche nach ihren Wurzeln in einen Mordfall und blieb danach auf der Kehr hängen. Wie das Böse auch. Katja wird ständig in Verbrechen verwickelt, dabei möchte sie eigentlich nur abenteuerliche Gerichte für die *Einkehr* ersinnen. Ihr Restaurant steht auf der deutschen, ihr Wohnhaus hingegen auf der belgischen Seite der Bundesstraße 265.

Marcel Langer: belgischer Polizeiinspektor mit wenig Sinn für geordnete Kleidung und konventionelle Ermittlungsmethoden. Er ist Katja in besonderer Weise verbunden, auch wenn die Beziehung der beiden stetig neuen Prüfungen ausgesetzt wird.

Gudrun Arndt: Katjas Freundin und Mitarbeiterin in der *Einkehr,* die in ihrer Gutgläubigkeit immer wieder an problematische Männer geraten ist, seit einiger Zeit jedoch in einer festen Beziehung lebt. Vor allem aber liebt sie frisch gewienerte Böden. Sie ist auf der Kehr aufgewachsen und wohnt wieder in ihrem einstigen Elternhaus, dessen böse Geschichte in den vorangegangenen Krimis aufgefächert wird.

Hein Mertes: Ein ehemaliger Kölner Eventmanager, der zwar nicht mit Geld, dafür aber sehr gut mit Worten und dem Internet umgehen kann. Er hilft Katja als Kellner und Webdesigner. Die *Einkehr* war früher sein Elternhaus. Er fährt mit der »Roten Zora« einen teuren Sportwagen, hat ein Faible für extravagantes Schuhwerk, sarkastische Bemerkungen und wechselt gern mal die Haarfarbe.

Jupp Esch: Heins Ehemann, der mit ihm und dem Pferd Jumbo im nahe gelegenen Losheim wohnt. Ein sanftmütiger Riese, der als genialer Handwerker alles reparieren kann, als Waldarbeiter oft unterwegs ist, nebenbei Zeit für feine Handarbeiten findet und für alles und jeden Verständnis aufbringen kann.

David Quirk: Er ist Texaner, doch seine Mutter, Mathilde Quirk, stammte von der Kehr, weshalb es ihn vor Jahren dorthin verschlagen hat. Der wenig entschlussfreudige Koch der *Einkehr* führt eine wechselhafte Beziehung zu Gudrun, seit einiger Zeit ist trotz allem sogar von Hochzeit die Rede.

Zum Jubiläum soll als **Erstes** ein Geschenk den Saftladen aufmischen, doch nachdem es zweimal blitzschnell gequietscht hat, kommen in der Hitze des Abends unversehens Kleopatra und der preußische Kaiser ins Spiel.

Fünfbeerensaft & Company:

Frische rote und schwarze Johannisbeeren, Himbeeren, Erdbeeren und Brombeeren durch die Saftpresse jagen, mit Kirschsaft anreichern und einen Schuss Limettensaft und Cranberry-Sirup dazugeben. Die Gläser mit Sprudel oder Sekt auffüllen.

Herzlichen Glückwunsch, Katja!« Jupps Stimme überdröhnt das Kreischen der Saftpresse.

Ich schalte das Gerät ab und blicke aus dem offenen Küchenfenster in ein vor Freude gerötetes Gesicht. »Glückwunsch wozu?«, frage ich.

»Zehn Jahre!«

Jupp äußert nie mehr als nötig, doch dieses Jubiläum sagt mir nichts. Ratlos hebe ich die Arme.

Von der Straße aus brüllt Hein herüber: »Komm endlich raus und sieh dir dein Geschenk an, Katja!«

Ich beuge mich weit aus dem Fenster. Zu weit. Grad noch rechtzeitig kann ich mich am Sims festkrallen. Jupp ist mit ausgebreiteten Armen nähergetreten, doch seinen Optimismus, mein beachtliches Lebendgewicht aufzufangen, kann ich nicht teilen. Ich ruckele mich mühsam zurück, reiße mir dabei einen Fingernagel ein und verlasse mein Restaurant durch die Öffnung, die dafür vorgesehen ist.

Jupp und Hein stehen am Straßenrand neben einem weißen Kasten. Von den Stufen der *Einkehr* aus ähnelt der einer riesigen Tiefkühltruhe, beim Näherkommen eher einem Auto-Anhänger. Oben drauf welkt eine große Sonnenblume in der Mittagshitze vor sich hin. Immerhin haben wir heute die 30 Grad geknackt, was sogar bei uns in der Schnee-Eifel Fragen nach dem Klimawandel aufkommen lässt.

Jupp ergreift den schlaffen Stängel und hält ihn mir am ausgestreckten Arm hin. »Herzlichen Glückwunsch, Katja. Muss schnell ins Wasser. Stirbt sonst.«

»Ist da etwa jemand drin?« Ich nicke zu dem weißen Kasten hin, der offensichtlich aus Spanholzplatten zusammengezimmert ist und dessen Zweck sich mir nicht erschließt.

»Nein, nein, die Blume«, stottert Jupp und schaut seinen Ehemann Hilfe suchend an.

»Gute Idee«, juchzt Hein. »Ein weißer Schneewittchen-Sarg! Der würde unserem Etablissement doch erst die richtige Note geben.«

Jupps Gesichtsfarbe changiert zu Purpur. »Das ist jetzt gar nicht komisch!«

»Da hast du recht, mein Schatz. Wir wollen doch feiern! Dich ordentlich hochleben lassen, Katja!«

»Wieso?«

»Weil du es so lange mit uns ausgehalten hast, Frau Chefin. Heute vor exakt zehn Jahren, stell dir das mal vor, da bist du zu uns auf die Kehr gekommen!«

Ich schüttele den Kopf. »Woher willst du das auf den Tag genau wissen, Hein?«

»Ich geb der Blume mal Wasser«, ächzt Jupp so verloren, als erwäge er, selbst ins Wasser zu gehen, und eilt davon.

Eine blau gefärbte Strähne fällt Hein in die Stirn, als er überraschend verlegen seine grünen Schuhe mustert.

»Nun ja, Katja … Gudrun hat uns gestern gesagt, dass der Gerd heute schon zehn Jahre tot ist.«

Bilder steigen in mir auf. Von meinem Halbbruder, den ich nach meiner Ankunft in der Eifel in seinem Blut liegend aufgefunden habe. Am friedlichsten Ort der Welt, vor der Wiege des Christuskindes in der Losheimer Krippana. Ist das erst zehn Jahre her? Mir kommt es vor, als lebte ich schon seit Ewigkeiten hier im hintersten Winkel der Eifel. Eine sehr endliche Ewigkeit, denke ich betroffen, als ich meinen ererbten Hund auf uns zutrotten sehe. Der einstmals pechschwarze Labrador-Staffordshireterrier ist inzwischen ein ganzes Stück grauer geworden als ich.

»Geh weg, Linus«, schimpft Hein, als der Hund am unidentifizierbaren Objekt ein Bein hebt. »Das ist kein Klo!«

»Was ist es dann?«, erkundige ich mich und gehe ächzend in die Knie, um mein Riesenviech ordentlich zu knuddeln.

»Ein Fake-Blitzer.«

»Ein was?«

»Eine Radar-Attrappe. Hat Jupp gebaut. Um den Umsatz anzukurbeln. Damit die Leute nicht an unserem Restaurant vorbeirasen …«

»… sondern anhalten, um sich auf den Schreck ein Schlückchen zu gönnen?«, frage ich spitz.

»Und was essen, weil ihnen flau im Magen geworden ist«, setzt Hein der Schnapsidee noch einen drauf. »Schau her.« Er zeigt mir das schmale Fenster, das Jupp auf der Straßenseite des Kastens herausgeschnitten hat und in dem eine mit roter Folie abgedeckte CD den Blitzer simulieren soll. »In Oberöfflingen funktioniert das prima.«

»Und was sagt die Polizei dazu?«

Die sei dankbar für jede Maßnahme zum Einhalten der vorgeschriebenen Geschwindigkeit, erläutert mein engagierter Mitarbeiter, und beanstande daher keine Blitzattrappen auf Privatgrundstücken. Das habe ihm Polizeioberkommissar Roland Kölln bestätigt, unser Freund aus Schleiden.

Ich beanstande die Optik meines fragwürdigen Geschenks und schlage vor, das Monstrum durch einen hochbeinigen, eleganten Starenkasten zu ersetzen. Mit dem umweltfreundlichen Vorteil, Vögeln einen richtigen Nistplatz bieten zu können.

»Wird erstens schnell geklaut werden und ist zweitens nicht auffällig genug«, sagt Hein. »Da könnten wir ja gleich Gudrun mit dem Föhn an die Straße stellen.«

»Gudrun, Föhn, Straße?« Von seiner Sonnenblumenrettungsmission zurückgekehrt, sieht Jupp seinen Mann rätselnd an.

Der streicht ihm über die Wange. »Na ja, Gudrun könnte ja mit dem Föhn als Radarpistole auf Autos zielen, mein Liebster. Das gäbe auch ein hübsches Bild ab.«

Jupp verzieht den Mund. »Und wer bedient dann?«

»Wen denn?«, spricht Hein unser derzeitiges Hauptproblem an: Die tropischen Temperaturen haben unsere Kundschaft verjagt. Unbarmherzig heizt die Sonne die westliche Fensterfront so stark auf, dass sich allem Lüften zum Trotz das Saunaklima bis in die späten Abendstunden im Gastraum hält.

Diverse Stammkunden rieten schon dazu, unseren Parkplatz in einen Biergarten zu verwandeln, dann würden sie mit Hunger und Freuden wiederkommen.

Als auch an diesem Abend alle Tische leer bleiben, räumt meine gesamte Belegschaft kurz entschlossen ein paar Möbel ins Freie und setzt sich dort hin. Wir genießen die laue Brise, die mit meinem hinzugekommenen Polizistenfreund Marcel aus Belgien herüberweht, essen selbst die Speisen, an denen wir Geld hatten verdienen wollen, trinken frisch gepressten Beerensaft mit Sekt und testen die Wirksamkeit des Fake-Blitzers. Tatsächlich drosseln einige Fahrer ihre Geschwindigkeit, jedoch leider nicht bis zum völligen Stillstand vor der *Einkehr.*

»Aber jetzt haben sie wenigstens mitgekriegt, dass hier ein Restaurant ist«, sagt Gudrun.

»Das hilft«, versichert David, ihr Dauerverlobter. »So wie früher bei uns in USA. Da wurde in Filme Reklame reingesetzt. Nur für eine Millisekunde. Die Leute haben das gar nicht richtig gesehen, aber in der Pause viel mehr Cola und Popcorn gekauft.«

»Versteckte Werbung«, sagt Hein, »auch dieser Fake-Blitzer sendet so ein unterschwelliges Signal aus. Unsere potenziellen Gäste werden jetzt also das nächste Restaurant mit Außengastronomie ansteuern.« Er kramt ein paar Papiere aus seiner Tasche. »Wir müssen uns ranhalten. Ganz schnell eine Terrasse mit Pergola bauen. Hier sind die Anträge fürs Ordnungs- und Bauaufsichtsamt. Alles schon ausgefüllt. Musst nur noch unterschreiben, Katja.«

Unglaublich, wie kreativ meine Freunde werden, wenn es im Restaurant nichts zu tun gibt.

»Aber wo sollen die Leute hier dann parken?«, frage ich. Nach zehn Jahren in dieser Gegend weiß ich, dass der Eifeler nur dann einen Schritt vor den anderen setzt, wenn es absolut unumgänglich ist. Kann sein Auto nicht direkt vor dem Gasthof stehen, fährt er gar nicht erst hin.

Marcel deutet mit seinem Zigarillo auf die andere Straßenseite.

»Vor meinem Haus?«, frage ich ungläubig. »Dürfen die Gäste denn in Belgien parken, um in Deutschland essen zu gehen?«

»Kein Problem. Du darfst auf deinem Eigentum einen Privatparkplatz mit öffentlichem Charakter anlegen«, versichert Marcel.

»Keine Auflagen?«

»Nur die üblichen. Wegen dem Regenwasser eben den Hof nicht teeren oder Verbundsteine legen.«

»Können wir uns eh nicht leisten«, sagt Hein. »Das bisschen Roden und Bodenglätten kriegt Jupp flott hin.«

Ich gebe zu bedenken, dass auch trinkfreudige Besucher eine Bundesstraße überqueren müssten, was vor allem nach Verlassen der Gaststätte böse Folgen zeitigen könnte.

»Dafür haben wir ja jetzt den falschen Blitzer«, triumphiert Jupp. »Der wird Menschenleben retten. Und nicht nur die.« Er streicht Linus übers Fell und eliminiert damit meine Bedenken gegen die trügerische Radarfalle. Nichts kann zu hässlich sein, wenn es meinen impulsiven, alten Hund bei unvermittelten Grenzübertritten schützt.

Marcel verspricht, sich um die Parkplatzgenehmigung zu kümmern. Es hat schon etwas für sich, einen belgischen Polizisten als Freund zu haben.

Und dann geschieht das Wunder. Ein riesiger, fremder Wagen kommt vor der *Einkehr* zum Stehen. Wie elektrisiert springen wir gemeinsam auf.

Ein Mann kurbelt sein Fenster runter. »Is this Belgium?«

Marcel zeigt abermals auf die andere Straßenseite. »After the street.«

»Behind?«, schlägt Gudrun vor, während Hein mit »next to« kommt.

Für David natürlich die Gelegenheit zu glänzen. Er nähert sich dem Wagen und erklärt für uns alle hörbar in seiner Vatersprache, die B 265 stelle die Trennungslinie *between* Belgien und Deutschland dar. Und wenn die Herrschaften Lust hätten, könnten sie sich an unseren Tisch setzen, hervorragend speisen und trinken und dabei bis zum Einbruch der Dunkelheit die schöne belgische Landschaft *on the other side of the street* auf sich einwirken lassen.

Das Gemurmel im Inneren des Wagens ist nicht zu verstehen. David beugt sein Haupt zum Fahrerfenster hinunter, nickt freundlich und tritt einen Schritt zurück.

Der Fahrer salutiert. »Thanks a lot, chap. See you.« Und damit düst der Wagen wieder ab.

»See you?«, echot Hein hoffnungsvoll, als David zurückschlendert.

»Das sagt man nur so«, gebe ich zurück.

»Nein«, sagt David und reckt sich siegesgewiss. »Die haben diesen Tisch bestellt. Hier draußen. Für morgen 19 Uhr. Sechs Personen.«

»Amerikaner!«, flötet Gudrun. Sie ist immer beglückt, wenn David auf der Kehr ein Stückchen Heimat geboten werden kann.

»No. Scots.«

»Schotten, also. Die essen dich arm und trinken dich reich«, versetzt Hein.

Marcels eindringlichen Blick kann wohl nur ich interpretieren: Ich soll morgen Abend unseren kostbaren Islay-Whisky aus meinem Privathaus gefälligst über die Straße schaffen.

»Wird gleich dunkel. Ich bring mal was Licht.« Gudrun steht auf, fällt aber sogleich wieder erschrocken auf ihren Sitz zurück.

Quietschende Reifen haben uns alle zusammenfahren lassen. Ein SUV schlingert an uns vorbei. Noch mal ein heftiges Gequietsche, dann herrscht Stille.

Mit einem Satz ist David auf der Straße. »Der hält an! Hundert Meter zu weit.«

»Hoffentlich setzt er nicht zurück«, sagt Hein, »schaut mal, da kommt ja noch einer angedüst.«

Jetzt stehen wir alle an der Straße.

Wir können das SUV gerade noch sehen. Es hat auf der B 265 mitten in der Kurve angehalten. Die rechte hintere Seitentür springt auf. Ein großes, längliches Bündel wird herausgeschubst, dann heult der Motor wieder auf, und das Auto verschwindet hinter der Kehre. Das lange Ding ist in den Graben gerollt.

David rennt sofort los.

»Pass auf, ein Auto!«, ruft ihm Gudrun hinterher.

Der zweite Wagen umkurvt unseren Amerikaner und bremst bei der herausgeworfenen Fracht. Zwei Gestalten springen heraus, schnappen sich ruckzuck das Bündel, legen es ins Auto und geben genau in dem Moment Gas, als David mit wedelnden Armen in der Kurve angekommen ist.

»Stop! Stop! Stop!«, brüllt er dem davonrasenden Auto hinterher.

Entsetzt sehen wir einander an. Wir denken offensichtlich alle das Gleiche.

Gudrun spricht es aus: »Das war ein Mensch! Ganz bestimmt.«

»Bleib da stehen, David«, ruft Marcel. »Ich komm direkt bis bei dich.« Rasch entzieht er der Rose im großen Topf neben dem Tisch den Bambusstock, »für die Stelle zu markieren, ist ja vielleicht ein Tatort«, und setzt zu einem Sprint an.

Meine Knie schlottern, und meine Kehle ist wie ausgedörrt. Ich wanke an den Tisch zurück und fülle mein Glas mit einer ordentlichen Ladung Sekt auf. Stumm halten mir die anderen ihre Gläser hin.

Gudruns Hand zittert. »Hoffentlich keine Leiche.«

»So wie es aussah eine entführte Leiche«, sage ich und lasse mich wieder auf meinen Stuhl fallen.

»Organhandel?«, schlussfolgert Hein finster.

Keine Leiche, beruhigt uns Marcel, als er zurückkehrt. Nicht nur mit David, sondern auch mit unseren Nachbarn Sabine und Frank. Das Ehepaar ist vor Kurzem in den Hof an der Kurve gezogen und ebenfalls vom Quietschen der Reifen aufgeschreckt worden.

»Als wir von der Terrasse runterliefen, war der ganze Spuk allerdings schon vorbei«, sagt Frank. »Gesehen haben wir rein gar nichts.«

David ist nah genug dran gewesen, um das schmale Bündel als eine Frau mit langen, dunklen Haaren zu identifizieren. Als die beiden Männer sie aufhoben, habe sie irgendein Geräusch gemacht und versucht zu strampeln. Was ihr schwergefallen sei, weil sie fest in eine Decke eingewickelt gewesen ist.

»Bei der Hitze«, keucht Gudrun. Jupp ist mit Frank ins Haus gegangen, um weitere Stühle und Gläser zu holen.

Marcel telefoniert.

Ich schlage mir an die Stirn. »Warum sind wir nicht gleich hinterhergefahren?«

»Ja, wenn meine Rote Zora nicht in der Werkstatt wäre …«, sagt Hein. Er blickt missmutig auf Jupps gemütliches Waldauto an der Hauswand und nickt zu den Fahrzeugen auf der anderen Straßenseite hin. Jedes davon wäre zwar schnell genug gewesen, aber der Schlüssel von meinem Allradmonster liegt in der Küche, und Marcel hätte seinen belgischen Polizeijeep umständlich wenden müssen.

»Moment«, spricht Marcel mit seiner Polizeiinspektorenstimme ins Smartphone und fragt laut: »Hat einer von euch die Plaquen erkannt?«

Bei der Quietscherei hat keiner darauf geachtet, nur David glaubt, ein belgisches Kennzeichen am hinteren Wagen gesehen zu haben. Da das in dieser Ecke an jedem dritten Wagen hängt, bringt es uns allerdings nicht weiter.

»Ein SUV, ein Mittelklassewagen«, spricht Marcel in sein Handy. »Beide schwarz.«

»Nein«, jault Gudrun, »der hintere war grün. Dunkelgrün.«

»So ein Quatsch«, empört sich Hein, »der war blau.«

»Bei dem Licht war er für mich auch schwarz«, sage ich. »David, du warst doch näher dran?«

»Dunkel-metallic, grau, blau oder schwarz.«

»Wie du hörst, Roland, sind wir uns uneinig«, sagt er zum Polizeioberkommissar aus Schleiden und setzt nach einer Pause hinzu: »Das kann ich noch nicht sagen. War nur höchst verdächtig.«

»Und?«, erkundige ich mich, als er das Gespräch beendet hat.

»Roland muss seine Wiese mähen. Bevor es zu dunkel ist. Er fragt, was für eine Straftat wir eigentlich melden wollen.«

»Hätte jemand einen alten Kühlschrank in den Graben geworfen, wäre er direkt gekommen!«, empört sich Hein.

»Nicht, wenn ein anderer Wagen den gleich wieder mitgeholt hätte«, erwidert Marcel.

»Das sah aber sehr stark nach einer Entführung aus«, murmelt Hein. »Sogar einer zweifachen, wenn ich es mir recht überlege.«

Marcel wiegt zweifelnd das Haupt.

»Ich stimme zu«, melde ich mich, »welcher lebende Mensch würde sich denn bei diesen Temperaturen freiwillig in eine Decke einwickeln lassen?«

»In Ägypten ist es noch heißer«, verkündet plötzlich Sabine.

Wir sehen sie ratlos an.

»Kleopatra«, setzt sie zaghaft hinzu. »Die hat sich doch in einen Teppich eingerollt zu Caesar bringen lassen. Vielleicht war es nur ein harmloses Rollenspiel.«

»Genau«, bemerkt Hein. »Bei solchem Kaiserwetter wie heute pflegen Eifeler Jungfrauen als Geschenk verpackt dem alten preußischen Herrscher zu huldigen.«

»Den gibt es doch nicht mehr«, widerspricht Jupp, dem Ironie wohl immer fremd bleiben wird, »und wir mochten ihn nicht.«

Aus gutem Grund. Schließlich hat Wilhelm Zwo die Eifel zwar einst als »wundervolles Jagdrevier« bezeichnet, aber es schade gefunden, »dass hier Menschen leben.«

Marcel springt auf. »Komm, Katja, wir holen jetzt flott deinen Wagen. Ist nicht wahrscheinlich, aber vielleicht finden wir die Kerle noch.«

»Nur, wenn du den Strafzettel zahlst.«

»Ridicule«, sagt er und meint damit, dass in dieser dünn besiedelten Gegend Geschwindigkeitskontrollen ungefähr so oft vorkommen wie Frauen, die in Decken eingewickelt aus Autos geworfen werden.

Gudrun ist schon in die Küche gerast und wirft mir meinen Schlüssel aus dem Fenster zu. Wir sausen also die Prümer Straße Richtung Losheim hinunter. Soll ich an der Kreuzung links nach Belgien einbiegen, rechts nach Rheinland-Pfalz oder einfach geradeaus weiter nach Hellenthal fahren? Die Entscheidung nimmt mir Marcel ab.

»Halt!«, brüllt er, noch ehe wir am Sägewerk angelangt sind. »Da ist was!«

Ich trete auf die Bremse, setze ein Stück zurück und parke so dicht an der Leitplanke wie möglich. Näher geht nicht. Sonst könnte meinem Allradmonster nämlich das gleiche Schicksal blühen wie dem dunklen Mittelklassewagen, der von der Straße abgekommen ist und auf dem Dach im Graben liegt.

Als **Zweites** liegen nicht nur
Messer und Gabel über Kreuz,
wonach Köstliches ausgespuckt wird,
die Polizei gleich zweimal schneller ist, als man glaubt,
und letztendlich neben dem Buchdrucker
auch das Mantra den Nerv trifft.

Pfifferlings-Cappuccino:

Gewürfelte Schalotten in erhitzter Butter anschwitzen lassen, Pfifferlinge dazugeben, kurz dünsten, mit Geflügel- oder Gemüsebrühe sowie mit Milch und etwas Sherry aufkochen und mit ein paar Spritzern Worcestersauce verfeinern. Zehn Minuten köcheln lassen.
Dann mit Salz, Thymian, Petersilie und Muskatnuss würzen. Die Suppe mit dem Zauberstab mixen und heiß in große Cappuccinogläser füllen, dabei genug Platz für schwach erhitzte, geschlagene Milch oder Sahne lassen. Die Schaumkrone kann mit gehackten, gerösteten Haselnüssen oder mit gehobelten Trüffeln verziert werden. Sofort servieren.

Marcel schnappt sich meine Taschenlampe aus dem Handschuhfach und springt aus dem Wagen. »Bleib da stehen, wo du bist, Katja!«

Eine völlig überflüssige Aufforderung. Ich kann mich zwar grad noch aus dem Fahrersitz schälen, aber meine bebenden Knie lassen mich keinen Schritt vor den anderen setzen, geschweige denn, eine steile Böschung hinunterkrabbeln. An den Wagen gelehnt, fummele ich mit Mühe mein Handy aus der von Jupp geschneiderten Innentasche meiner Leinenweste und wähle mit zitternden Fingern den Notruf.

»Schwerer Verkehrsunfall auf der B 265 hinter der Kehr kurz vorm Sägewerk«, stottere ich. »Wagen auf dem Dach in der Böschung.« Ich höre Marcel fluchen: »Dat jett et doch nett ... tot, mausetot!«

Vor meinen Augen flimmert es, mein Herz setzt einen Schlag aus. »Tot ...«, kann ich grad noch ins Telefon krächzen, unterbreche dann die Verbindung und lasse mich auf den Fahrersitz plumpsen. Hat es die eingewickelte Frau erwischt oder einen der Männer? Sind etwa alle drei bei dem Unfall umgekommen? Oder ist irgendjemand verletzt? Das alles kann Marcel doch so schnell gar nicht feststellen.

Kann er doch. »War nur der Fahrer im Auto«, keucht er, als er wieder nach oben kommt. »Wie es aussieht Genickbruch. Wohl weil er nicht angeschnallt war. Nichts mehr zu machen. Armer Teufel.«

»Oh Gott!«, schicke ich ein kurzes Gebet zu dem, an den ich zwar nicht glaube, dessen Name sich mir in Krisenzeiten aber immer zwangsläufig aufdrängt. »Aber wieso war da denn nur einer drin?«

»Ist wohl ein anderes Auto, Katja. Hast du in Schleiden angerufen?«

Ich schüttele den Kopf. »Notruf«, flüstere ich kleinlaut. Den Vortrag über die Umständlichkeit eines Notrufs in diesem Dreiländereck erspart mir mein belgischer Polizistenfreund und telefoniert selbst wieder mit Roland Kölln.

»Ach nee!«, höre ich meinen Freund verblüfft sagen. Er legt das Handy weg und streichelt mir die Schulter. »Roland ist schon unterwegs ...«

»Wiese fertig gemäht?«

Unser letzter Anruf habe seinem deutschen Kollegen keine Ruhe gelassen, sagt Marcel, da sei er eben doch gleich losgefahren. »Ist in zwei Minuten hier.«

Er steigt aus und stellt mein Warndreieck auf. Gut, dass er daran denkt. Hier gibt es keinen Seitenstreifen, nicht mal ein bisschen Straßenrand.

Mitternacht

Bis auf Marcel haben wir uns alle wieder am Außentisch unseres Restaurants versammelt. In der endlich erfrischenden Nachtluft haben wir die Fragen unseres Schleidener Freundes, seines Kollegen vom Dienst und des aus Aachen unglaublich schnell herbeigeeilten Schadensachverständigen beantwortet. Am Unfallort ist die konsequente Spurensicherung, wie Roland das nennt, immer noch im Gange. Der Tote ist bereits der Gerichtsmedizin übergeben und das Unglücksauto mit einem Spezialfahrzeug zur Vertragswerkstatt nach Krekel abtransportiert worden. Ein umzäuntes Gelände sorgt dort dafür, dass sich niemand außer den Fachleuten an der Karre zu schaffen machen kann. An der Böschung hat die Feuerwehr alles taghell ausgeleuchtet und das Unfallaufnahmeteam relevante Stellen mit Farbspray markiert. Morgen sollen dann mithilfe eines Teleskopstabs Aufnahmen von oben gemacht werden. Auf Heins Frage, warum man dafür keine Drohne einsetze, antwortete Roland, dass diese Geräte der Polizei erst in etwa zwei Jahren zur Verfügung stehen würden.

Vor dem Auftritt der Staatsmacht, als wir noch am Straßenrand auf Roland warteten, hatte Marcel seine Dienststelle in St. Vith angerufen und herausgefunden, dass der Tote Halter des Wagens ist und im belgischen Ouren wohnt.

»Djü, da muss ich jetzt in noch so ein verdammtes Dreiländereck fahren!« Eine sehr befremdliche Reaktion, fand ich und fragte ihn, ob mir etwa entgangen sei, dass er was getrunken habe.

»Kaffee!«, blaffte er mich an. »Hast du mir doch selbst gebracht. Ouren ist weit weg, Katja, liegt in Belgien genau an der deutsch-luxemburgischen Grenze. Verdammt, da muss ich jetzt hin. Quer durch die ganze belgische Eifel!«

Um der Familie des Opfers die traurige Nachricht zu überbringen. Ich verstand. Angesichts dieser bitteren Dienstfahrt hat er eine Umleitung für sein Unbehagen gesucht. Da kam ihm so ein Gedanke wie *ein anderes verdammtes Dreiländereck* grad recht.

Nachdem uns Roland ein paar Minuten später am Unfallort abgelöst hatte, fuhr ich Marcel zu seinem Jeep vor meinem Haus. Ich bot an, ihn in dieses Ouren zu begleiten. Er lehnte ab und versprach, später zurückzukehren. Er brauchte mir nicht zu sagen, dass es sehr viel später werden könnte. Es dauert, bis Hinterbliebene begriffen haben, dass sie solche sind. Weshalb der diensthabende Polizist so lange »Erste-Hilfe-Trost« leisten muss, bis der Hausarzt, ein Polizeipsychologe, andere Angehörige oder Nachbarn übernehmen.

Früher wäre Marcel nach dieser traurigen Pflicht zu seiner Dienststelle gefahren, hätte den Bericht eingetippt und dann in seiner eigenen Wohnung in St. Vith übernachtet. Das geht nun nicht mehr, denn er hat seine streng möblierten Zimmer über dem Friseurladen in der schmalen Straße untervermietet. Er wohnt jetzt in meinem Bruchsteinhaus in unserem *verdammten Dreiländer-*

eck. Diese Bemerkung war nicht gerade ein Bekenntnis zur Kehr. Dabei erproben wir das Abenteuer des ständigen Zusammenlebens seit drei Wochen. Mit wechselndem Erfolg. Unsere Freunde reagierten auf die neue Wohnsituation unterschiedlich.

»Das Unverbindliche liegt euch nicht«, meinte Hein, der sich vor einem Jahr mit Jupp ehelich verbunden hat. »Da trennt es sich viel zu leicht. Heiratet doch lieber gleich.«

»Ach, damit ihr nicht die einzigen Spießer in unserer Runde seid?«, fragte ich.

Jupp, dem wie üblich, die Spitze entging, machte einen wunden Punkt gegen unsere Verehelichung geltend: »Nee, nee. Besser ihr wartet noch was. Bis Gudrun und David endlich verheiratet sind.«

Deren Gang zum Traualtar war schon beschlossene Sache, lange bevor Männer wie Jupp und Hein einander heiraten durften. Doch die Launen des Schicksals wollten es anders und rückten den beiden immer wieder dicke Brocken in den Weg. Zuletzt wurde das endgültige Datum für diesen Juli festgesetzt. Aber dann starb Davids Mutter Mathilde am Tag nach ihrem 101. Geburtstag. Gudrun sagte den Termin ab. Man müsse ein Trauerjahr verstreichen lassen, erklärte sie, sonst stehe die Ehe unter einem unguten Stern. David hat da für meinen Geschmack etwas zu schnell zugestimmt.

»Ein tragischer Unfall mit Todesfolge. Womöglich durch überhöhte Geschwindigkeit oder Wildwechsel.« Rolands Kollege schüttelt fassungslos den Kopf. »Ausgerechnet an der gleichen Stelle, wo letzte Woche der Lastwagen in den Graben gebrettert ist. Welch ein furchtbarer Zufall. Morgen wissen wir mehr.« Er wendet sich an Roland: »Du bleibst noch hier?«

Der Polizeioberkommissar hebt sein Beerensaftgetränk und wünscht seinem Kollegen eine gute Nacht.

Als dieser in seinen Wagen gestiegen ist, füllt Gudrun das Glas unseres deutschen Lieblingspolizisten mit Sekt auf und verschüttet dabei die Hälfte. »Ich bring flott 'nen Lappen«, stottert sie und eilt ins Haus, als wäre der Teufel hinter ihr her. Sie ist verstört wie wir alle, aber jetzt flüchtet sie wohl vor David.

Der bietet ihr in dieser gruseligen Lage wenig Halt, da er völlig außer sich ist, seitdem er mit den anderen die Unfallstelle aufgesucht hat. Wie ein Mantra wiederholt er immer wieder die gleichen Worte: »The same car. Dasselbe Auto! Ich weiß es!«

Wir sind uns da nicht ganz so sicher, auch wenn wir uns nicht erinnern können, einen ähnlichen Wagen auf der Straße gesehen zu haben. Wegen des Fake-Blitzers hatten wir bis zu dem schrägen Vorfall in der Kehre ja auf alle vorbeifahrenden Autos geachtet. Marcel hat uns vorhin allerdings darauf hingewiesen, dass wir den Wagen nicht zwangsläufig hätten sehen müssen. Er hätte ja auch hinter der Kehr aus einem der unbefestigten belgischen Feldwege auf die Bundesstraße gebogen sein können.

Davon will David nichts wissen. Er werde vor jedem Gericht beschwören, dass dies genau der Wagen gewesen sei, in den die eingewickelte Frau reingehoben worden sei. »The same car. Dasselbe Auto! Ich weiß es!«

Marcels Einwand, dass er die *Plaquennummer* doch gar nicht richtig erkannt habe, wischt er beiseite: »Man weiß, es stimmt, wenn man es wiedersieht.« Das sei, wie einen Menschen nicht beschreiben zu können, ihn aber doch wiederzuerkennen, wenn er plötzlich vor einem stehe. »The same car. Dasselbe Auto. Ganz sicher.« Fabrikat, Farbe, Nummernschild, alles sei identisch.

Rolands Kollege hat zwar versichert, der Sache nachgehen zu wollen, aber das klang auch in meinen Ohren ein wenig halbherzig. Verständlich. Wenn überlastete Polizisten aus dünn besetzten Dienststellen zu einem Verkehrsunfall mit Todesfolge gerufen werden, wollen sie sich nicht mit zusätzlichen Abwegigkeiten wie einer am Straßenrand aus- und wieder eingeladenen, eingepackten und zudem noch scheinbar unfallirrelevanten Frau beschäftigen.

Jupp wartet nicht auf Gudruns Lappen, sondern tupft mit einer Serviette sorgfältig den Sekt von der Tischplatte. »Vielleicht hat David recht«, sinniert er, »und es ist das Auto. Die anderen sind weggelaufen. Aus Schock.«

»Bleibt die Frau in der Decke«, sage ich. »Wie soll die sich so schnell ausgewickelt haben? Und warum sollte sie türmen, wenn sie doch anscheinend entführt worden ist? Nee, nee, die Autos sehen doch heute alle gleich aus. Das war ein unglücklicher, allein reisender Belgier in einem anderen Wagen.«

»Der morgen gründlich untersucht werden wird«, verspricht Roland, »der Belgier – und der Pkw. Und jetzt Schluss damit. Feierabend.« Er wendet sich an Frank und Sabine. »Endlich lerne ich mal die neuen Nachbarn kennen! Was hat Sie denn hierher verschlagen?«

Typisch Roland. Mit seinem ersten Schluck Alkohol betrachtet er sich als nicht mehr im Dienst und wechselt das Thema. Das ist bei Marcel anders. Da sich ein belgischer Polizist laut Arbeitsvertrag immer im Dienst zu befinden hat, muss er auch dann ermitteln, wenn er nicht mehr fahrtüchtig ist. Was heute zum Glück nicht zutrifft, er hat ja bisher nur Kaffee getrunken.

»Gesunde Luft und Landleben für unseren Sohn, das ist der Hauptgrund«, beantwortet Sabine jetzt Rolands Frage.

»Wie alt ist er denn?«

»Fünf.«

Roland hebt die Augenbrauen. »Ich nehme an, eine Oma passt jetzt auf ihn auf?«

Frank schüttelt den Kopf. »Wendelin übernachtet heute bei seinem Freund Kato, Karl-Theodor in Hallschlag.«

»Schön, dass der Junge schon Freunde gefunden hat.« Roland mustert den eher schmächtigen Frank. »Und was machen Sie so? Sie arbeiten doch bestimmt nicht im Wald?«

Eine Frage, die mich zum Schmunzeln bringt. Als ich vor zehn Jahren beschlossen hatte, mich in dieser abgelegenen Ecke der Eifel niederzulassen, ist sie mir auch oft gestellt worden. *Sie arbeiten doch nicht im Wald?* Die Einheimischen konnten sich keinen anderen Grund vorstellen, weshalb jemand hierherziehen und wovon er Brötchen und Milch im Grenzmarkt bezahlen sollte.

»Der Mensch lebt nicht vom Wald allein«, informierte ich damals meine Nachbarn und eröffnete nach einigen Anläufen und mörderischen Gegenschlägen mein Restaurant. Mit der Hilfe meiner Freunde, von denen einer tatsächlich im Wald arbeitet. Zurzeit leider mehr als mir lieb ist, aber der böse Borkenkäfer lässt Jupp keine Wahl. Dieser trockene, heiße Sommer hat die Invasoren herbeigerufen, die sich durch die Rinde der Fichten bohren, dort Abertausende von Eiern ablegen und so die Wasser- und Nährstoffzufuhr der Bäume abschneiden. Die befallenen Fichten können nicht mehr genügend Harz produzieren, um die Käfer zu verkleben, und so rieseln in den Wäldern um uns herum überall braune Nadeln herab. Ehrlich gesagt, finde ich es gar nicht so schrecklich, dass ein kleines Tierchen dem gigantischen Streichholzforst, wie ich den eintönigen Eifeler Fichtenwald gern nenne, den Garaus macht. Das könnte die großen Tiere der Wirtschaft vielleicht dazu bewegen, wieder auf den Laubbaum und somit auf Nachhaltigkeit zu setzen. Vielleicht erlebe ich das ja noch. Auch ich lerne schließlich nicht aus. Erst gestern hat Jupp meinen Wortschatz um zwei zoologische Begriffe erweitert, die ich bis dato altmodischer menschlicher Tätigkeit zugeordnet hatte: *Buchdrucker* und *Kupferstecher*, Borkenkäfer, die mit ihrem Rüssel buchstabengleiche Zeichnungen in die Rinde fräsen.

Nein, Frank schuftet nicht im Wald, sondern ist ein braver Versicherungskaufmann, der den Großteil seiner Arbeit von zu Hause aus erledigen kann. Sabine geht einer erheblich exotischeren Tätigkeit nach. Ich bin sehr gespannt, wie Roland auf ihren Job reagieren wird. Als wir die neuen Nachbarn zu einem Empfangsmahl eingeladen hatten und Sabine zum ersten Mal damit herausrückte, kam Heiterkeit auf. Nur Jupp blieb ernst.

»Das ist eine ganz wichtige Arbeit, Sabine. Gerade bei uns auf dem Land.«

»Eine Benimmschule?«, tutete Hein. Er legte die Spitzen von Messer und Gabel am Tellerrand ab. »Ehrlich, Sabine, glaubst du wirklich, dass so etwas hier Zukunft hat?«

»Gute Manieren erleichtern überall das Leben«, erwiderte die Nachbarin ungerührt. Sie deutete auf Heins Gedeck. »In feinen Kreisen wärst du damit schon abgemeldet.«

»Womit?«, fuhr Hein auf, der feinen Kreisen herzlich zugeneigt wäre, wenn es hier denn solche gäbe. »Hab ich etwa die Kartoffeln zermanscht?«

»Nein. Aber dein Besteck falsch hingelegt.« Sabine griff über den Tisch, nahm Messer und Gabel und kreuzte sie auf dem Teller.

»So macht man das richtig.«

»Und wem erleichtere ich damit das Leben?«, fährt Hein auf.

»Deinen Tischnachbarn. Legt doch alle mal gleichzeitig das Besteck so hin, wie es Hein eben getan hat.«

Wir folgten der Aufforderung und sahen ein, dass diese Besteck-Anordnung nicht nur sehr wirtshausmäßig wirkte, sondern für die Nebenleute auch recht hinderlich sein konnte.

»Eine unwesentliche Kleinigkeit, gebe ich gern zu«, führte Sabine weiter aus, »aber bei einem wichtigen Geschäftsessen oder einem Date kann es durchaus vorkommen, dass sie für den Gesamteindruck ausschlaggebend ist. Also was vergibst du dir schon, wenn du einfach nur Bescheid weißt, wie ein wohlerzogener Mensch Messer und Gabel während des Essens richtig ablegt?«

»Überflüssige Dekadenz«, murmelte Hein und zermatschte lustvoll seine Kartoffeln. Jetzt erst recht. Aber danach habe ich ihn beim Essen nie wieder das Besteck am Tellerrand deponieren sehen.

Am meisten lägen ihr Kinder am Herzen, erklärte Sabine. »Eltern, die ihrer Brut alles durchgehen lassen, kommen irgendwann auf den Trichter, dass sie den Kleinen damit keinen Gefallen getan haben. Erst häufen sich die Beschwerden, und dann werden die Kinder ausgegrenzt. Soziales Verhalten kommt nicht von selbst, Leute, das muss mühsam erlernt werden. Ich weiß, wovon ich spreche …« Sie brach ab, hob dann mit abwesendem Blick wieder den Kopf, als schaute sie in eine vergangene Ferne.

Das machte mich neugierig. Wo kam diese Frau her? Was trieb sie an, sich mit solcher Begeisterung für Etikette einzusetzen?

Diese letzte Frage stellte ich ihr.

»Es ist nur ein Geschäftsmodell«, antwortete Hein stattdessen.

»Ja«, stimmte Sabine zu. »Das auch. Und zwar eins, das niemandem schadet und vielen hilft. Vor allem den kleinen Menschen, deren Eltern erwarten, dass die Schule ihre Erziehungsfehler ausbügelt, damit die Kiddies später bessere Chancen haben. Aber das überfordert die Lehrer und macht bei allen Stress.« Da komme sie ins Spiel.

Mit ihrem Programm »Benehmen statt Schämen« tingelt die hübsche Mittvierzigerin derzeit tatsächlich durch Eifeler Schulklassen. Auch ihr Privatunterricht scheint gefragter zu sein, als wir es uns vorgestellt hatten. Immer wieder parken fremde Autos auf ihrem Hof. Wie sie uns damals berichtete, wären darunter Leute, die ein perfektes Dinner nach TV-Vorbild ausrichten möchten. Denen führt sie vor, wie man den Tisch korrekt deckt, Messer und Gabel fehlerfrei einsetzt, ein Gespräch in Gang bringt, die Serviette benutzt, auf Anzüglichkeiten reagiert oder ausdauernde Besucher höflich loswird.

»Du böse, böse Uhr vertreibst mir meine lieben Gäste«, gehe da zum Beispiel gar nicht, zitierte Sabine an jenem denkwürdigen ersten Abend. Männer wie Frauen holen bei ihr auch Rat für erste Dates mit Internetbekanntschaften ein, Arbeitnehmer für Gespräche zum Thema Gehaltserhöhung und Arbeitgeber für einen eleganten Rauswurf. Frauen, die aus dem Dorf raus- und in die Stadt reinwollen, melden sich bei ihr, sowie Teenies, die prima instagrammen können, aber keine Ahnung haben, worauf es bei einer *Live*-Bewerbung ankomme. »Da ist verführerisches Grinsen eben fehl am Platz!«

»Nicht, wenn man sich um einen Pole-Dance-Job oder als Escortdame bewirbt«, warf Hein ein.

Mit den Regeln dieser Klientel sei sie weniger vertraut, gab Sabine steif zurück. Ansonsten decke sie die meisten Bereiche des modernen Lebens und des Umgangs der Menschen miteinander ab. Am beliebtesten sei ihr Schnellkurs *Manieren meistern.*

»Frau Knigge to go!«, rief Hein.

Sie lachte. »Aber bitte mit Sahne!«

»Und einem Eierlikörchen, Sabine? Wo du doch die alte Schule wiederbelebst?«

»Höchstens alte Werte im neuen Gewand. Nix alte Schule, Hein, in der wärst du glatt durchgefallen.«

Zweifel an seiner Weltgewandtheit lässt Hein ungern auf sich sitzen. Ihn wurmte noch der Fauxpas mit dem Besteck, und so forderte er Sabine zu einem zweiten Test heraus.

Sie musterte uns nachdenklich. »Ich nehme an, ihr alle habt noch die raucherfreundliche Zeit der Achtziger erlebt?« Nickend bekannten wir uns schuldig, der älteren Generation anzugehören.

»Also gut. Stellt euch einen Cocktailempfang vor: Wohin mit der Zigarettenasche, wenn kein Aschenbecher in Sicht ist?«

Hein zuckte mit den Achseln. »In die Blumenvase?«

»Durchgefallen.

»Auf den Boden?«, schlug Jupp vor.

»Durchgefallen.«

Ich war mir meiner Sache sicher. In ferner Vergangenheit hatte ich als Modejournalistin zwar nicht geraucht, aber unzählige Cocktailempfänge durchstehen müssen: »Auf die Tellerchen, wo sowieso schon Cocktailspießchen, Olivenkerne, Käserinden und ausgelutschte Garnelenschalen liegen?«,

»Durchgefallen.«

Die richtige Antwort lautete: In die hohle linke Hand.

Wir sahen einander sprachlos an, nur Gudrun nickte zustimmend.

»Sehr hygienisch«, sagte sie. »Mit Asche hat man früher geputzt. Mit Urin übrigens auch. Ganz saubere Holzböden, ihr würdet staunen.«

Wir staunen inzwischen über etwas ganz anderes. Nämlich darüber, wie sehr wir alle von unseren neuen Nachbarn profitieren. Hein hilft Sabine bei Aufbau und Unterhalt ihrer Website, für Jupp gibt es reichlich Fachwerk und Möbel zu restaurieren, Gudrun putzt einmal wöchentlich die unteren Räume, David übt gelegentlich englische Konversation mit den beiden, und ich sorge für ihr leibliches Wohl. Das Ehepaar isst allerdings so gut wie nie in der *Einkehr.* Frank holt das Abendbrot jeden Tag ab, selbst wenn sie Besucher bewirten, was öfter vorkommt. Vorgestellt haben sie uns ihre Geschäftspartner, Freunde oder Verwandtschaft noch nie. Gudrun findet das schade, sie lernt gern neue Leute kennen, aber mir gefällt die gepflegte Distanz, die Frank und Sabine zu uns halten. Wir gehen einander nie auf den Geist, und das ist einer guten Nachbarschaft durchaus zuträglich.

»Ich biete Kurse für korrektes Benehmen in allen Lebenslagen an, für Kinder, Jugendliche und Erwachsene«, beantwortet Sabine jetzt Rolands Frage.

Wir warten auf das Lachen. Es bleibt aus.

Unser Freund nickt zustimmend. »Toll«, sagt er. »Eine wirklich gute Start-up-Idee. Läuft hier bestimmt.«

Aus Heins Mund hätte diese Bemerkung ironisch geklungen. Roland hat sie mit solch ehrlicher Überzeugung ausgesprochen, dass ich ihn mit offenem Mund ansehe.

»Überrascht dich das, Katja?«, fragt er. »Wünschst du denn manchmal nicht auch mehr Höflichkeit auf dieser Welt, mehr Rücksichtnahme auf andere? Anständiges Benehmen würde uns Polizisten viel Arbeit ersparen. Und wenn in dieser Selfiezeit die Leute nicht nur mit sich selbst beschäftigt wären …«

»The same car, dasselbe Auto. Ich weiß es.«

»Halt die Klappe, David!«, fährt ihn Hein an. »Es gehört sich nicht, jemanden zu unterbrechen, das sollte dir Sabine mal beibringen.«

»Ich schau mal nach, wo Gudrun bleibt«, lasse ich Rolands Satz in der Luft hängen, wuchte mich vom Stuhl und gehe ins Haus. Ein kurzer Gang, bei dem ich jeden Knochen einzeln spüre. Sehr beunruhigend. Was habe ich denn an diesem Tag schon gemacht? Saft gepresst und fast alles andere im Sitzen erlebt. Ich bin total erschöpft. In zwei Jahren werde ich sechzig sein, nach meinen Vorstellungen von vor zwanzig Jahren also eine uralte Frau, aber ich fühle mich jetzt schon so. Klar, es gab einen Toten, so was erinnert immer an die Endlichkeit des eigenen Seins und mich eben daran, dass dieses bei mir zum weitaus größten Teil schon vorbei ist.

»The same car, dasselbe Auto …« Enerviert reiße ich die Restauranttür auf.

Den Sektflecklappen hat Gudrun nur als Ausrede zum Rückzug benutzt, das ist mir schon klar gewesen. Bloß weg von David mit dem irren Blick und dem bescheuerten Mantra. Ich rechne damit, meine Freundin wütend Schränke putzen oder Besteck polieren zu sehen. Weit gefehlt. Sie füllt den Pfifferlings-Cappuccino in die Gläser, die wir für jene Gäste bereitgestellt haben, die nach der Begegnung mit dem Fake-Blitzer einer Stärkung bedürft hätten.

»Trüffel oder Haselnüsse drauf?«, fragt sie mich sachlich, nachdem sie jedem Glas eine Schaumkrone verpasst hat.

»Haselnüsse, natürlich. Es sind doch nur wir.«

»Nach all dem Sekt müssen wir was essen.« Sie arrangiert die Gläser auf einem Tablett.

»Gut gemacht«, lobe ich. Aus dem offenen Küchenfenster sehe ich Marcels Jeep in meine Einfahrt einbiegen. Ich blicke auf die Uhr. Es ist nur knapp zwei Stunden her, dass er losgefahren ist. Da muss er unglaublich flott zweimal die ganze belgische Eifel durchquert haben.

»Das ging aber schnell«, sage ich. Meine Verblüffung kommt bei Gudrun als Ironie an.

»Sorry, Katja, ich musste die Suppe ja noch aufwärmen …«

Ich schnappe mir das Tablett und schreite damit vorsichtig ins Freie. Am Tisch ist es finster geworden, zwei der drei LED-Lampen sind offenbar genauso ausgebrannt wie ich. »Bring noch zwei *Fat Boys* raus!«, rufe ich ins Haus.

»Was?«

»Die Lampen! Da hängen noch zwei am Stecker. Mach schon, Gudrun! Die brauchen wir jetzt.«

»Und ich weiß, was ich jetzt brauche!«

Marcel kommt zielstrebig auf mich zu. Ich spitze die Lippen.

Mein Freund hat aber nur Augen für das Tablett. »Schade, ich hab nicht gern Schaum auf meinem Kaffee«, sagt er. »Aber was soll's.« Begierig setzt er das Glas an seine Lippen. Und spuckt den Schluck sogleich wieder aus. »Hackerdjis noch en kier. Was ist das denn für ein Gesöff, Katja?«

»Pfifferlings-Cappuccino«, kläre ich ihn genüsslich auf.

»Basses nee. Willst du mich vergiften?«

»Dann hätte ich Knollenblätterpilz dazwischen gemischt. Oder wenigstens einen Gabelblättling, damit du Bauchschmerzen kriegst.«

»Toller Empfang, mon chou.« Er knallt sein Glas auf mein Tablett und stapft zum Tisch. Ich schlucke meinen Unmut herunter. Marcel hat einen schweren Gang und eine lange Fahrt hinter sich, dafür sollte ich Verständnis aufbringen.

Wie üblich hält Hein nichts von Pietät. »Nu?«, fragt er, als ich die Suppengläser verteile. »Was sagt die frischgebackene Witwe?«

»Hein!«, fahre ich ihn an. Wer weiß, was sich Marcel alles hat anhören müssen. Und womit ich später noch umgehen muss, wenn wir uns in meine Bruchsteinbude zurückgezogen haben werden. Marcel ist ein sensibler Mann, der schon mal Persönliches aus seinem Beruflichen zu nah an sich heranlässt. Das macht mir Sorgen. Mehr allerdings noch die Vorstellung, dass ihn in absehbarer Zeit nichts Berufliches mehr berühren wird, weil er vorzeitig in Rente gehen will. Eigentlich müsste er bis fünfundsechzig Dienst schieben, aber er hat angekündigt, schon früher aufhören zu wollen. Das, was ihm da an Pensionsgeld abgezogen würde, könnte er ja bei mir verdienen.

Ich habe immer allein gelebt und keine Ahnung, ob oder wie diese neue Situation mich, ihn oder uns als Paar verändern könnte. Dann wird er wohl immer um mich sein, im Restaurant Wein ausschenken, die Gäste mit Histörchen aus seinem früheren Polizistenleben unterhalten, mit Linus Gassi gehen und sich hoffentlich nach einem Hobby umsehen. Das tut man doch, wenn der Tagesablauf nicht mehr beruflich vorgeschrieben ist. Sabine hat schon angekündigt, ihn für ein paar Vorträge buchen zu wollen. Ich weiß nicht, ob ich darüber glücklich bin. Er kann zwar anschaulich schildern, wie Polizisten prekäre Situationen deeskalieren, wie man vor Gericht auftreten oder sich bei einer Verkehrskontrolle verhalten sollte, aber Sabine ist schon eine sehr attraktive Frau. Weswegen Gudrun ihre Putzrunde im Nachbarhaus gern mit Davids dortigen Parlierstunden koordiniert. Um sicherzugehen, dass ihr wankelmütiger Verlobter nicht mit Sabine allein ist und wieder mal auf dumme Gedanken kommt. Im Gegensatz zu Gudrun muss ich bei meinem Partner nicht um unser Liebesheil bangen, aber was wird dieser Mann tun, wenn er nicht mehr im Dienst des Königreichs steht?

»Nichts«, murmelt er, als er sich jetzt hinsetzt.

»Wie nichts?«, fragt Hein. »Die Frau hat nichts dazu gesagt, dass ihr Mann tot ist?«

»Krieg ich einen richtigen Kaffee?«

Gudrun stellt die leuchtenden Lämpchen auf den Tisch. »Mach ich dir direkt!«, flötet sie zu meiner Erleichterung. Schon der Gedanke, jetzt wieder ins Haus zu stiefeln, verursacht mir Muskelkater. Das mit der Gartenterrasse werde ich mir noch mal gründlich überlegen. Eine gewisse Verärgerung keimt in mir auf. Marcel weiß doch genau, wo der Kaffeeautomat steht. Warum erwartet er, von uns bedient zu werden? Wo er jetzt doch hier wohnt? Da wird sich demnächst einiges ändern müssen.

»The same car. Dasselbe Auto. Ganz sicher.«

Hein und ich stöhnen im Chor.

»Ja«, sagt Marcel. »Ich glaube dir, David.«

»Ach was!«, entrutscht es mir.

»The same car …?« Im Licht der neuen Lampen strahlt David den belgischen Polizisten hoffnungsvoll an.

»Sehr wahrscheinlich.« Marcel zieht an seinem Zigarillo und stößt den Rauch aus.

»Wie kommst du darauf?«, frage ich.

»Weil niemand da war. Auch die Ehefrau nicht.«

»Das muss nichts bedeuten«, entgegne ich, »vielleicht …«

»Ihr Handy schon.«

»Was?«

»Das war im Haus. Wie die Handtasche mit allen Ausweisen.«

»Ich geh manchmal auch einkaufen ohne Handtasche und Ausweise«, werfe ich ein. »Und stecke das Portemonnaie einfach in die Innentasche meiner Jacke.«

»Ja, in der Eifel pflegen wir immer nachts einzukaufen«, sagt Hein.

Roland hat seinen Notizblock hervorgezogen. »Wie bist du denn ins Haus gekommen, Marcel? Etwa eingebrochen?«

»Quatschverzähl. Die Tür war nicht abgeschlossen.«

»Kommt bei uns auch schon mal vor«, werfe ich ein.

»Das Portemonnaie von der Frau war in der Handtasche. Im Wohnzimmer brannte Licht.« Er macht eine Pause. »Und das Bügeleisen war noch eingeschaltet.«

Dem fliegenden Teppich,
der als **Drittes** bemüht wird,
folgt ein aggressiver Vogel durch nichts als Gegend,
was Schuldgefühle hervorruft.
Der Galgen droht, doch am Ende der Strippe
bleibt die überraschende Frage
nach einer gewissen Mobilität unbeantwortet.

Kartoffelplätzchen vom Blech:

Aus gekochten Kartoffeln, Süßkartoffeln, Sour Creme und einem Stückchen Butter ein Püree herstellen, geschlagene Eier dazugeben, Semmelbrösel, geröstete Zwiebeln, Kokosflocken und gehackte Nüsse darunterheben, mit Salz, Chili, Kurkuma und etwas Muskatnuss würzen und gut durchkneten.
Kleine Bällchen formen, auf Backpapier legen, mit einem Löffel flach drücken und bei mittlerer Hitze etwa eine halbe Stunde im Ofen backen.

Marcels Schlussfolgerung, die Belgierin Fabienne Lorenz habe ihr Haus anscheinend unfreiwillig Hals über Kopf verlassen, lässt wohl in uns allen dasselbe ungute Bild aufsteigen.

Hein interpretiert es laut: »Bis zum Hals in einer Decke. Eingewickelt von einem Einbrecher, der die Frau beim Bügeln überfallen und entführt hat.«

»Vielleicht kam da grad ihr Mann nach Hause«, spinnt Roland den Faden weiter. »Die Entführung konnte er nicht mehr verhindern, also ist er mit seinem Auto hinterhergerast …«

»Was der Kidnapper spätestens auf der Kehr merkt«, sagt Hein nickend. »Er kriegt Schiss, schmeißt die arme Fabienne hier bei uns aus dem Wagen, und der Ehemann – wie heißt der, Marcel?«

»So wie du. Heinrich, also Heeng bei uns. Heeng Scholtes.«

»Nicht Lorenz?«, frage ich.

Marcel sieht mich vorwurfsvoll an. Richtig, Belgierinnen behalten ihren Mädchennamen nach der Hochzeit, wie konnte ich das nur vergessen.

»Heeng sammelt sie also wieder ein«, fährt Hein fort, »jagt dem Verbrecher hinterher und baut dabei den Unfall, eigentlich ganz logisch: Der Mann war außer sich, und an der Stelle passiert Rasern ja öfter was.«

»Wäre da nicht erstens der zweite Mann …«, sage ich.

»Sein Kumpel, mit dem er nach Hause gefahren ist.«

»… und zweitens die wesentliche Frage: Wo ist die eingewickelt Fabienne Lorenz abgeblieben?«

»Warum hat er sie denn eingewickelt?«, überlegt Jupp

»Oder überhaupt entführt?«, fragt Gudrun.

»Und wie hat sich der angebliche Kumpel mit dem menschlichen Paket so schnell vom Unfallort entfernen können?«, meldet sich die deutsche Polizistenstimme.

»Per Anhalter durch die Galaxis?«, schlägt Hein vor und weist mit dem rechten Daumen hinter sich.

»Nicht komisch!«, tönt es aus mehreren Kehlen. Auch aus meiner.

Hein entschuldigt sich. Er habe die angespannte Stimmung nur ein wenig auflockern wollen. Was ihm abermals einen sanften Rüffel von Sabine einbringt. Feinfühligkeit sei zwar eine Eigenschaft, die nicht jedem gegeben sei, aber man könne durchaus erlernen, wann Witze angebracht seien und wann sie Gefühle anderer verletzen könnten.

»Wessen Gefühle? Keiner von uns kennt die Leute!«, fährt Hein auf.

»Wir stehen alle unter Schock, Sabine.« Ich glaube, das sind die ersten Worte, die Frank an diesem Abend äußert. »Ausnahmezustand. Da gibt es keine Etikette, und da darf man niemanden maßregeln.«

Oha, der schmale Frank mag seiner stattlichen, schönen Frau zwar körperlich unterlegen sein, kann sie aber immerhin auf den Mund fallen lassen. Sie kneift die Lippen zusammen und lässt die Augen sprechen: *Warte du nur, bis wir zu Hause sind!*

Jupp räuspert sich. Er leidet immer Höllenqualen, wenn ein Sturm unter den Menschen aufzuziehen droht, vor allem zwischen Sichliebensollenden in Zeiten der Erschöpfung. »Es ist, wie es ist«, stellt er bemüht sachlich fest.

»Und vielleicht ist es ja auch ganz anders«, sinniert Roland. »Keine Entführung. Frau Lorenz könnte ganz plötzlich zu einem Notfall gerufen worden sein. Von den Eltern, einer Freundin, Nachbarn oder so …«

»Und das Bügeleisen?«, frage ich.

»Was meinst du, Katja, wie viele Leute so was vergessen! Im ganz normalen Alltag. Da passiert ja auch nichts, wenn man das Eisen nicht gerade auf dem Hemd stehen lässt.«

»Nee, war auf der Ablage«, knurrt Marcel.

»Wie ich vorhin schon sagte …«, Rolands Stimme klingt unangemessen hoffnungsvoll, »haben wir es vielleicht doch mit einem ganz anderen Auto zu tun …«

»The same car … dasselbe Auto.«

»Ja, David!«, ruft Hein. »Wir haben es geschnallt. Es war dasselbe Auto, und die Decke war eben ein fliegender Teppich. Simsalabim, ausgewickelt, ausgebreitet und ab in die lauen Lüfte. Das würde doch alles erklären.« Er wirft Sabine einen ganz und gar nicht verstohlenen Blick zu. Sie reagiert nicht. Also setzt er noch einen drauf: »Sie fliegen durch die Nacht und landen dann in einer wunderschönen Stadt, wo es mehr gibt, als das, was du vor genau zehn Jahren über unsere Eifel gesagt hast, weißt du noch, Katja?«

Nichts als Gegend.

Hein, der dem Landleben nichts abgewinnen kann, hat meine Bemerkung damals für eine hervorragende Beschreibung unserer abgelegenen Ecke gehalten und sofort in seinen Wortschatz übernommen. Er wird nie verstehen, dass ich diese Worte nicht abfällig, sondern anerkennend gemeint hatte. Gegend, nicht nur so weit das Auge reicht, sondern auch noch ein ganzes Stück darüber hinaus. Ich bin als Kind des Kalten Krieges in einer ummauerten Stadt aufgewachsen. Deren Bewohner wollten kein Mitleid von den Westdeutschen und versicherten gern, sie fühlten sich gar nicht eingesperrt, da es hinter Mauer und Stacheldraht ohnehin *nichts als Gegend* gäbe, und wer bräuchte die schon? Das war zwar ironisch gemeint, doch Wehmut schwang durchaus mit, die vage Vorstellung eines unerfüllbaren Traums.

Als der Eiserne Vorhang schließlich fiel, erschlossen sich nicht nur Ostdeutschen neue Reiseziele. Wir Westberliner konnten plötzlich direkt vor der Haustür andere ländliche Gebiete erkunden als nur die bisher verfügbaren winzigen Stadtfluchtecken wie Eiskeller und Lübars. Einmal bin ich mit meiner Mutter an den Müggelsee gefahren. Und einmal nach Rangsdorf, wo ich in einem Restaurant eine exotisch klingende Lachsvariante bestellte, die meinen Magen noch Tage danach an diesen Ausflug erinnern sollte. Meine Mutter war klüger gewesen und hatte sich Sülze und Bratkartoffeln bringen lassen. »Mit dem neumodischen Zeugs kennen die sich hier noch nicht so aus«, hatte mich die gebürtige Eifelerin gewarnt. »Da solltest du nicht zu viel erwarten, Katja. Gib ihnen Zeit.«

Das tat ich nicht. Für mich blieb der Osten die DDR, in der man sich so kurz wie möglich aufhalten und die man tunlichst schnell zu durchqueren hatte, um ans rettende Ufer des vertrauten Mutterlandes zu gelangen, an dessen Tropf wir so lange gehangen hatten. Bei Hinweisen auf *die schöne Gegend* rund um Berlin, klang für mich in dem Wort immer noch *Gegner* mit. Das war tief verwurzelt: Wenn ich als Kind im Radio aus Versehen einen ostdeutschen Sender erwischt hatte, zwang mich ein eingefleischter Widerwille schnell weiterzudrehen. Als hätte ich was Unanständiges getan.

Heute staune ich über meine mangelnde Neugier. Wollte ich denn gar nicht wissen, womit man die unglücklichen Leute im anderen Teil der Stadt verdummte und unterdrückte, wie uns damals eingebläut wurde? Nein, mir genügte es, zu Weihnachten für irgendwelche Brüder und Schwester im Osten eine brennende Kerze ins Fenster zu stellen. Wir im Westen waren die Guten. Nie im Leben wäre ich auf die Idee gekommen, S-Bahn zu fahren. Die gehörte ja dem bösen Osten, und jeder Fahrscheinkauf subventionierte ein Stück Mauer und Stacheldraht.

Eine Kollegin aus der Putzkolonne meiner Mutter erschreckte alle, als sie eines Tages anklagend den Schrubber hob und schrie: »Ich bin schuld, dass die Bauern im

Osten schlechtes Wetter haben!« Mit ihrem Schrubber als Fahnenmast raste sie durch die Gänge und war nicht mehr zu bändigen. Sie wurde in die psychiatrische Klinik eingewiesen. Da kannte man sie schon. »Frau Markword kommt aus der Zone und macht sich Sorgen um ihre alte Heimat.« Ich fand es damals völlig normal, dass sie schon qua Herkunft als plemplem diagnostiziert wurde. Was waren wir doch herzlos!

Heute ist mir klar, dass ich mich mit dieser arroganten Haltung schuldig gemacht habe. Mit meiner Abwehr dazu beigetragen habe, dass die damalige Ohnmacht der mehrfach überwältigten Menschen im Osten heute eine Macht heraufbeschworen haben könnte, die das bedroht, was ich für selbstverständlich gehalten, aber selbst nur eingeschränkt beherzigt hatte: Achtung vor dem anderen, auch und gerade vor denen, die uns fremd sind. Amerikaner, Briten oder Franzosen, die über Westberlin bestimmten, standen mir erheblich näher als die unterentwickelten Ostdeutschen. Und deren Gegend konnte mir auch dann noch gestohlen bleiben, als ich sie endlich kennenlernen durfte.

Ich musste erst in der Eifel landen, um zu begreifen, wie bereichernd *nichts als Gegend* sein kann. Dass da auch noch Menschen leben, wie Kaiser Wilhelm einst bedauernd angemerkt hat, ist zudem eine helle Freude. Die allerdings bös verdunkelt wird, wenn – wie an Tagen wie diesen – in unserer Gegend einer von ihnen auf so furchtbare Weise zu Tode kommt.

Zur weiteren Stärkung stellt Gudrun ein Blech mit Kartoffelplätzchen auf den Tisch. »Ungewöhnlich herzhaft«, warnt sie. Dieses Gebäck ist aus der Not fehlender Gäste geboren: Die bereits gekochten Kartoffeln von vorgestern, sind gestern zu Püree geworden, aus dem wir heute kräftig gewürzte Kartoffeltaler gebacken haben. Was von denen übrig bleibt, wird eingefroren.

Gudrun will eine weitere Flasche Sekt öffnen, aber alle wehren ab.

»Ist schon schrecklich spät«, sagt Frank. Sein Gähnen steckt die anderen an. Er stopft sich ein Kartoffelplätzchen in den Mund. »Mmh. Lecker. Und der Kurze wird morgen in aller Herrgottsfrühe zurückgebracht.«

»Ich muss noch Jumbo füttern.« Jupp steht ebenfalls auf und beginnt, Gläser auf ein Tablett zu stellen. Frank will uns helfen, die Möbel ins Restaurant zu räumen. Ich schüttele den Kopf.

»Die bleiben draußen. Für die Schotten morgen. Gott sei Dank endlich eine Tischbestellung! Und regnen wird es ganz bestimmt nicht.«

»Kettet ihr die Stühle denn nicht an?«, fragt Sabine.

Es dauert, bis ich den Sinn ihrer Frage begriffen habe. Ich bin eben schon sehr lange kein Stadtmensch mehr. Im Gegensatz zu den neuen Nachbarn, die aus Köln hergezogen sind.

»Stühle werden hier nicht geklaut«, beruhige ich sie.

»Nur Frauen«, tutet Hein.

»Sag so was nicht!«, keucht Gudrun, »du machst mir Angst, nach Hause zu gehen.«

»David wird dich schon beschützen.« Ich tätschle ihre Schulter.

»Ist ein komisches Schild auf dem Hochbehälter vom Wasserwerk, da bei deinem Haus«, murmelt Sabine, die offenbar noch keine Lust hat, nach Hause zu gehen. »*Auf dem Gericht*. Warum heißt das so?«

»Weil da einst der Galgen stand«, raunt Hein genüsslich. »Man sagt, unser Berg sei verflucht von all den vielen Unschuldigen, die hier gehängt worden sind. Gibt eine hübsche Geschichte dazu.«

»Das ist nur eine Sage, Hein!«, bremse ich ihn.

»Aber sie ist wahr«, flüstert Gudrun verängstigt. Mich erstaunt immer wieder, wie meine patente Freundin, die in echten Krisensituationen immer vernünftig reagiert, bei eingebildeten Gefahren und Geistergeschichten gern die Nerven verliert.

Sabine setzt sich wieder. »Erzählt!«

Ich schüttele den Kopf. »Ein andermal. Ist zu spät für eine gruselige Gutenachtgeschichte.«

»Bei Nebel sieht es manchmal so aus, als ob der Galgen da noch steht«, fährt Hein fort. »Mit jemandem dran.«

»Wir haben eine klare Sternennacht«, schnauze ich ihn an.

Gudrun blickt flehentlich zu Jupp. »Unser Auto ist immer noch in der Werkstatt. Fahrt ihr uns heim?«

»Erstaunlich!«, tönt Hein. »Wie schon die Erwähnung eines Galgens Angst auslöst und uns zu Taxifahrern macht.«

»Es ist nicht der Galgen!«, schreit ihn Gudrun an. »Sondern der Uhu!« Sie hebt eine aschblonde Strähne aus der Stirn und fährt mit dem Finger über eine rote Schramme. Die stammt angeblich von einem Uhu, der sie drei Tage zuvor auf dem Heimweg angegriffen haben soll. Ihr Zusatz, dies sei ein unglaublich riesiger Vogel gewesen, hat Hein natürlich mit der Bemerkung gekontert, dass sie wohl eher genau einen solchen habe.

»Hier gibt es überhaupt keine Uhus«, wiederholt Hein jetzt sachlich.

»Oh doch!«, meldet sich Frank heftig nickend. »Ich habe auch einen gesehen. Mit Flügeln von bestimmt anderthalb Metern Spannweite, ein wahrhaft riesiges Tier!« Gudrun wirft Hein einen triumphierenden Blick zu. »Am großen Bunker, da nistet er wahrscheinlich. Ich habe das gleich dem Naturschutzbund gemeldet.«

Er sei dann an die Gesellschaft zur Erhaltung der Eulen in Bad Münstereifel verwiesen worden.

»Die Eifel ist Uhu-Land. Das hat man mir dort gesagt«, berichtet er, sichtlich stolz, uns etwas über unsere Heimat beizubringen. »Weil hier so wenig Leute wohnen, sich Wald und Wiesen abwechseln und die Eulen für ihre Jagd genügend Säugetiere finden …«

»… wie zum Beispiel unsere Gudrun«, wirft Hein ein.

»Hah!«, schnaubt die Küchenfee. »Wenn du wie jeder andere vernünftige Eifeler wenigstens jagen könntest …«

»Der Uhu wird nicht gejagt. Der steht unter Naturschutz«, meldet sich der deutsche Polizist.

»Das war ganz früher anders«, sagt Marcel und kippt den letzten Rest seines Kaffees. »In grauer Vorzeit haben die Bauern die Eule mit ausgebreiteten Flügeln ans Scheunentor genagelt.«

»Wozu das denn?«, frage ich entgeistert und ärgere mich im selben Augenblick über mich selbst, weil ich das Gespräch unnötig verlängere.

»Für den Teufel zu verjagen. Und für Blitz und Zauberei fernzuhalten. Weil der Uhu für unsere Vorväter der Vogel des Satans war.«

David schüttelt den Kopf. »In USA sagen wir *wise guy* zur Eule. Warum weiß ich nicht.«

»Er gilt als Vogel der Weisheit«, sagt Sabine, die Allwissende, »und ist das Attribut der griechischen Göttin Athene.«

»Da sieht man's wieder«, seufzt Hein. »Was in Griechenland und den USA göttlich ist, wird bei uns zum Teufel gejagt.« Er beißt in ein Kartoffelplätzchen und spricht mit vollem Mund weiter: »Uhus sollen sogar größere Tiere wie Füchse und Lämmer davontragen können …«

»Aber keine eingewickelte Frau«, unterbricht ihn Roland und katapultiert uns damit wieder zurück zum Thema des Tages. Er klappert mit den Autoschlüsseln. »Morgen werden wir mehr wissen. Gute Nacht allerseits.«

Hein kann es nicht lassen, sich mit einem Kalauer zu verabschieden: »Apropos Uhu, kleben Sie wohl, meine Herrschaften!«

»Abschließen!«, ruft mir Marcel zu, nachdem ich im Haus alle Lichter gelöscht habe und vor die Tür getreten bin. Dort erwartet mich schon mein schwanzwedelnder Hund, der den ganzen Abend schlafend unterm Tisch gelegen hat. Wahrscheinlich hat ihn die plötzliche Stille geweckt. Unschlüssig bleibe ich auf der obersten Stufe stehen. Nicht nur der Hund braucht jetzt etwas Auslauf. Ich habe heute viel zu viel gesessen. *Sitzen ist das neue Rauchen* lese ich jetzt überall. Was meine Kurzatmigkeit wohl auch erklärt. Gegen die und meine schmerzenden Knochen sollte ich dringend was tun. Zum Beispiel meine Muskulatur aufbauen. Warum nicht gleich jetzt? Da ich eh keine Lust habe, mich zu einem schlecht gelaunten Mann zu gesellen, der ohne auf mich zu warten mit dem Blech übrig gebliebener Kartoffelplätzchen einfach losgestiefelt ist.

»Ja, geh ruhig vor«, rufe ich ihm zu. »Ich dreh mit Linus noch 'ne Runde.«

Marcel bleibt mitten auf der Bundesstraße stehen. »Was? Hast du sie noch alle? Wo du an allen Knochen weh hast und nur noch kriechen kannst.«

Er hat es also gemerkt. Erstaunlich.

»Genau darum!«, gebe ich zurück, während ich Linus an die Leine lege. Damit er nicht überfahren wird, wenn ich mit ihm ein kleines Stück die Straße Richtung Losheim runterwandere. Sonst lasse ich ihn sein Geschäft immer im Wald nebenan erledigen, aber da lauern ja jetzt nachtaktive Riesenraubvögel.

»Wenn's richtig bergab geht, kehren wir um«, sage ich mehr zu mir als zu meinem Hund, als wir auf der linken Straßenseite unterwegs sind. Der Herausforderung, den Rückweg aufwärts bewältigen zu müssen, sollten sich weder mein alter Hund noch ich heute stellen. Ärzte warnen Sportanfänger ja immer vor falschem Ehrgeiz.

Die ersten Schritte machen mir noch etwas zu schaffen, es knarzt und knirscht im Bewegungsapparat. Ich bin eben schon im knackigen Alter, woran mich der sehr viel jüngere Hein gern erinnert.

In Beinen und Rücken scheint sich etwas zu lockern, und ich komme besser voran. Tief inhaliere ich die frische Nachtluft und fasse den Vorsatz, mich künftig jeden Abend nach der Arbeit diesem Spätsport hinzugeben.

Dann bleibe ich überrascht stehen. Schräg gegenüber, am Haus von Sabine und Frank, geht die Außenlampe an.

»Was zum Teufel …«, murmele ich, als Frank mit einem kräftigen, kahlköpfigen Mann herauskommt. Von Besuch hatten die beiden nichts erwähnt. Hat der Typ etwa die ganze Zeit im Haus auf sie gewartet? Seltsam. Beide Männer steigen in Franks Wagen und fahren los. Mich können sie nicht sehen, weil die Scheinwerfer die Straße in Richtung *Einkehr* ausleuchten. Ich schüttele den Kopf. Eine sehr schlechte Idee, sich jetzt noch ans Steuer zu setzen. Frank hat kräftig mitgeholfen, die vier Flaschen Sekt zu leeren, die ich vorhin weggeräumt habe, fahrtüchtig ist er wirklich nicht mehr.

»Wird schon gut gehen«, sage ich zu Linus, Verkehrskontrollen lohnen sich hier nicht, und die Statistik dürfte gegen einen zweiten Unfall in einer Nacht auf dieser Bundesstraße sprechen.

»Komm, Linus.« Ich zerre an der Leine, aber mein Hund widersetzt sich. Er scheint etwas Spannendes am Straßenrand entdeckt zu haben. Vielleicht ein totes Kleintier. »Lass die Maus für den Uhu liegen!«, fordere ich ihn auf, und dann fällt mir vor Schreck die Leine aus der Hand. Das verdorrte Gras vor mir leuchtet auf. Verängstigt fiepend springt Linus zurück. Mit einer Hand packe ich ihn am Halsband, mit der anderen hebe ich ein Smartphone auf.

»Na so was! Da ist vor uns noch jemand hier rumspaziert«, sage ich und mache mit Linus kehrt. Zweihundert Meter hin und her sind vierhundert Meter, das muss für den Anfang reichen. Bloß nichts übertreiben.

»Schon zurück?«, ruft Marcel durch die offene Küchentür, als wir das Haus betreten.

Erschöpft wirft sich Linus sofort auf seine Schlafdecke im Flur. Ich gehe in die Küche und lege das Smartphone neben das Backblech auf den Tisch. Marcel hat sich schon ordentlich durch unsere Resteverwertung gegessen. Kauend greift er zum nächsten Plätzchen.

»Schau mal, was am Straßenrand lag«, sage ich, bemüht, meine Atemlosigkeit zu verbergen. »Das wird wohl kaum ein Uhu fallen gelassen haben.«

Marcel legt das Kartoffelplätzchen zur Seite und nimmt das Smartphone in die Hand. »Muss wohl jemandem aus der Tasche gefallen sein«, sagt er mit vollem Mund und ohne große Überzeugung.

»Aber wer geht hier schon spazieren?«

»Du.«

»Ich würde merken, wenn mir so ein Ding aus der Tasche rutscht. Bei der Stille hier.«

Marcel mustert das Display und drückt auf eine Taste.

»Was machst du?«

»Wahlwiederholung«, knurrt er. »Dann erfahren wir schon, wem das Ding gehört.«

»Es ist nach ein Uhr nachts!«

»Egal. Ich will das jetzt wissen.«

Das Handy ist auf laut gestellt. Es klingelt nur kurz. Dann wird abgenommen.

»Hallo? Was ist? Habt ihr das Auto gefunden?«

Wir schauen einander sprachlos an. Diese Stimme kennen wir. Sie gehört einem Menschen, dem es die Etikette verbieten würde, andere mitten in der Nacht anzurufen.

»Tach, Sabine«, sagt Marcel. »Was für ein Auto?«

Als **Viertes** wird erst der Hund charmiert,
dann der Helfer schockiert, ein Gast brüskiert
und die Wahrheit dosiert serviert,
weswegen bei der Generalprobe nichts als Schmarrn
auf den Tisch kommt.

Original Tiroler Kaiserschmarrn für vier Personen:

6 Eigelbe mit Vanillezucker, einer Prise Salz und 1 EL Zucker schaumig aufschlagen. Nach und nach 250 g Mehl und 500 ml Milch einrühren, ein Schnapsglas Rum – auf Wunsch mit darin eingeweichten Rosinen – dazugeben, das steif geschlagene Eiweiß unter die Teigmasse rühren.
Butterschmalz in einer Pfanne stark erhitzen, den Teig hineinschütten und einen Deckel auf die Pfanne setzen. Den Teig umdrehen, wenn er nach etwa zwei bis drei Minuten aufgegangen ist, wieder abdecken, ein wenig warten, dann die lockere Masse mit zwei Gabeln auseinanderzupfen, zum Karamellisieren ein bisschen Zucker drüberstreuen und bei ausgeschalteter Herdplatte so lange in der Pfanne lassen, bis sich der Zucker aufgelöst hat. Vor dem Servieren das Ganze mit Puderzucker bestäuben.

Am nächsten Morgen

Erich Trautmann gehört nicht zu den Leuten, denen man liebevoll über den kahlen Schädel streichen möchte. Weniger aus Angst davor, den muskulösen Mann zu einer rabiaten Handlung zu provozieren, sondern weil er neben einer natürlichen Autorität eine Abstand gebietende Verletzlichkeit ausstrahlt. Dazu trägt womöglich auch die samtige Stimme bei, deren Tonfall eher in den Tiroler Alpen zu verorten wäre. Die Frage, was einen Österreicher in die Eifel verschlagen hat, ist jetzt allerdings nachrangig. Wir möchten vielmehr wissen, wie sein Smartphone ins vertrocknete Gras am Straßenrand der Kehr geraten ist und weshalb er sich gestern weit nach der Geisterstunde mit dem angetrunkenen Frank auf die Suche nach einem Auto gemacht hat.

Auf Marcels nächtliche Frage hatte Sabine sofort aufgelegt. »Vor Schreck«, entschuldigte sie sich, als sie uns kurz darauf selbst anrief. Eine solche Reaktion sei wohl verständlich, sagte sie, wenn sich statt des auf dem Display angezeigten Freundes eine belgische Polizistenstimme am Telefon melde. Sie fasste sich sehr kurz: Es wäre super, wenn wir am Morgen um neun ihrem guten Bekannten Erich Trautmann in der *Einkehr* sein Handy zurückgeben könnten. Er werde mit Frank dort auf uns warten. »Wie toll, dass ihr sein Smartphone gefunden habt«, zwitscherte sie und trennte die Verbindung. Sie hatte weder wissen wollen, wie wir an das Handy gekommen sind, noch hatte sie die Frage nach dem ominösen Auto beantwortet.

Nur mit Mühe konnte ich Marcel davon abhalten, sofort rüberzugehen und Sabine umgehend zur Rede zu stellen.

»Die weiß mehr!«, knurrte er. »Das hat doch was mit dem Unfall zu tun. Mit dem Tod von Heeng Scholtes.«

»Gut möglich«, gab ich zurück, »aber warte lieber bis morgen, mein Lieber, du bist total übermüdet.«

»Sie auch. Und sie hat mehr getrunken als ich. Das ist hilfreich.«

Das Bild eines mir wohlbekannten Verhörraums seiner Dienststelle in St. Vith stieg vor meinem geistigen Auge auf. Ich sah eine Delinquentin, die gedrängt wird, in einer Nacht des Schlafentzugs ein Glas Sekt nach dem anderen in sich reinzuschütten, um endlich das ihr zur Last gelegte Verbrechen zu gestehen. Schnell ließ ich diese Illusion fahren. Die belgische Polizei ist zwar recht einfallsreich, aber für solche Foltermethoden fehlt Geld im Staatssäckel des Königreichs.

»Klingt, als verdächtigst du sie.« Es kam schärfer heraus, als ich beabsichtigt hatte.

»Du nicht? Das ist doch alles sehr komisch.«

»Was soll Sabine schon getan haben? Sie war mit Frank bei uns, als der Unfall passiert ist. Roland hat gesagt …«

»Dem sollte ich direkt Bescheid sagen.«

»Nicht jetzt. Der braucht auch seinen Schlaf! Er hat gesagt, morgen wissen wir mehr.«

»Morgen ist schon heute.«

»Grund genug, später hellwach zu sein.«

Was wir an diesem frühen Morgen natürlich nicht sind. Soeben haben wir Belgien verlassen und schleppen uns über die Bundesstraße zum Restaurant.

»Noch so ein verdammter schöner Tag«, seufzt Marcel. »Ich hasse diesen Sommer! Wir sind hier nicht für Hitze gemacht. Die Landschaft ist das auch nicht, schau nur, alles versengt. Mon dieu, wo ist nur das schöne Eifeler Grün geblieben?«

Linus hat offenbar besser geschlafen als wir. Fröhlich springt er auf die beiden Männer zu, die sich am Tisch vor der *Einkehr* niedergelassen haben. Natürlich will er auf den Fremden mehr Eindruck machen als auf Frank, den er schon länger kennt und vermutlich genauso langweilig findet wie wir. Zwei riesige Pranken legen sich auf die Schultern des kahlköpfigen Mannes.

»Wart' mal«, flüstert Marcel. Er hält mich am Arm fest, als ich hinzueilen und mein verspieltes Hunde-Ungetüm in die Schranken weisen will.

Wir beide wissen, dass Linus ein Schaf im ergrauten Fell eines halben Kampfhundes ist, aber auch ich werde die Furcht nie vergessen, die mich beim ersten Anblick des einstmals total schwarzen, ungeheuren Höllenhundes ergriffen hatte. Weshalb ich seit Jahren zumindest versuche, anderen diesen Schreck zu ersparen.

»Ja mei, bist du a fesches Hunderl!«

Damit offenbart sich die alpenländische Herkunft des kahlköpfigen Mannes, der jetzt beide Pfoten meines Hundes ergreift. Er schüttelt sie sacht und setzt das Tier behutsam vor sich ab.

Ich atme tief aus. Linus fiept beglückt und lässt sich zu Füßen des freundlichen Österreichers nieder.

Die beiden Männer stehen auf. Frank stellt uns seinen Freund vor, den Besitzer des Smartphones. Ich erwidere Erich Trautmanns erstaunlich sanften Händedruck, der von einer eleganten Verneigung begleitet wird. Wann nur hat sich zuletzt ein Herr höflich vor mir verbeugt? Der kräftig gebaute Mann kommt mir wie ein wandelnder Widerspruch vor. Auch der Schatten der Unsicherheit in den dunkelgrauen, tief liegenden Augen passt nicht zu dem verbindlich lächelnden Mund.

Da Marcel das Smartphone von Trautmann mit der rechten Hand umklammert hält, hebt er zur Begrüßung nur kurz die Linke und lässt sich dem Österreicher gegenüber nieder.

»Darf ich?«, fragt dieser und streckt den Arm aus, um sein Handy entgegenzunehmen.

Marcel lässt es von der rechten in die linke Hand gleiten und wieder zurück. Unter dem schief gestutzten Schnauzbart hat er die Lippen wie ein trotziges Kind vorgeschoben und schaut Trautmann aus zusammengekniffenen Augen an. Er wahrt nicht den kleinsten Anschein von Höflichkeit und macht keinerlei Anstalten, das Eigentum dem Besitzer zu übergeben.

»Soll ich mich ausweisen?«, fragt Trautmann, ohne eine Spur von Ungeduld in der Stimme. »1980. Mein Geburtsjahr. Das ist der Pin.«

Den Marcel gestern Nacht vergeblich zu knacken versucht hat. So habe ich gelernt, dass man auf diesem Gerät ohne Pin zwar die zuletzt gewählte Nummer anrufen, nicht aber auf weitere Daten zugreifen kann. Marcel legt das Handy auf den Tisch und tippt die Zahlen ein. Als das Display mit den Icons aufleuchtet, greift Trautmann blitzschnell zu und stibitzt Marcel das Smartphone.

»Der Rest ist privat«, sagt er und steckt das Handy in die Tasche seines karierten Hemdes. »Ich verstehe Ihre Neugier, Herr Polizist. Was da gestern Nacht passiert ist, war schon heftig. Ich …« Er hält kurz inne, als ein belgischer Holzlaster an uns vorüberrumpelt. Dann räuspert er sich. »Ich werde Ihnen alles erzählen. Kann es ja selbst kaum glauben. Ehrlich gesagt, hab ich mich ziemlich blöd angestellt, aber das war der Schock, verstehen Sie? Da war erst mal dieser schreckliche Unfall …«

»Den haben Sie gesehen?«, unterbricht ihn Marcel.

»Nun ja, nicht direkt, aber irgendwie schon …«

»Moment«, sagt Marcel, hebt eine Hand und klickt mit der anderen einen Kontakt auf seinem eigenen Handy an. »Roland? Tach auch. Komm direkt zur *Einkehr*. Hier ist ein Zeuge von dem Unfall auf der Kehr.«

»Das ist der deutsche Polizist«, flüstert Frank seinem Freund zu.

Der nickt ergeben. »Ich weiß, ich hätte mich gestern Nacht gleich bei der Polizei melden sollen. Aber dafür war ich viel zu durcheinander. Der Schock, wie gesagt …«

»Moment«, sagt Marcel wieder und wendet sich an Erich Trautmann. »Sie sollen direkt zur Polizei nach Schleiden fahren. Polizeioberkommissar Kölln wird dort Ihre Aussage protokollieren.«

Ich bin fassungslos. Marcel hat es doch sonst nie so eilig, die deutsche Polizei an seinen Erkenntnissen teilhaben zu lassen. Wieso will er uns die Chance nehmen, den Mann erst selbst auszuquetschen? Wenn ihn nur Roland verhört, werde ich womöglich überhaupt nichts mehr erfahren. Will mich Marcel etwa wieder einmal ausschließen? Er selbst wird über alles informiert werden müssen, da das Unfallopfer aus Belgien stammt.

Trautmann schüttelt den Kopf. »Geht leider nicht«, sagt er und stößt einen tiefen Seufzer aus. »Wie soll ich da hinkommen? Mein Auto ist gestohlen worden. Das ist ja das Problem.«

Das dürfte eher ein toter Mann sein. Ich beiße mir auf die Lippen.

»Leider kann ich dich auch nicht fahren«, setzt Frank rasch hinzu. »Zu mir kommt gleich ein Kunde.«

»Roland?«, spricht Marcel wieder in sein Handy. »Du wirst Herrn Trautmann hier abholen kommen müssen … In einer Stunde? Parfait.«

Der Mann ohne Auto sieht mich flehentlich an. »Wenn es keine Umstände macht, könnte ich bitte einen starken Kaffee haben, Frau Klein?«

Ich zögere, will schließlich nichts von seiner Erzählung verpassen. Linus richtet sich auf, legt eine Pfote und den Kopf in den Schoß seines neuen Freundes und lässt sich von ihm kraulen.

»Mit Schlagobers?«, frage ich schließlich.

Wer meinen Hund charmiert, wie es hier so schön heißt, hat ein Recht auf Sympathiepunkte. Von denen der Österreicher mit einer schlüpfrig hingehauchten Antwort einige sofort wieder einbüßt. »Nein. Bitte so süß und schwarz wie die Sünde.«

Marcel überrascht mich. »Dafür bin ich zuständig. Ich mach uns jetzt allen en jood Tass' Kaffee. Komm mit, Katja, und schließ mir die Tür auf.«

Im Haus raunt er mir zu: »Ich trau dem Kerl nicht.«

»Er hat doch noch gar nichts gesagt. Nur, dass sein Auto geklaut wurde.« Ich stelle den Kaffeeautomaten an, Zucker und Milch aufs Tablett und die ersten beiden Tassen unter die schmalen Auslaufröhrchen.

Marcel wandert unruhig auf und ab. »Findest du es nicht komisch, dass er uns nicht gefragt hat, wo wir sein Handy herhaben? Wetten, dass die Hälfte von dem, was er sagen wird, gelogen ist? Der verbirgt was. Dem Mannsbild traue ich nicht. Für so was habe ich eine Nase. Wir sind nur die Generalprobe, Katja.«

»Für was?«, frage ich.

»Für seine Aussage bei der deutschen Polizei.« Marcel bleibt stehen und sieht mich triumphierend an. »Wie so oft unterschätzt du mich, mon chou. Du dachtest, ich lasse ihn einfach so nach Schleiden ziehen, bevor wir seine Story gehört haben, n'est-ce pas? Mir war völlig klar, dass er erst an uns üben will, wie seine Geschichte ankommt. Die er wahrscheinlich mit Frank und Sabine ausgeheckt hat. Wo ist Sabine überhaupt?«

»Natürlich bei dem Kleinen. Sie ist ja nicht nur deine Verdächtige, sondern auch Mutter.« Ich platziere die nächsten beiden Tassen am Kaffeeautomaten und drücke wieder den Knopf.

Marcel zieht sein Handy hervor. »Das stelle ich jetzt auf Aufholen.«

»Mit der *Aufnahme* würde ich bis draußen warten«, schreie ich, um das Kreischen des Mahlwerks zu übertönen. »Wolltest *du* nicht den Kaffee machen?«

»Schon erledigt.« Er deutet auf die versiegenden dampfenden Rinnsale, die aus der Maschine tropfen.

»Tolles Teamwork«, sage ich und stelle die vier vollen Kaffeetassen auf das Tablett. Marcel legt sein eingeschaltetes Handy dazu und hält mir mit einer Verbeugung die Tür auf.

»Es fällt mir sehr schwer, das alles zu erzählen«, beginnt Trautmann, »so was erlebt man ja nicht alle Tage. Schreckliche Bilder.« Er wischt sich über die hohe Stirn, als wollte er die Erinnerung an das Gesehene löschen. »Das Auto auf dem Dach im Graben, die kranke Frau in der Decke, der Kerl, der mich übertölpelt hat und mit meinem Auto abgehauen ist, und dann habe ich auch noch den toten Mann am Steuer gesehen …«

»Was!«, rufe ich und fasse mir jetzt auch an den Kopf. In meinem Hirn vermischt sich die Suche nach Krankheiten, bei denen man fest eingewickelt werden muss, mit dem Echo von Davids Mantra: *the same car, dasselbe Auto.*

Als hätte ich den Texaner herbeizitiert, fährt er in diesem Moment mit Gudrun vor. Aha, *das* Auto ist also repariert und wird Gudrun auf dem Nachhauseweg am Abend vor dem Uhu schützen. Ich sehe Marcel an. Fast unmerklich schüttelt er den Kopf. Er will die beiden ebenso wenig dabeihaben wie ich. Das brächte nur noch mehr durcheinander.

Also hänge ich die Chefin raus. »Guten Morgen! Ihr zwei Hübschen geht gleich in die Küche und macht uns was zu essen!« Meine Stimme wirkt wie ein Bremsklotz.

Ohne sich von der Stelle zu rühren, fragt Gudrun ratlos. »Was denn? Frühstück?«

Mein Blick streift den Österreicher. »Kaiserschmarrn«, bestimme ich.

Trautmann blickt überrascht auf. »So was könnt ihr hier doch gar nicht richtig.«

»Was meinen Sie, was wir hier alles können!«, fahre ich ihn an, stemme mich aus meinem Sitz und geh auf die beiden Ankömmlinge zu, damit sie gar nicht erst auf die Idee kommen, eine Vorstellungsrunde einzuläuten.

»Wer ist das?«, fragt Gudrun prompt und schenkt Trautmann das reizvolle Lächeln, mit dem sie jeden auch nur halbwegs attraktiven fremden Gast bedenkt. »Guten Tag!«, tiriliert sie zum Tisch hinüber. »Ich bin die Gudrun!« Neue Männer im beziehungsfähigen Alter üben eben immer noch eine starke Anziehungskraft auf sie aus.

Ich mache mich breit. Vergeblich versucht sie, sich an mir vorbeizuschieben.

»Sag ich dir später. Du hast jetzt zu tun. David, ihr bastelt sofort einen echten Tiroler Kaiserschmarrn für uns alle. Das Original-Rezept findest du im Internet. Mach es genau so, wie es da steht. Keine Experimente.«

Entsetzen spiegelt sich in Davids Augen. »No extra Kick?«, fragt er ungläubig. »Ohne Speck, Tofu, Mango, maple sirup, Brokkoli. Zitronen-Ingwermarmelade ...«

»Nein, the real thing, David. Das wirst du wohl noch hinkriegen?« Eine berechtigte Frage. Schließlich verlange ich normalerweise von meinem Koch, jedes bekannte Rezept so exotisch abzuwandeln, wie es nirgendwo sonst auf der Welt serviert wird. Da ist die Herstellung der reinen Wahrheit schon eine ordentliche Herausforderung.

Für Herrn Trautmann womöglich auch.

»Noch mal ganz von vorn!«, bittet ihn Marcel, als ich mich wieder an den Tisch setze. Erich Trautmann holt so tief Luft, als befände er sich noch auf dem Waldspaziergang bei Losheimergraben, mit dem dieses Drama offenbar seinen Anfang genommen hat. Meine Sinne sind geschärft, ich darf mich von der weichen, sonoren Stimme nicht einlullen lassen. Muss auf Widersprüche achten. Aber warum sollte der Mann lügen? Könnte es sein, dass Marcel ihm nur deshalb misstraut, weil ihm seine Redeweise so unvertraut ist und somit verdächtig erscheint?

Trautmann erzählt, wie er bei Anbruch der Dämmerung wieder in den Wagen gestiegen sei, um nach Prüm zurückzufahren, wo er wohne.

»Warum sind Sie nicht dort spazieren gegangen?«, unterbricht ihn Marcel. »Da gibt es doch auch Wald.«

Trautmann mustert ihn eisig. »Wald ist nicht gleich Wald. Mit Losheimergraben verbinden mich private Erinnerungen. Sind die von Belang?«

»Erzählen Sie weiter.«

»Als ich den Berg hinter dem Grenzmarkt hochfuhr, sah ich auf der linken Seite den Wagen auf dem Dach im Graben liegen …«

»War es nicht eher so, dass Ihr Fernlicht den Fahrer so geblendet hat, dass er vor Ihren Augen von der Straße abgekommen und in den Graben gedonnert ist?«

Trautmann wendet sich an Frank. »Will er mir was anhängen, oder warum fragt er so aggressiv?«

»Er will nur die reine Wahrheit herausfinden«, sagt Marcel friedfertig. »Wie nachher die deutsche Polizei auch. Ich ermittele hier nicht und klage niemanden an.«

»Hat sich aber so angehört.«

Ich kann Trautmann nur zustimmen. Denn als er fertig erzählt hat, sehe ich überhaupt keinen Grund, an seinen Angaben zu zweifeln. So fremdartig die Geschichte klingt, so plausibel wirkt sie auf mich:

Erich Trautmann hat angehalten und ist über die Straße zu dem verunglückten Auto gerannt. Mancher wäre da einfach weitergefahren. Der Österreicher aber hat das Richtige getan. In der Böschung sah er einen Mann, der sich an einem langen Bündel zu schaffen machte und vergeblich probierte, es über den Rand des Grabens zu heben. Eine kranke Frau, die müsse sofort ins Krankenhaus, sagte ihm der Mann keuchend. Ohne weiter nachzufragen, half ihm Trautmann, die eingewickelte Frau aus der Böschung zu hieven, über die Straße zu tragen und auf den Rücksitz seines Wagens zu legen. Da sackte der Mann plötzlich zusammen. Er konnte nur noch hervorbringen, dass ein weiterer Mann im Auto sei und Hilfe benötige. Trautmann sprintete also wieder über die Straße und blickte in den Wagen.

»Ein schrecklicher Anblick«, sagt er. »Da drinnen war ein Mann eingezwickt, der hatte verdrehte, offene Augen, offenen Mund, der war ganz klar tot …«

»Und das alles konnten Sie in der Dunkelheit erkennen?«, fragt Marcel. »Zu dem Zeitpunkt musste die Sonne nämlich schon untergegangen sein.«

Trautmann seufzt, zieht aus seiner Hosentasche einen schmalen Gegenstand hervor und lässt ihn aufblinken. »Ich lebe in der Eifel. Diese Taschenlampe habe ich also immer dabei. Und dann hörte ich es.« Das Aufheulen eines Motors. »Der Typ ist einfach mit meinem Wagen abgehauen!«

»Er war in Panik und wollte die Frau schnell ins Prümer Krankenhaus bringen«, schlage ich vor.

Trautmann lacht bitter. »Wieso war er dann vorher in der falschen Richtung unterwegs?«

»Weil er zuerst nach Schleiden ins Krankenhaus wollte?«, überlege ich. »Aber dann ist die Frau bei dem Unfall zusätzlich verletzt worden, und da fährt er schnell ins nächste.«

Trautmann schüttelt den Kopf. »Ich bin später mit Frank zum Krankenhaus in Prüm gefahren. Da ist niemand eingeliefert worden. Das ist alles sehr rätselhaft.«

Ich umarme Marcel und raune ihm dabei ins Ohr: »Also ist Fabienne Lorenz ein drittes Mal entführt worden.«

»Wie bitte?«, fragt Frank.

»Warum hatten Sie Ihr Handy nicht bei sich?«, will Marcel wissen.

»Das steckte für die Freisprechanlage im Auto in der Halterung.«

»Dann hat es der Dieb wohl rausgeworfen, damit er nicht geortet werden kann. Aber warum sind Sie nicht einfach an der Unfallstelle stehen geblieben und haben das nächste Auto angehalten?«

»Da kam ja keins! Es war ein schrecklicher Ort. Ich wollte nur noch weg. Ich weiß, dass das falsch war, aber denken Sie mal geradeaus, wenn Ihnen so was passiert!«

»Sie sind also zu Sabine und Frank gelaufen«, sage ich, »die wohnen ja nah genug.« Ich muss kein Mitgefühl vortäuschen, kann mir sehr gut vorstellen, wie verloren und verzweifelt sich der Mann gefühlt haben muss. Da will man nach einem erholsamen Waldspaziergang nur nach Hause fahren und gerät dann in einen solchen Albtraum.

»Genau. Wir hatten gestern ja schon ein paar Mal miteinander telefoniert …«

»Warum?«, stellt Marcel eine Frage, die mir unwesentlich und herzlos erscheint.

»Wir sind gute Freunde. Und ich wollte nach meinem Spaziergang sowieso kurz bei ihnen vorbeikommen.«

»Was wir in der Aufregung ganz vergessen haben«, meldet sich Frank. »Noch mal Entschuldigung, dass du so lange warten musstest.«

»Gschissn gschmissn«, sagt Trautmann grimmig.

»Hundert Meter weiter gibt es dieses Restaurant. Wussten Sie das denn nicht?«, bohrt Marcel weiter.

»Ich wusste gar nichts mehr, Herr Polizist! Ich war total erledigt, hab mich nur auf die Terrasse gesetzt und auf Frank und Sabine gewartet. Meine Knie haben wie verrückt geschlottert. Ich hätt keinen Schritt mehr gepackt. Und ich dachte, die beiden kommen bald zurück.«

»Hat aber noch etwa zwei Stunden lang gedauert«, merkt Marcel süffisant an.

»Kam mir nicht so vor, ich hatte das Gefühl für Zeit ganz verloren, ich sag ja, ich war total durcheinander.«

Marcel nickt. »Alles klar. Als Frank kam, sind Sie mit ihm also losgefahren. Wo wollten Sie denn nach Ihrem Auto suchen?«

»Erich wollte suchen«, mischt sich Frank ein. »Ich habe ihm gesagt, dass das totaler Blödsinn ist und bin mit ihm erst ins Krankenhaus gefahren ...«

»... wo keine Frau eingeliefert worden ist.« Marcel nickt. »Das sagten Sie schon.«

»... dann habe ich ihn nach Hause gebracht. Und heute Morgen wieder abgeholt. Ende der Geschichte.«

»Geschichte ist gut«, sagt Marcel. »Nur noch eine Frage: Warum seid ihr nicht wieder zur Unfallstelle zurückgefahren? Da waren doch noch die Beamten der Spurensicherung im Einsatz.«

»Woher sollten wir das wissen?«, fährt Frank auf.

»Weil du dabei gewesen bist, als Roland davon gesprochen hat.« Marcel verschränkt die Arme hinter dem Kopf und lehnt sich genüsslich zurück.

Mir reicht es. »Du hast die Sensibilität eines ... eines Mähdreschers, Marcel Langer! Du kannst doch nicht erwarten, dass Herr Trautmann oder Frank in einer solch kafkaesken Lage ...«

»Was für eine Lage?« Mein Freund sieht mich ehrlich ratlos an.

Uns trennen Welten. Das weiß ich schon seit Langem. Manchmal erdet es mich, manchmal verzweifele ich daran. Manchmal finde ich auch die richtigen Worte: »Wenn dir der Arsch auf Grundeis geht, erinnerst du dich doch auch nicht an alles, was davor gesagt worden ist!«

»Verstehe.« Marcel nimmt wieder Haltung an. Er lässt sich Fabrikat und Nummernschild des Autos von Erich Trautmann nennen und erfährt, dass es sich um ein hellgraues SUV älteren Datums handele. »Vielleicht taucht es ja bei uns in Belgien auf. Gibt es sonst noch was Besonderes an Ihrem Auto?«

»Zwei Aufkleber auf der Rückscheibe. *Ein Herz für Kinder* und *Baby an Bord*.«

»Ach, Sie haben ein Kind?«, frage ich überrascht. Er sieht so gar nicht nach Familienvater aus. Aber da kann man sich irren. Trautmann schüttelt den Kopf.

»Tiroler Kaiserschmarrn!«, trompetet Gudrun, vier Teller auf ihren Armen balancierend. Den am hübschesten dekorierten stellt sie vor Erich Trautmann ab.

»Ich habe weder Frau noch Kind«, sagt er wehmütig, senkt den Kopf und beschnuppert die Mehlspeise.

Gudrun bleibt wie angewurzelt stehen. Ich nehme ihr zwei Teller ab und reiche sie Frank und Marcel.

»Riecht wunderbar. Sie sind Frau Gudrun, nicht wahr? Das Schild war schon dran, als ich den Wagen kaufte, und ich dachte, dann fahren die Leute vorsichtiger.«

»So ein Schmarrn«, erklärt Marcel, als Gudrun die letzte Portion vor mich hinstellt. »So sagt man das doch, Herr Trautmann, oder nicht?«

Gudrun blickt suchend das Gelände ab. »Wo ist denn Ihr Wagen?«, fragt sie.

»Das würden wir auch gern wissen, liebe Gudrun«, sagt Marcel. »Er ist Herrn Trautmann auf sehr merkwürdige Weise abhandengekommen.«

Unsere Küchenfee setzt sich auf den Stuhl am Kopfende und bedenkt den neben ihr sitzenden Erich Trautmann mit einem Blick, der David gar nicht gefallen hätte. Sie legt eine Hand auf seinen Arm und sagt: »Oh, das tut mir leid. Aber machen Sie sich keine Sorgen, Herr Trautmann. Marcel wird das Auto schon finden. Und jetzt erzählen Sie doch mal, wo Sie herkommen und was Sie an diesem schönen Morgen hierhergeführt hat!«

Wie als **Fünftes** eine sexuelle Anspielung
zu Stromschlägen führt,
während doch das Lämmchen Spannung erzeugt.
Diese wird gesteigert, als sich beim Schaf
der Magen umdreht und Bohnen eben nicht
an die Nieren gehen.

Lammeintopf à la Kehr:

Lammfleisch aus der Keule schneiden, in Olivenöl anrösten, nacheinander Auberginen, Süßkartoffeln, Kürbis und Zucchini in Würfeln dazugeben sowie rote Paprikaringe und einen Schuss süßsaurer Chilisauce, alles kurz köcheln lassen, dann Mangoscheiben hinzufügen, mit Salz, Kurkuma, Kreuzkümmel und frisch geriebenem Ingwer würzen, etwas Sauerkraut hineinrühren und zum Schluss Kidneybohnen aus der Dose unterheben.

Die Lage ist zu ernst, um in Gelächter auszubrechen. Und zu kompliziert, als dass wir die ganze Geschichte noch mal vor Gudrun ausbreiten könnten oder wollten. Ich bin froh, dass sie sich mehr für neue Menschen als für neue Fakten interessiert und nicht als Erstes nach dem verschwundenen Auto gefragt hat.

»Herr Trautmann ist ein Freund von Sabine und Frank«, antworte ich und wende mich an unseren Nachbarn: »Woher kennt ihr euch eigentlich?«

»Erich betreibt ein EMS-Studio in Prüm«, antwortet Frank.

»Ganz offiziell?«, fragt Gudrun entsetzt. »Ist das denn erlaubt?«

Offensichtlich weiß meine Küchenfee mehr als ich, mir sagt diese Abkürzung nichts.

Marcel offenbar schon. Und wie so oft kann er sogar die Schlussfolgerung meiner Freundin nachvollziehen:

»Das ist nichts Unanständiges, Gudrun«, sagt er, als sich David mit zwei weiteren Tellern Kaiserschmarrn zu uns gesellt. »Was du meinst, ist SM. Ich glaube kaum, dass in Prüm Sadomaso-Spielchen …«

»What?!« David lässt fast den Teller fallen, den er vor seiner Verlobten abstellen will. Er blickt von ihr zu Marcel und wieder zurück. In seinen Augen spiegelt sich nicht nur Entgeisterung, sondern vielleicht auch so etwas wie freudige Verblüffung.

Aber womöglich ist das nur eine bösartige Interpretation meinerseits. Oder tatsächlich ein Hinweis darauf, was zwischen dem Paar derzeit schieflaufen könnte. Mir sind schon vor Monaten Anzeichen einer gewissen Entfremdung aufgefallen.

Hektische Hochzeitsplanerei hat sich da mit unerwarteten Verzögerungstaktiken abgewechselt. Mal zeigte sich David halbherzig engagiert, mal Gudrun. Die Trauer über Mathildes Tod ermöglichte beiden, das Thema wieder auf die lange Bank zu schieben. Vielleicht schadet auch das intensive Teamwork der Beziehung. Das Paar kommt jeden Tag zusammen ins Restaurant und kehrt am Abend gemeinsam in das Haus zurück, das für beide mit einer jeweils anderen furchtbaren Geschichte belastet ist.

Ich erlaube mir einen esoterischen Anflug: Könnte es sein, dass die ungute Atmosphäre früherer Zeiten von den Wänden eines Gebäudes aufgesogen und als heimliches Gift später wieder freigesetzt wird? Beeinflusst das etwa die Launenhaftigkeit, mit der beide neuerdings ihre Arbeit verrichten? David schwankt zwischen mürrisch und manisch, und Gudrun zwischen aufgekratzt und am Boden zerstört. Natürlich habe ich sie auf diese Stimmungswechsel angesprochen und nachgehakt, ob denn zwischen ihnen alles so weit in Ordnung sei. Ihre spitze Antwort: »Das ist nur was zwischen uns«, schien mir durchaus erhellend und erübrigte jegliche Nachfrage. Über Sex spricht die Eifelerin auch mit ihrer besten Freundin nicht. Und wahrscheinlich nicht einmal mit ihrem Verlobten. Der sich wohl nie hat träumen lassen, dass jemand Gudrun auf *Sadomaso-Spielchen* ansprechen würde.

»EMS ist eine Sportart«, klärt uns Marcel auf.

»Eher ein Trainingsprogramm«, verbessert Erich Trautmann lächelnd. »Mit dem man in kurzer Zeit Muskeln aufbauen und den Körper straffen kann. Die Abkürzung EMS steht für elektrische Muskelstimulation …«

»Wie, elektrisch?«, unterbricht Gudrun mit gekräuselter Stirn.

»Da wird andauernd Strom durch deinen Körper gejagt«, erklärt Marcel.

Ich lache. »Wer träumt nicht davon, sich mal gründlich elektrisieren zu lassen?«

»Doch nicht mit Starkstrom!«, ruft Trautmann und setzt zu einer Erklärung an. Aber Marcels Stimme ist lauter: »Kollegen von mir in St. Vith sind neuerdings ganz scharf drauf.«

»Und Sie haben kein Interesse daran?«, fragt Trautmann höflich.

»Bin ich denn ein Robocop? So sehen die Kollegen bei diesem *Training* nämlich aus. Mit Gekabels vollgehangen hampeln sie in hautengen, schwarzen Westen vor einem Pult herum und lassen sich Stromschläge versetzen.«

»Wozu?«, will ich wissen.

»Weil sie keine Zeit für die Muckibude haben, sagen sie. Dieses EMS dauert nur zwanzig Minuten in der Woche. Aber ich bin zu alt für so 'nen Quatsch.«

»Das sind Sie nicht«, versichert Trautmann. »Und es handelt sich nicht um Stromschläge, sondern um Impulse, die auf Ihre Muskeln einwirken und sie kräftigen. Auch solche, die bei konventionellem Training gar nicht angesprochen werden. Glauben Sie mir, EMS ist für jede Alters- und Gewichtsklasse empfehlenswert.« Dass sein Blick beim letzten Teil des letzten Satzes unwillkürlich bei mir strandet, ist ihm sichtlich unangenehm. Verlegen lächelnd hebt er die Gabel. »Ihr könnt es hier wirklich, Frau Klein. Das ist zweifellos der beste und fluffigste Kaiserschmarrn außerhalb Tirols, mein Kompliment!«

Ohne sich die Freude über diese Anerkennung anmerken zu lassen, setzt sich unser Koch ans andere Kopfende und schaufelt mürrisch die Mehlspeise in sich hinein.

»Dann hast du es ja goldrichtig gemacht«, ruft ihm Gudrun aufmunternd zu. »Da gab es nämlich ein Problem, Herr Trautmann.«

Zwei widersprüchliche Rezepte – bei einem wird das Eigelb vom Eiweiß getrennt, beim anderen nicht. War es richtig, dass David die erste Variante gewählt hat?

Der Österreicher hebt die Schultern. »Keine Ahnung«, sagt er. »Ich weiß nur, wie der Schmarrn aussehen, riechen und schmecken muss. Eben genau wie dieser. Meine Mutter hat ihn zum Schluss immer in den Ofen geschoben.«

»Haben wir auch!«, sagt Gudrun stolz, dann setzt sie etwas kleinlauter hinzu: »Für so viele Leute kann man ja nicht alles auf einmal in die Pfanne hauen.«

»Apropos«, meldet sich Marcel wieder, »Herr Trautmann hat deine Vermutung bestätigt, David: the same car, dasselbe Auto.«

David nickt müde und isst weiter.

Gudrun schlägt eine Hand vor den Mund und starrt ihren Nachbarn aus aufgerissenen Augen an. »Das war *Ihr* Auto?!«

»Natürlich nicht«, erwidere ich ungeduldig. »Der verunglückte Wagen ist doch schon längst bei der KTU. Herr Trautmann ist zufällig mit seinem vorbeigekommen, als der Unfall passiert ist.«

David hört auf zu kauen und fragt atemlos: »Der Mann hat *the wrapped woman*, die eingepackte Frau, da gesehen? Is that true?«

»Ja, und den anderen Mann auch«, versetzt Marcel. »Der hat Herr Trautmann reingelegt und ist mit seinem Auto einfach abgehauen.«

Der belgische Polizeiinspektor scheint es darauf angelegt zu haben, die ganze Geschichte doch noch mal auf den Frühstückstisch zu bringen. Als ich sie für Gudrun und David in Kurzform zusammenfassen will, stoppt er mich und lässt Trautmann alles abermals erzählen. Aus mir unerfindlichen Gründen hält er ihn wohl immer noch für unglaubwürdig und will ihn bei Unstimmigkeiten ertappen.

Was ihm nicht gelingt. Weder verwickelt sich der Österreicher in Widersprüche, noch macht er sich dadurch verdächtig, dass er die genauen Worte der ersten Version wie auswendig gelernt herunterbetet. Ich verstehe Marcels Hartnäckigkeit nicht. Warum sollte der Mann, dessen Auto auf so aberwitzige Weise geklaut worden ist, Märchen erzählen?

Nach Trautmanns zweitem Durchgang bückt sich Gudrun zu Linus runter und klopft ihm anerkennend auf den Rücken. »Das hast du gut gemacht, Dicker, dass du Herrn Trautmanns Handy gefunden hast! Menschen gibt's, das glaubt man gar nicht!«

»Stimmt«, sagt Marcel und macht mit einer Hand sein Haar noch wirrer, als es ohnehin schon ist. »Da wäre noch 'ne Sache …« Wie immer, wenn ihm etwas rätselhaft ist, drückt er mit Daumen und Zeigefinger das Grübchen in seinem Kinn zusammen. »Wie konnte der Mann denn die Frau aus dem Auto kriegen, wenn es doch auf dem Dach lag? Ich stelle mir das sehr schwierig vor.«

»Keine Ahnung«, antwortet Trautmann. »Er hatte sie schon raus, als ich dazukam.« Verdrießlich fügt er an: »Den anderen Mann hätte ich nie rausziehen können, wenn der noch am Leben gewesen wäre, das steht fest.«

»Weil er so *eingezwickt* war?«, fragt Marcel. »Hing er denn nicht in seinem Gurt?« Als ob er nicht selbst gesehen hätte, dass der Mann nicht angeschnallt gewesen war.

Trautmann haut auf den Tisch. Das Geschirr scheppert. »Der hatte den Gurt doch gar nicht um! Dass mir das jetzt erst einfällt. Wie furchtbar! Sonst hätte er vielleicht überleben können.«

»Wie der Kerl, der Ihnen den Wagen gestohlen hat. Hatte der denn gar keine sichtbaren Verletzungen, eine blutige Stirn oder so?«

»Ist mir nichts aufgefallen, aber es war ja schon ziemlich dunkel.«

»Der Mann ist doch voll zusammengebrochen!«, meldet sich Gudrun. »Bestimmt hatte er was am Kopf.« Mühsam unterdrücke ich ein Stöhnen.

»Das war nur ein Trick«, sagt Marcel mit der sanften Stimme, die er für meine Freundin reserviert hat. »Damit Herr Trautmann wieder über die Straße geht und der Kerl mit seinem Auto und der Frau davonfahren kann. Mit Fabienne Lorenz, wie wir vermuten.«

Trautmann horcht auf. »Sie wissen schon, wer die Frau ist?« Erstaunlich, dass ihm Frank nichts davon erzählt hat.

Zu meiner Überraschung tut Marcel, was er sonst nie tut: Er gibt einem Fremden eine Erkenntnis preis: »Alles deutet darauf hin, dass es die Ehefrau von dem toten Belgier in dem Auto ist, die Frau von Heeng Scholtes.«

»Wenn man die Namen kennt, geht es einem noch viel näher«, flüstert Frank.

»Namen machen die Sache persönlicher«, stimme ich zu. »Das ist bei Tieren nicht anders, wie ihr ja gerade erfahren habt. Ihr könnt Lily ja auch nicht essen.«

So hieß das Lämmchen, das Frank und Sabine gleich nach dem Umzug aus Köln auf ihrem Hof aufgepäppelt hatten. Von vorneherein mit der Absicht, es später schlachten zu lassen und zu verspeisen. Wer gesundes Fleisch von glücklichen Tieren essen wolle, behauptete Sabine damals, müsse sich der Tatsache stellen, dass man etwas zu sich nehme, das vorher quicklebendig herumgesprungen sei.

»Richtig konsequent wären wir aber erst, wenn wir Lily selbst schlachten würden, doch das bringe ich nicht fertig.« Also sollte der Umgang mit dem Lämmchen zumindest die pädagogische Aufgabe erfüllen, ihrem Sohn den Grundstoff seiner Lieblingsspeisen im Urzustand zu veranschaulichen. Leider hätten Franks Eltern den kleinen Wendelin in Köln nach Burgers und Hotdogs regelrecht süchtig gemacht. »Auch ein Grund, hierher zu ziehen«, meinte Sabine, wobei mir nicht klar war, ob sich das mehr auf die Eltern oder die mangelnde Fast-Food-Versorgung auf dem Land bezog. Lily wurde gut gefüttert und reichlich gestreichelt, sie wuchs und gedieh und war bald reif für den Schlachter. Die Nachbarn kniffen.

»Ein Schaf allein darf man nicht halten«, erklärte ihnen Gudrun eindringlich. »Das ist Tierquälerei. Und viele Schafe versorgen, das kann nicht jeder.« An diesem Feldversuch sei hier vor einigen Jahren Bianca gescheitert, die Tochter ihres früheren Freundes Robert. Als kein geeignetes Zuhause für Lily gefunden wurde, boten uns Frank und Sabine das Tier als Geschenk an.

»Macht damit, was ihr wollt«, sagten sie zu mir, der Gastwirtin, die normalerweise sehr gern Lamm auf die Speisekarte setzt. »Nur gebt uns bitte nie wieder ein Gericht mit, in dem irgendwas vom Schaf steckt.«

Zugegeben, auch ich betrachtete etwas wehmütig die handlich zerhackten Teile, die mir Jupp vor zwei Tagen mit bedauerndem Lächeln auf die Anrichte gelegt hat.

Gudrun zeigte sich da weniger empfindlich: »Sollen wir alles von Lily direkt einfrieren?«

Mir wäre es lieber gewesen, gleich das ganze Fleisch zu verarbeiten. Um es unter die Leute und somit hinter mich zu bringen. Ich wollte nicht bei jedem Öffnen der Kühltruhe an das süße Lämmchen erinnert werden. Aber ich musste realistisch bleiben. Sollte die Hitze noch länger andauern, würden die Gäste unser Etablissement weiterhin meiden. Nie hätte ich gedacht, dass ich in der Eifel mal ein Gewitter mit anschließender lang anhaltender Kälteperiode herbeisehnen sollte. Ich gab mir einen Ruck, verstaute die Keulen im Kühlschrank und überließ den Rest der Kühltruhe.

»Wenn Sie die Frau kennen, wissen Sie inzwischen auch, warum sie so komisch eingewickelt war?«, fragt Frank. »Was für eine Krankheit hatte sie denn?«

»Da wird noch ermittelt«, entgegnet Marcel.

»Quatsch, Krankheit. Die ist entführt worden!«, ruft Gudrun. »Einmal von einem Mann, der sie da drüben aus dem Auto geworfen hat …«, sie deutet aufgeregt die Straße hinunter, »… dann von ihrem eigenen Mann und seinem Beifahrer.« Ihre Stimme sinkt zu einem Flüstern herab: »Und der hat sie jetzt noch mal entführt?«

»Entschuldigung«, meldet sich Trautmann. »Das ist alles ziemlich verwirrend. Was für ein Mann hat sie denn zuerst entführt?«

»Hast du ihm das denn nicht erzählt?«, frage ich Frank.

»Doch, aber es ist ihm wohl in der ganzen Aufregung entfallen. Er hat schließlich andere Sorgen.«

»Zum Beispiel die, wie lange mich die Polizei in Schleiden festhalten wird und ob sie mich rechtzeitig für mein erstes Nachmittags-Training nach Prüm zurückbringen kann. Sonst muss ich den Leuten absagen.

Also, was war das für ein Mann? Der erste Entführer, meine ich?«

»Konnten wir nicht sehen«, sagt David. »Das ging ja alles sehr schnell.«

»Und der hat die Frau hier aus dem Auto geworfen? Was war das für ein Auto?«

Ich hebe die Schultern. »Wir haben ja vor allem auf den zweiten Wagen geachtet. Der erste war ein SUV, mehr haben wir nicht gesehen.«

»Vielleicht doch«, murmelt Marcel.

»Ach ja?«, sage ich spitz. »Was hast du denn gesehen?«

»Irgendwas in métallique.« Er beschenkt den Österreicher wieder mit seinem lauernden Blick. »Hell. So wie Ihrer.«

Er kann es nicht lassen.

»Marcel!«

»Schon gut, Frau Klein«, Trautmann hebt begütigend die Hand. »Ich verstehe, dass ein Polizist querdenken und in alle Richtungen ermitteln muss. Gesetzt den Fall, ich war nicht in Losheimergraben spazieren – was ich wirklich war –, warum in Dreihimmelsnamen sollte ich eine Frau hier auf die Straße werfen?«

»Weil du sie erst entführt und später dann gemerkt hast, dass ihr Mann dir gefolgt ist«, spinnt Frank die Geschichte genau so fort, wie wir sie uns gestern Nacht zusammengereimt haben.

»Und warum sollte ich eine Frau entführen?«

»Weil du keine hast.«

Beide Männer brechen in Gelächter aus, werden dann aber sofort wieder ernst.

»Sorry«, sagt Frank, »aber das alles ist so absurd, da braucht man mal ...«

»... Comic Relief«, vollendet David den Satz. Er nickt nachdenklich. »Right, Marcel, der erste Wagen war heller als der zweite. Da bin ich mir ganz sicher. *A light car*, ein helles Auto ...«

Ich unterbreche das, was hoffentlich kein neues Mantra werden wird. »Das erste Auto kann mit dem Unfall nichts zu tun gehabt haben. Es war zu diesem Zeitpunkt schon über alle Berge.«

Ich stehe auf und blicke nach Belgien. Aus den Augenwinkeln habe ich erspäht, wie ein anderes, uns durch und durch vertrautes Gefährt vor meinem Bruchsteinhaus auf der anderen Straßenseite abgestellt wird.

»Wir testen mal die Parkmöglichkeiten hier«, schreit Hein zu mir herüber, als er sich aus seiner Roten Zora windet. »Für wenn wir die Terrasse haben. Jupp hat das Holz dafür schon besorgt.« Es dauert ein bisschen, ehe sich der massige Leib unseres sanften Riesen aus dem Beifahrersitz des engen Sportwagens gequält hat. Er streckt die langen Glieder und beginnt mit gesenktem Kopf das Areal abzuschreiten.

Hein hüpft über die Straße. »Guten Morgen!« Mit unverhohlenem Interesse mustert er den Charakterkopf neben Frank. »Ach wie schön, ein Frühstücksgast!«

Gudrun übernimmt die Vorstellung. »Herr Trautmann ist nur ein Freund von Frank, Hein.«

»Nur ist gut«, murmelt Marcel, der sich wohl sehnlichst wünscht, Herr Trautmann wäre viel, viel mehr als nur ein Freund von Frank. Jeder, dessen Handy am Straßenrand der Kehr gefunden wird, muss ja einer Straftat verdächtig sein. Wenn er ein hellmetallenes SUV fährt, kommt das erschwerend hinzu. Wie auch der Spaziergang in Losheimergraben, wo es doch auch in Prüm Wald gibt. Und wie hat der andere Mann noch mal die eingewickelte Frau aus dem Auto gezogen, wenn es doch auf dem Dach lag?

Marcel wäre sadistisch genug, um Trautmann zu einer dritten Erzählrunde aufzufordern, aber ich bin nicht masochistisch genug, um diese ertragen zu können. Wo bleibt nur Roland Kölln? Wird Zeit, dass die deutsche Staatsmacht übernimmt. Der belgische Vorsitzende dieses Pseudo-Gerichts dreht jeden Stein und jedes Auto so um, wie es ihm grad passt. Aber auf diesem Grundstück bin ich für Gerichte zuständig. Zum Beispiel für eins, das wir den Schotten heute Abend servieren können.

»Haggis«, murmele ich.

»Was?«, tutet Hein. Er hat inzwischen einen der zwei Metallstühle herbeischleppt, die am kleinen Tisch neben den Stufen der Einkehr einladend wirken sollen. »Hab ich das richtig gehört, Katja? Haggis?«

Ich nicke. »Wir müssen heute was für die Schotten kochen. Die Tischbestellung, erinnerst du dich?« Ich meide Franks Blick. »Und wir haben ja Lamm.«

»Ach je, Lily.« Hein seufzt. »Die muss endlich mal weg.«

»Der Kaiserschmarrn auch.« Gudruns Stimme ist ungewöhnlich scharf. »Da ist noch was im Ofen für euch.«

»Kann Jupp gleich bringen.« Hein fläzt sich hin. »Irgendwas Neues?«

Mein *Wag-es-nicht!*-Blick funktioniert. Marcel hält den Mund. Ich schüttele den Kopf, und die anderen schauen stumm vor sich hin.

Gudrun springt auf und begrüßt Jupp mit erschreckender Herzlichkeit. »Wie schön, dass du jetzt auch da bist!«

Unbeholfen lässt der Riese die schmale Küchenfee in seiner Umarmung verschwinden und schaut verwirrt zu mir herüber.

»Alles in Ordnung«, versichere ich. »Hein meint, du solltest die Mehlspeise im Ofen für euch holen.«

»Ich helf dir«, sagt Gudrun, und beide verschwinden im Haus.

Hein ist sehr schnell von Begriff, was manchmal lästig sein kann.

»Du hast doch nicht im Ernst vor, den Schotten heute Abend Haggis zu servieren?«

»Warum nicht?«, gebe ich zurück. »Das ist doch ihr Nationalgericht.«

»Grund genug, die Finger davon zu lassen. Damit machen wir uns nur lächerlich. Unsere Küche ist großartig, Katja, aber wir kriegen es nie und nimmer fertig, einem Ausländer sein Nationalgericht so hinzubasteln, dass es ihm nicht graust.«

»Noch wos dir lust', kanns dir net grausen«, meldet sich der Österreicher und setzt hinzu: »Sie irren sich. Den Kaiserschmarren hat Ihr Koch so zubereitet, wie er im Buch steht. Perfekt. «

Hein hebt die sorgfältig gezupften Augenbrauen. »Seit wann wird hier nach Rezept gekocht?«

»Ausnahmezustand«, sage ich, als sich Gudrun und Jupp mit zwei Tellern wieder zu uns gesellen.

»Na gut, da geht es ja nur um ein bisschen Mehl und Eier, aber Haggis ...«, er zieht sein iPad hervor, tippt was ein und beginnt zu lesen: »*Schafsmagen waschen, Hautlappen und Fett entfernen und über Nacht in kaltem Salzwasser einweichen* ... Also damit fällt Haggis flach, die Schotten kommen ja schon heute Abend.«

»... und Lilys Magen liegt in der Tiefkühltruhe«, wendet Gudrun ein. Sie erschrickt vor sich selbst. »Entschuldigung, Frank.«

Der hebt die Hände und schüttelt den Kopf. »Schon gut.« Er ist ziemlich blass geworden.

Wie wir alle, als Hein die weiteren Ingredienzien des schottischen Nationalgerichts aufzählt: »Nierenfett, Herz, Leber und Lunge, da solltet ihr aber unbedingt vorher die Luftröhre entfernen – Zwiebeln, Hafermehl ...«

»Danke«, unterbreche ich, »wir machen einen Lammeintopf à la Kehr.«

»Aber bloß nicht mit Nieren!«, merkt Gudrun erschauernd an.

»Mit so was Ähnlichem«, erschrecke ich sie. »Mit Nierenbohnen.«

»Kidneybeans«, beruhigt David seine Verlobte und sieht mich strafend an: »Du willst was aus der Dose?«

»Ja, aus der Dose, sonst müsste ich sie über Nacht einweichen. Und Sauerkraut. Das können wir auch noch reinmischen – dem Eintopf somit einen explizit deutschen und britischen Touch verleihen. Ist gut für Europa.«

»Nichts Exotisches?«, fragt Hein.

»Mangoscheiben«, gebe ich zurück. »Damit wird das Ganze frischer. Ein paar indische Gewürze, um die Inselbewohner daran zu erinnern, was sie ihren Kolonialvölkern zu verdanken haben. Und Sie müssen jetzt leider gehen, Herr Trautmann. Da ist Polizeioberkommissar Kölln.« Der hat seinen Streifenwagen gerade mit quietschenden Bremsen vor unserem Tisch angehalten.

»Herzlichen Dank für die Bewirtung, Frau Klein«, sagt der Österreicher, erhebt sich und zieht sein Portemonnaie hervor. »Was schulde ich Ihnen?«

»Nichts«, erwidere ich. »Das geht aufs Haus.«

Trautmann bedankt sich noch mal und reicht David eine Karte.

»Nach diesem Kaiserschmarrn haben Sie sich mehr als nur ein kostenloses Probetraining verdient«, sagt er. »Ich würde mich sehr freuen, wenn Sie mich anrufen und einen Termin ausmachen.« Er blickt in die Runde. »Das gilt natürlich für Sie alle.«

Roland hupt. Was ich sehr unhöflich finde. Er könnte ja wenigstens aussteigen und uns einen guten Morgen wünschen. Wahrscheinlich will er vermeiden, auf irgendwelche Fragen antworten zu müssen. Aber so einfach wird er nicht davonkommen. Während sich Trautmann von den anderen verabschiedet und mit Frank noch ein paar Worte wechselt, treten Marcel und ich an den Streifenwagen heran.

»Der Kerl soll sich beeilen«, begrüßt uns Roland unwirsch. »Die Kollegen aus Bonn warten schon.«

Ich blicke entgeistert zu Marcel. Wir beide wissen, was dieser Satz bedeutet. Rasch springt der belgische Polizeiinspektor zu seinem deutschen Kollegen in den Wagen. »Ich komm am besten mit!«

Damit er nicht erst auf den schriftlichen Bericht warten muss. Denn hier geht es nicht mehr nur um einen Unfall. Jetzt ermittelt die Mordkommission.

Als **Sechstes** platzt statt der Kalorienbombe
der Glaube an die eigene Menschenkenntnis.
In sich selbst ist das zwar kein Straftatbestand,
aber das, was in die Tüte kommt,
fördert nicht nur die Harmonie,
sondern führt nach politischen Unabhängigkeits-
bestrebungen zu einem bedrohlichen Ende.

Britischer Pimms nach Eifeler Art:

Gin, Orangenlikör, Limettensaft und Schlehenbrand mit einem Sud aus Kardamom, Nelken, Kurkuma, Ingwer und geriebener Zitronenschale mixen, Sodawasser dazugeben, mit einer Gurkenscheibe, Minzblättchen und einem Zitronenschnitz eiskalt servieren.

Ich trete an den Straßenrand und blicke dem davonrasenden Polizeiwagen hinterher. In meinem Kopf überschlagen sich die Gedanken, mein Hirn arbeitet auf Hochtouren. Hat die kriminaltechnische Untersuchung etwa ergeben, dass jemand den Unfall mutwillig herbeigeführt und den Wagen absichtlich von der Straße gedrängt hat? Aber wie hätte der Täter sichergehen können, dass sein Opfer dabei zu Tode kommt? So tief ist der Graben nicht, und immerhin zwei Leute haben das Unglück anscheinend unverletzt überlebt. Vielleicht sollte niemand sterben, sondern dem Fahrer nur ein Schreck eingejagt werden. Würde die Mordkommission auch bei fahrlässiger Tötung hinzugezogen werden? Hat der Mann auf dem Beifahrersitz Heeng Scholtes womöglich ins Steuer gegriffen und ist nach dem Unfall aus Angst vor der Polizei mit Trautmanns SUV abgehauen? Oder war es eher so, dass er sich von dem plötzlich aufgetauchten Österreicher bedroht gefühlt hat? Oder von jemand anderem? Könnte eine weitere, bisher unbekannte Person im Spiel gewesen sein, die es auf die eingewickelte Frau abgesehen hatte? Ich drehe mich im Kreis. Solange ich keine handfesten Informationen habe, bleibt das alles Stochern im Nebel.

Immerhin hat Roland die Handschellen stecken lassen. Das spricht gegen eine Tatbeteiligung Trautmanns. Wahrscheinlich soll er wirklich nur als Zeuge vernommen werden. Dieser Gedanke erleichtert mich irgendwie.

Wer unsere Küche über den grünen Klee lobt, darf kein Attentäter oder Mörder sein. Selbst wenn er einen Tick halbseiden daherkommt. Aber wirken Österreicher ohnehin nicht manchmal etwas windig auf uns Preußen? Könnte es sein, dass wir für Charme und Schmäh so wenig empfänglich sind, weil die Weltsicht dahinter für uns im Verborgenen bleibt und wir uns verarscht fühlen? Wie Marcel soeben, der unserem Gast ja zumindest eine gewisse Schlitzohrigkeit unterstellt.

»Nun sag schon, was will die Polizei von deinem Ösi-Freund?«, fragt Hein unseren Nachbarn, als ich an den Tisch zurückkehre. Frank winkt ab und rasselt mit seinen Schlüsseln.

»Keine Ahnung, Hein, ich muss jetzt wirklich rüber zu meinem Kunden, der wartet bestimmt schon. Danke, Katja, setz das hier bitte auf unsere Rechnung.« Weg ist er.

Erwartungsvoll sieht mich Hein an. »Warum hat Roland denn den Kerl abgeführt?« Breites Grinsen: »Traut man Trautmann nicht?«

Ich ignoriere den Kalauer. »Roland hat ihn nicht abgeführt, sondern nur für ein Verhör mitgenommen. Lass dir das von Gudrun erklären, ich hab zu tun.«

Eilig gehe ich ins Restaurant. Ich möchte meine Freunde noch nicht mit der Nachricht erschrecken, dass jetzt wegen Mordes ermittelt wird. Erst muss ich mir selbst mehr Klarheit verschaffen, zum Beispiel ein paar Informationen über Erich Trautmann einsammeln. Der eher maulfaule Frank ist keine so gute Quelle wie Sabine, die sich gern lossprudeln hört. Ich sollte sie besuchen. Die übrig gebliebene Portion in unserem Backofen ist ein guter Vorwand.

»Ich bring Sabine den Rest vom Kaiserschmarrn rüber«, rufe ich, als ich mit der Tupperdose in der Papiertüte die Stufen der *Einkehr* hinuntersteige. »Das wird der geplagten Mutter den Tag versüßen.«

»So eine Kalorienbombe rührt die nie im Leben an!«, erklärt Gudrun.

»Wetten, dass?«

»Wette angenommen«, sagt Hein. »Wie hoch ist denn der Einsatz?«

»Klar, du hast ja reichlich Kröten zu verspielen«, entgegne ich spitz und schwenke die Tüte aus der Reichweite meines Hundes, der schnuppernd nähergetrottet ist.

»Nicht für Geld wetten«, meldet sich Jupp, zu Recht alarmiert. Sein Mann ist eine Spielernatur mit beklagenswert wenig Fortune.

»Für was dann?«, fragt Hein. »Für die Ehre kann ich mir nichts kaufen.«

Gudrun schiebt sich die aschblonden Strähnen aus der schönen Stirn. »Wir wetten für einen richtigen Betriebsausflug, Katja. Wenn Sabine das Zeug nicht isst, fahren wir alle zusammen irgendwohin, wo's schön ist, und machen was ganz Tolles.«

Ich mustere sie ratlos. »Wozu?«

»*Teambuilding*«, murmelt David.

»Macht heute jeder Betrieb«, kräht Hein. »Nachtbogenschießen, Teppichcurling, Geocaching oder Samba-Trommeln. Fördert das Betriebsklima«, setzt der einstige Eventmanager hinzu.

Betroffen blicke ich in eine Runde, die mich in seltener Einigkeit erwartungsvoll anstrahlt. Mir selbst wäre nie eingefallen, unsere kleine Gemeinschaft als Betrieb zu betrachten. Eher als ein ausgeufertes Hobby, von dessen Erlös wir mit Müh und Not über die Runden kommen. *Teppichcurling?* Reicht denn meinen Freunden unser tägliches Survival-Training in Küche und Gastraum nicht aus?

Hein springt auf. »Wir brauchen einen Zeugen.«

»Wozu?«, frage ich wieder.

»Für die Wette, die gilt doch?«

»Meinetwegen.«

»Ich fahr dich zu Sabine. Dann kannst du nicht schummeln.«

Und nichts herausfinden. Ich wimmele Hein ab: »Hol mir lieber die Leine von Linus. Er und ich brauchen dringend Auslauf. Ich geh zu Fuß. Allein.«

Schon um den sportlichen Vorsatz von gestern Nacht einzuhalten. Heute Abend werden mir Zeit und Kraft für einen Spaziergang fehlen. Nicht nur wegen der angekündigten Schotten. Katastrophen locken immer Gäste an. Es wird sich inzwischen herumgesprochen haben, dass die Polizei nahe der Kehr wieder im Großeinsatz war und sich auch im Restaurant hat blicken lassen. Aber es ist für uns wirtschaftlich uninteressant, wenn die Leute nur auf einen Schnaps oder Kaffee reinkommen, um ihre Neugierde zu stillen. Ich wende mich an Jupp. »Wir sollten für die Gartenterrasse schon mal proben. Stellt bitte alle Tische und Stühle raus. Deckt sie und legt die Menükarte hin.«

»Und wo sollen die Leute dann parken?«, fragt Gudrun.

Seufzend deute ich auf die Balken, die Jupp für den Terrassenbau an der linken Seite der *Einkehr* gestapelt hat. »Holz liegt hier ja genug herum. Bastelt also flott ein Schild mit einem großen P und einem Pfeil, am besten Weiß auf blauem Grund, und stellt es an meine Einfahrt.« Ich nicke zur belgischen Straßenseite rüber.

»Pfeil nach rechts oder links?«, fragt Jupp verwirrt.

»Beides, mein Schatz«, sagt Hein, »wir beschriften beide Seiten. Die Gäste werden aus allen Richtungen herbeiströmen. Gute Idee, dann mal los.«

Nachdem ich David noch aufgefordert habe, sich Lilys Keulen vorzunehmen und somit die gesamte Belegschaft beschäftigt ist, mache ich mich mit Linus auf den Weg.

Hier lachen und weinen, streiten und versöhnen sich, kurz hier leben: Wendelin, Sabine und Frank Geilsdorf.

Gudrun liebt diese Keramik mit der geschwungenen, blauen Schrift zwischen erhabenen Gänseblümchen und vierblättrigem Kleeblatt. Sie hat schon angekündigt, ein ähnliches Schild herstellen zu lassen, sobald sie Davids Namen trage.

Mich sprechen die drei nüchternen Metallplättchen über dem Töpferwerk mehr an. Da verfügen nicht nur der *Versicherungsmakler* und die *Seminarleiterin* jeweils über eine eigene Klingel, sondern auch *Fritz und Franzi Pfeifer*.

»Schon wegen der Einbrecher«, hatte mir Sabine erklärt. »Die sollen denken, dass hier mehr Leute wohnen.«

Fritz und Franzi sind Wendelins Wellensittiche.

Deren Gekecker klingt aus dem Kinderzimmer durch das offene Fenster im Obergeschoss erheblich weniger aufgeregt als der Wortwechsel von Frank und Sabine im Parterre, wo die Terrassentür weit offensteht. *Streiten und versöhnen sich …* Auf Letzteres will ich nicht warten. Wo steckt Franks Kunde? Weit und breit kein fremdes Auto zu sehen. Ich lasse Linus von der Leine und lungere unschlüssig vor der Haustür herum. Der Anstand sollte mir verbieten, es meinem Hund nachzutun und herumzuschnüffeln, aber ich gebe der Versuchung nach und nähere mich der Terrassentür.

»Ich kann einfach nicht mehr«, höre ich Sabine laut schluchzen. »Wir müssen zur Polizei gehen!«

»Bist du verrückt, Sabine? Hast du mal drüber nachgedacht, was das mit Wendelin machen wird?«

»Der versteht das doch nicht …«

»Der wird traumatisiert, wenn die Polizei hier alles auf den Kopf stellt! Unsere Computer und das Zeug im Zimmer beschlagnahmt …«

»Dann ist das eben so!«

»Willst du denn schon wieder umziehen? Mensch, Sabine, wir halten uns da schön raus, wir haben doch mit diesem Unfall überhaupt nichts zu schaffen!«

»Aber ohne uns wäre die Frau …«

Motorengeräusch verschluckt den Rest des Satzes. Ein Auto biegt von der Straße in die Auffahrt ein. Ich wende mich ab, eile zum Eingang zurück und rufe laut nach meinem Hund. Eine Wagentür schlägt zu. Aus dem Haus ist nur noch das Trillern im Obergeschoss zu hören. Unten ist es still geworden.

»Sind Sie Frau Geilsdorf?«

Ich blicke von meinem grad wieder angeleinten Hund auf.

Sabine tritt auf die Terrasse. »Nein, das bin ich«, begrüßt sie den untersetzten, kräftigen Mann zwischen vierzig und fünfzig. Sie reibt sich über das linke Augenlid, als wollte sie ein Staubkorn entfernen. »Entschuldigung. Mir machen grad die Pollen arg zu schaffen. Die Trockenheit ist wirklich unerträglich. Sie sind Herr Becker, nicht wahr? Hallo, Katja.«

Letzteres klingt alles andere als einladend.

»Wir haben vorhin telefoniert«, sagt der Mann. »Danke, dass Sie so schnell einen Termin für mich haben. Ich kann nämlich nicht langfristig planen, wissen Sie, wegen meiner kranken Mutter …«

»Ja, ja, das sagten Sie schon, Herr Becker. Hoffentlich wird Ihre Mutter bald wieder gesund. Schön, dass Sie hergefunden haben. Ich habe schon was für Sie vorbereitet.«

Herr Becker blickt unsicher zu mir her.

»Nein, nein«, erklärt Sabine fröhlich. Ihre Selbstbeherrschung ist bewundernswert. Hätte ich sie nicht gerade weinen hören, wäre mir ihr unbekümmertes Lachen echt erschienen. »Frau Klein gehört nicht zu unserem Projekt. Sie ist nur unsere Nachbarin. Von dem Restaurant nebenan. Das sollten Sie mal besuchen, ist was ganz Besonderes.«

»Der Beweis dafür steckt hier drin«, sage ich und überreiche ihr die Tüte mit dem Kaiserschmarrn. »Die neue Spezialität des Hauses. Hast du einen Moment?«

Sabine schüttelt den Kopf. »Das ist jetzt ganz schlecht, Katja. Du siehst ja …«

»… ein Kunde.« Ich nicke verständnisvoll.

»Ein Klient«, verbessert Sabine und lächelt Herrn Becker charmant an. »Ich komm später zu dir rüber, Katja.«

»Lieber nicht«, wehre ich ab und raune ihr ins Ohr: »Die anderen sollen noch nicht wissen, dass gegen euren Freund Trautmann wegen Mordverdachts ermittelt wird.«

Sabines gerade noch in freundliche Falten gelegte Fassade bricht in sich zusammen. »Was!?«, keucht sie. Die Kaiserschmarrntüte fällt zu Boden.

Herr Becker hebt sie eilig auf. Er will offensichtlich einen guten Eindruck auf seine Benimm-Trainerin machen. »Schlechte Nachrichten?«, fragt er mitfühlend.

»Kann man wohl sagen …« Hinter Sabines Stirn arbeitet es sichtlich. »Zu dumm, der Strom ist wieder mal ausgefallen«, improvisiert sie. »Die Computerarbeit müssen wir heute also verschieben. Aber Sie können ja schon mal den Fragebogen ausfüllen, Herr Becker. Kommen Sie bitte rein.« Ihre Handbewegung schließt auch mich ein. »Der Hund bleibt aber draußen.«

Gehorsam schlinge ich die Leine von Linus um die kleine Birke neben dem Eingang. Obwohl es nur ein paar Schritte zur Terrasse sind, fummelt Sabine einen Schlüssel aus ihrer Jeans und öffnet die Haustür. Wahrscheinlich gehört es sich nicht, Fremde über die Terrasse ins Haus zu bitten. Im Flur winkt *die Seminarleiterin* Herrn Becker in ein karg eingerichtetes, kleines Büro. Er reicht ihr die Papiertüte und sie ihm ein Formular vom Schreibtisch. »Ich bin gleich bei Ihnen! Beantworten Sie die Fragen bitte so ehrlich wie möglich.«

Sehr gern würde ich sie um das Gleiche bitten. Zum Beispiel den Satz *Aber ohne uns wäre die Frau …* für mich so zu beenden, dass er Sinn ergibt. Hat sie damit die eingewickelte Frau gemeint, die mutmaßliche Fabienne Lorenz? Eins nach dem anderen. Erst mal ein bisschen Spannung rausnehmen.

»Zu welchem Projekt gehöre ich denn nicht?«, frage ich bemüht belustigt, als sie die Tür zum Büro wieder geschlossen hat.

»Herr Becker sucht eine Partnerin«, erklärt sie spröde.

Die als Geschenk verpackt bei ihnen abgeliefert werden sollte? Ich beiße mir gerade noch rechtzeitig auf die Lippen. Was für eine absurde Eingebung! Wirklich? Immerhin ist das lebendige Bündel direkt vor ihrem Haus aus dem Auto geworfen worden. Vielleicht war das kein Zufall, sondern Absicht. Allerdings konnte Sabine da ja noch nicht wissen, dass Herr Becker sie heute Morgen aufsuchen würde. Ein Kurs-Angebot für alle Lebenslagen umfasst wohl kaum eins für den korrekten Umgang mit eingewickelten Frauen, die rüde vor dem Haus abgeladen werden.

Ich räuspere mich. »Ach was, du machst auch in Partnervermittlung?«

»Nein, ich coache nur, helfe Leuten, sich im Dschungel der Internet-Angebote zurechtzufinden. Die bereite ich danach auf das erste Date vor. Habe ich dich eben richtig verstanden? Erich steht unter Mordverdacht?«

»Die Polizei hat ihn bei uns abgeholt«, antworte ich. »In diesem Moment verhört ihn die Mordkommission. Hast du eine Ahnung warum?«

»Oh Gott«, flüstert Sabine. »Der arme Mann! Der ist doch da nur durch Zufall reingeraten.« Geräuschvoll stößt sie ihren Atem aus. »Puh! Das kommt davon, wenn man anderen Leuten helfen will! Er hätte einfach weiterfahren sollen.«

»Das wäre unterlassene Hilfeleistung gewesen«, merke ich an. »Ist ein Straftatbestand. So wie auch das Verschweigen eines Delikts, von dem man etwas weiß. Das muss man der Polizei melden.«

»Was redest du da, Katja?«

Ich hole tief Luft. »Sorry, Sabine, aber ihr habt vorhin sehr laut gestritten. Ich konnte gar nicht umhin, euch zu hören …«

»Du hast uns belauscht?!«, fährt sie auf.

»So würde ich das nicht nennen …«

Sie funkelt mich an, drückt mir die Tüte wieder in die Arme, stürmt an mir vorbei und reißt die Haustür auf.

»Raus!«, faucht sie. »Mach, dass du wegkommst. Ich habe dir nichts zu sagen!«

Ich rühre mich nicht vom Fleck. »Aber der Polizei«, gebe ich sanft zurück. »Und das würde ich an deiner Stelle auch tun. Sonst macht ihr euch wegen Behinderung polizeilicher Ermittlungen strafbar.« Ich knalle die Tüte neben das Telefon auf der Konsole.

»Was weißt du schon!«, jault Sabine sichtlich verunsichert.

»Offenbar nicht so viel wie du.« Und dann spiele ich einen Trumpf aus: »Aber ich weiß sehr viel darüber, wie man der Polizei etwas mitteilt, ohne sich selbst verdächtig zu machen. Denk nur an die Frau, die ohne euch …« Beziehungsvoll und ahnungslos lasse ich den letzten Satz in der Luft hängen, füge dann an: »Ich könnte dich ja coachen.« Es gelingt mir tatsächlich, ihr diesen Satz ohne ironischen Unterton zu servieren. »Sprich mit mir und dann mit der Polizei.«

»Ich habe der Polizei nichts zu sagen!«

»Polizei?« Herr Becker hat die Tür geöffnet und wedelt mit seinem Formular. »Ich hab da noch eine Frage, Frau Geilsdorf … Aber wenn Sie mit der Polizei …«

»Es gab hier auf der Bundesstraße gestern Nacht einen Unfall«, kläre ich den Mann auf. »Wir müssen nur eine Aussage machen. Kein Grund zur Beunruhigung.«

»Was ist denn passiert?«

»Tja, wenn wir das so genau wüssten …« Ohne Rücksicht auf jegliche Etikette öffne ich die Tür, die zum Terrassenraum führt. »Lass dir Zeit, Sabine. Ich warte hier auf dich.«

Es überrascht mich nicht, dass Frank das Wohnzimmer verlassen hat. Schließlich hätte ihm die recht lautstarke Auseinandersetzung im Flur da kaum entgehen können. So wie er sich vorhin aufgeführt hat, wäre er garantiert eingeschritten und Sabine über den Mund gefahren. Er hat sich wohl ins Obergeschoss verzogen, als Herr Becker vorfuhr. Vielleicht in seinen Hobbyraum, den Gudrun weder putzen noch betreten darf. »Er bastelt da an irgendwelchem elektrischen Kram rum«, hat sie mir verraten. »Deshalb schließt er die Tür auch immer ab. Damit Wendelin nicht da reingeht, alles durcheinanderbringt oder sich verletzt.« Nach dem soeben Gehörten scheint es sich dabei nicht gerade um legalen Kram zu handeln. Vielleicht hätschelt Frank eine kleine Hanfplantage im Obergeschoss? Hein hätte sicher davon Wind gekriegt. Seine Marihuana-Schwäche ist zwar ein offenes Geheimnis, aber seine Bezugsquelle legt er nur offen, wenn er dazu gezwungen wird.

Das Wohnzimmer ist geschmackvoll eingerichtet. Auf den hell gebeizten Holzdielen kommen ausgesuchte Antiquitäten mit dazwischen verteilten Elementen aus Glas und Stahl gut zur Geltung. Wie auch die knorrigen, dunklen Holzbalken an der weiß gestrichenen Decke. Die Geilsdorfs haben Zeit, Geld und Jupps Talent darauf verwandt, den einstmals so heruntergekommenen Hof zu restaurieren. Was wohl aus den beiden syrischen Familien geworden ist, die hier einige Monate lang Zuflucht gefunden haben?

Ich lasse mich auf das kleine englische Sofa vor der neu eingebauten, offenstehenden Fenstertür fallen und blicke auf die Terrasse mit den Rattanstühlen. Hier haben sich Frank und Sabine gestern Nacht von der Hitze des Tages erholt, als etwa zwanzig Meter weiter unten nacheinander die beiden Wagen angehalten haben, mit denen das ganze Elend seinen Lauf genommen hat. Auf dem Metalltisch stehen noch zwei halb volle Gläser.

»Das ging aber schnell«, sage ich, als Sabine schon nach wenigen Minuten das Wohnzimmer betritt und auf den Clubsessel neben mir zusteuert. Die Abfahrt von Herrn Becker wird von meinem Hund akustisch sehr eindringlich begleitet. Vermutlich sind die Wellensittiche im Kinderzimmer vor Schreck verstummt. Genau das muss ich bei Sabine verhindern. Also nicht zu schnell vorpreschen. »Hast du Herrn Becker denn helfen können?«

Schweigend lässt sie den Blick über die belgischen Hügel mit den braunverbrannten Wiesen, den mattgrünen Nadelwaldflecken und den vereinzelten Windrädern wandern.

»Ein tröstliches Panorama«, sage ich, als sie sich hinsetzt. »Es tut gut zu sehen, dass es dahinter immer weitergeht.«

»Wie denn?«, fragt sie, ohne mich anzublicken. Ihre Stimme klingt verzagt. »Wie soll das alles bloß weitergehen? Wo doch die Frau spurlos verschwunden ist. Damit haben wir nichts zu tun. Das musst du mir glauben, Katja.«

»Aber ihr kennt sie?«

»Nein. Ja.«

Ich zügele meine Ungeduld. Sabine will reden. Sonst hätte sie mich schon längst wieder des Hauses verwiesen.

»Fang einfach von vorn an, Sabine. Da, wo noch alles gut war.«

»Du wirst nichts davon gut finden.« Sie steht auf und holt für uns beide ein Glas Wasser. Dann legt sie los.

Sie hat recht. Nichts ist gut an der Geschichte, die sie mit monotoner Stimme vorträgt. Ich kann kaum glauben, was ich da höre. Mir wäre erheblich lieber, ich hätte mit der Hanfplantage richtig gelegen. Je mehr Sabine ins Detail geht, desto mehr stockt mir der Atem. Selbst wenn ich gewollt hätte, wäre ich nicht in der Lage gewesen, auch nur eine einzige Frage einzuwerfen. Wie nur konnte uns allen entgehen, was sich zwischen diesen vier Wänden in den vergangenen Monaten abgespielt hat? Ist Gudrun beim Putzen nie etwas aufgefallen? Oder David während der Englischstunden, Jupp beim Renovieren? Wie leichtgläubig wir doch gewesen sind!

Als Sabine fertig ist, versuche ich vergeblich, mich aus dem Sofa zu stemmen. Die Wucht des soeben Gehörten drückt mich nieder. Ein Weltbild ist ins Wanken geraten. Dass mich meine Menschenkenntnis so schmählich im Stich gelassen hat, macht mich geradezu demütig.

Sabine sieht zum ersten Mal zu mir her. »Jetzt verurteilst du uns«, flüstert sie.

»Ich bin kein Gericht«, bringe ich krächzend hervor.

»Aber du musst schon verstehen, Katja, wir haben das gewissermaßen als Dienstleistung betrachtet.«

Ich räuspere mich. »Eine, über die die Polizei aber jetzt Bescheid wissen sollte.« Um als Coach nicht gänzlich zu versagen, rate ich ihr, den Ermittlern die Geschichte genauso zu erzählen wie mir.

Sie steht auf und räumt die beiden Gläser auf der Terrasse vom Tisch. »Das wollte ich schon die ganze Zeit tun«, sagt sie. »Ordnung muss sein.« Sie geht mit den Gläsern hoch erhobenen Hauptes an mir vorbei und lässt mich wieder allein im Wohnraum.

Franks wütende Stimme im Flur macht mir Beine. Ich schaffe es, mich aus dem niedrigen Sofa zu quälen, und flüchte durch die offene Terrassentür. Für ein Wortgefecht mit ihm bin ich nach Sabines Offenbarung nicht gerüstet.

An der kleinen Birke hockt Wendelin und streichelt Linus auf Teufel komm raus. Mein Hund lässt sich das widerstandslos gefallen. Wahrscheinlich spürt er, dass der verschreckte kleine Junge des Trosts bedarf.

»Alles wird wieder gut«, lüge ich das Kind an und scheuche es ins Haus zurück.

Auf dem Rückweg zur *Einkehr* rufe ich Marcel an. Er nimmt nicht ab. »Ich habe hochinteressante, tatrelevante Informationen«, sage ich der Voicemail und schicke noch eine SMS hinterher: *Ruf mich svp sofort an! Ich hab was ganz Wichtiges herausgefunden. Du auch?*

Mit den letzten beiden Worten schlage ich ihm unseren üblichen Deal vor: Er erzählt mir, was die Polizei weiß, und erhält im Gegenzug Informationen von mir.

»Und?«, begrüßt mich Gudrun, als ich die Küche betrete. »Hat sie es wirklich getan? Sabine?«

»Was soll sie getan haben?«, frage ich erschrocken.

»Den Kaiserschmarrn! Hat sie den gegessen?«

Ich schüttele den Kopf.

»Betriebsausflug!« Jubelnd macht Gudrun einen Hüpfer. Sie schlingt die Arme um David, der gerade den Hokkaidokürbis in Würfel zerhackt. Er legt das scharfe Messer zur Seite und lässt sich von seiner Verlobten abküssen. Erstaunlich, wie wenig es bedarf, diesem Paar zu erneuter Harmonie zu verhelfen. Ich muss wirklich an meiner Menschenkenntnis arbeiten. Und mit meinen Leuten diesen Betriebsausflug machen.

»Hast du das gehört, David? Ich wusste, dass Sabine das nicht tut.«

Warte, bis du weißt, was Sabine alles getan hat! Das sage ich natürlich nicht, frage stattdessen nach Hein und Jupp.

»Die sind in Jupps Werkstatt. Für das Parkschild zu machen. Wo fahren wir denn hin, Katja?«

»Besprechen wir später.«

Am Abend

Es hat sich nicht nur herumgesprochen, dass auf der Kehr wieder was passiert ist. Sondern auch, dass wir heute unter freiem Himmel bewirten und man seinen Wagen trotzdem restaurantnah parken kann. Dicht an dicht stehen Fahrzeuge mit deutschen und belgischen Kennzeichen vor meinem Bruchsteinhaus. Jupp meinte schon, dass sich damit wohl das Planieren des Bodens erübrigen könnte.

Alle Tische sind belegt. Wir kommen mit dem Servieren kaum nach, doch zum Glück sind die Leute bester Stimmung und meckern nicht über lange Wartezeiten. Erstmals in der Geschichte der *Einkehr* versucht sich auch Jupp als Kellner. Was ihm zwar nur eingeschränkt gelingt, aber zur Erheiterung der Gäste beiträgt. Da er um die Stabilität des Geschirrs auf einem Tablett fürchtet und nicht über Gudruns Balancierfähigkeit verfügt, räumt er jeden Teller einzeln ab. Ich mache mir Sorgen um seinen Rücken. Wenn ich mich so oft wie er nach heruntergefallenen Löffeln, Messern und Gabeln bücken müsste, wäre ich inzwischen bewegungsunfähig. Aber er erträgt alles mit stoischer Geduld, pflügt wie ein ukrainischer Traktor durch die Gästeschar, die er nebenbei noch mit Ratschlägen zu Haussanierung und Klöppelarbeiten unterhält. *Ahs* ertönen, wenn sich an einem Tisch seine Pranke öffnet, ein kleines Schnapsglas zum Vorschein kommt und sein Gesicht freudig aufleuchtet, weil auf dem langen Weg vom Gastraum kein Tropfen verloren gegangen ist. Immerhin schafft er es, jeweils zwei Gläser des von Hein erfundenen neuen Aperitifs auf die künftige Terrasse zu tragen.

Unser Pimms nach Eifeler Art, der mit Schlehenbrand aus der Brennerei der Birgeler Mühle versetzt wird, ist übrigens nicht nur bei den Schotten gut angekommen. Jupps Originalität wird genauso gewürdigt wie sonst die Professionalität unseres Mundschenks Marcel, der sich erst am Nachmittag telefonisch bei mir gemeldet hat.

Er könne am Abend nicht kommen, teilte er mir mit, und werde vermutlich die ganze Nacht auf seiner Dienststelle zubringen. Erst zum Schluss fragte er, was ich denn herausgefunden hätte.

»Quid pro quo«, erwiderte ich spitz. »Du weißt doch, wie es läuft. Du zuerst: Warum ermittelt jetzt die Mordkommission?«

»Darf ich dir nicht sagen.«

»Dann habe ich dir auch nichts zu sagen.«

»Wenn du vor der deutschen Polizei was verschweigst, bist du dran, das weißt du doch.«

»Ein Belgier ist tot. Offenbar ermordet worden. Da ist auch die belgische Polizei zuständig. Aber die will ja nicht mit mir reden. Wo ist Herr Trautmann?«

»Roland hat ihn nach Hause gefahren.«

»Und wie bist du zurückgekommen?«

»Mich hat er auch wieder mitgeholt.«

Kalte Wut stieg in mir auf. Die deutsche Polizei setzt Marcel bei seinem Wagen vor meinem Haus ab, und der

Mann findet es nicht mal der Mühe wert, kurz über die Straße zu gehen? Wo er doch genau weiß, dass ich ihn dringend sprechen muss? Zu blöd, dass auch den anderen in unserer Vorbereitungs-Hektik Rolands Streifenwagen auf meinem Grundstück entgangen ist.

»Warum ist der Österreicher auf freiem Fuß, wenn er euch die Wahrheit gesagt hat? Die ganze Wahrheit. Die kenne ich nämlich jetzt.«

»Es gibt überhaupt keinen Grund, an Erich Trautmanns Aussage zu zweifeln, Katja.«

»Ah, er hat euch wirklich alles erzählt? Etwa wiederholt, dass er zum fraglichen Zeitpunkt durch den Wald in Losheimergraben spaziert ist? Ich glaube kaum, dass dies die Auswertung seiner Handydaten ergeben hat!«

Ein tiefer Seufzer. »Du weißt doch, dass man die in Deutschland nicht so schnell kriegt wie bei uns.«

»Welch ein Jammer! Dann wüsstest ihr nämlich mehr.« Ich mache eine Kunstpause. »Wenn auch noch lange nicht so viel wie ich jetzt.«

»Spuck's schon aus, Katja.«

»Nicht übers Telefon, mein Lieber. Und nicht ohne Gegenleistung. Woran ist Heeng Scholtes gestorben, wenn es nicht durch den Unfall war?«

Marcel stöhnt auf. »Vielleicht schaffe ich es ja doch noch, heute Nacht zurückzukommen. Dann können wir reden. Tschö, Katja.«

Die Schotten sind dabei, die letzte Flasche meines Islay-Whisky-Vorrats zu leeren. Grad haben sie ihren Tisch mit dem einer kleinen Gruppe von Belgiern zusammengeschoben und diskutieren eifrig. Es ist bereits nach elf Uhr. Gestern um diese Zeit war die deutsche Polizei noch hier, und jetzt erwarte ich einen belgischen Polizisten, mit dem ich dringlichst reden muss. Ich sollte einen diskreten Hinweis auf den fälligen Aufbruch geben. Schon aus Rücksicht auf mein Personal, das total erschöpft sein muss.

Als ich mich dem verlängerten Tisch nähere, vernehme ich, dass dort von einem ganz anderen Aufbruch die Rede ist. Die Schotten haben offensichtlich grade erst gelernt, dass auch im Land auf der anderen Straßenseite eine Minderheit der Willkür eines Königreichs ausgesetzt ist. Man könne sich dagegen wehren, behauptet der Wortführer, das täten sie von der schottischen Nationalpartei, der SNP, ja schließlich auch. Hätten die deutschsprachigen Belgier denn nie über ihre Unabhängigkeit nachgedacht?

Ich staune über David, der sich nach erledigter Küchenarbeit der Gruppe zugesellt hat und wie ein Weltmeister alles übersetzt. Er hätte eine große Zukunft als Simultandolmetscher. Selten habe ich ihn so wenig herumstottern hören wie jetzt, da er scheinbar mühelos von einer Sprache in die andere hinübergleitet. Er überträgt die Worte nicht nur treffend, sondern kommentiert auch noch deren tiefere Bedeutung.

»Nein, nein, sie meinen nicht rechtsradikal wie Vlaams Belang«, erklärt er den deutschsprachigen Belgiern grad, »Das finden sie ganz schlimm. In Gegenteil. Sie wollen unter europäisch Dach. Zusammen stark sein. Aber eigene *identification, tradition, culture, language.* Weg von Zentrale in Hauptstadt. Kein Ausländer raus.«

Raus wäre jetzt mein Stichwort. Aber angesichts der engagierten Schotten und der Belgier, die Davids

Übersetzung gebannt lauschen, greife ich innerlich seufzend zur Flasche und schenke den Rest meines kostbaren Whiskys aus.

»Diese allerletzte Runde geht aufs Haus«, erkläre ich, verdränge den Gedanken an Sabines *du böse, böse Uhr, vertreibst mir meine lieben Gäste* und teile den Schotten mit, dass *wir* Ostbelgier keine eigene Partei benötigten. *Geht bitte endlich, nach Hause und in euer Hotel!*

»Tun wir wohl!«, empört sich ein belgischer Gast. »Das klingt alles sehr vernünftig. Wir sollten endlich aufwachen und mal was für uns einfordern!«

»Und wie stellt ihr euch das vor?«

»Mit einer eigenen Partei. So wie SNP in Schottland.«

»FOB«, meldet sich eine Frau. »Freies Ostbelgien. FOB. Das wäre doch was. Übersetzt das bitte, Herr David.«

Er schüttelt den Kopf. »Geht nicht.«

»Warum nicht?«

Mein Koch sieht mich Hilfe suchend an. Ich erschrecke. Macht ihn meine Gegenwart etwa sprachlos? Er hat doch soeben alles großartig vermittelt. Muss ich mir nicht nur über meine Menschenkenntnis, sondern auch über die Wirkung meiner Gegenwart auf andere mehr Gedanken machen?

»Das schaffst du schon«, ermuntere ich ihn.

»FOB. Das sind nicht nur … äh … Letters«, stottert er, »das ist ein englisches Wort.«

»Und was bedeutet das?«, fragt die Belgierin.

»Sag du, Katja.«

Ich bin nicht in der Stimmung, drum herum zu reden. »To fob heißt jemanden zu verarschen«, sage ich barsch. »Und das will hier ja wohl niemand. FOB fällt also flach für euch Belgier.«

»Hallo Katja, kann ich kurz mit dir reden?«

Noch nie hat mich eine sanfte Stimme so aufgeschreckt. Ich habe Frank nicht herbeikommen sehen. Und ich werde mich von ihm ganz bestimmt nicht verarschen lassen.

»Kassier bitte ab«, sage ich zu Gudrun, die sich grad neben David gesetzt hat. »Feierabend.«

Außer Hörweite der anderen frage ich den Mann, über den ich heute viel mehr erfahren habe, als mir lieb ist: »Willst du etwa Essen abholen? Wir haben noch ein zartes Stück von Lilys Beinchen übrig.« Schonung hat dieser Mensch wirklich nicht verdient.

»Sabine wird nicht mit der Polizei sprechen, Katja.« Seine Stimme wird schärfer. »Und du wirst das auch nicht tun.«

»Natürlich werde ich das, Frank, sonst mache ich mich strafbar.«

»Gut, tu, was du nicht lassen kannst. Als ob unsere Sache was mit dem Unfall zu tun hätte!«

»Es war kein Unfall. Es war Mord.«

»Und wenn schon, damit haben wir überhaupt nichts zu tun.«

»Aber ihr seid schuld, dass die Frau … egal, ich geh zur Polizei.«

»An deiner Stelle würde ich mir das gut überlegen.« Er sieht mich eindringlich an.

»Da gibt's nichts zu überlegen, es ist das Richtige.«

Er beugt sich zu mir und senkt seine Stimme. »Auch, wenn du damit einen Menschen reinreitest, an dem dir sehr viel gelegen ist?«

»So wichtig ist mir Sabine nicht.«

»Ich spreche nicht von Sabine. Dieser Mensch steht dir sehr viel näher, meine Liebe. Halt die Klappe, Katja, sonst gibt es Schwierigkeiten. Und dann geht ihr alle mit uns unter.«

Als **Siebtes** enthüllt eine Abrechnung
im fahlen Laternenschein zwar Grässliches,
hebt aber zur allgemeinen Beruhigung
die Entmaterialisierung auf.
Der spielerische Aspekt der verknoteten Lage könnte
bei entsprechender Courage Ekstase hervorrufen,
doch Unschuldige wurden hingerichtet,
und auch die ernsthafte Betrachtung der Spurenlage
lässt am Ende auf rohe Gewalt schließen.

Gudruns Gemüsechips:

Süßkartoffeln, Pastinaken, Zucchini, Knollensellerie, Kürbis, Petersilienwurzeln, Rote Bete und Karotten in sehr dünne Scheiben hobeln, in eine Schüssel geben, mit italienischen Kräutern würzen, salzen und Olivenöl hinzufügen.
Alles vermischen, dann Backbleche mit Backpapier auslegen und die Gemüsechips gleichmäßig darauf verteilen. Etwa vierzig Minuten bei 140 Grad Umluft backen.
Den Ofen zwischendurch immer wieder öffnen, um den Wasserdampf entweichen zu lassen und zu überprüfen, dass nichts verbrennt.

Einen solchen Hang zu dramatischer Übertreibung hätte ich dem nüchternen Langweiler von nebenan noch vor wenigen Stunden nicht zugetraut. Doch seitdem ist mein Menschenbild ins Wanken geraten. Ich sollte mich wohl auf neue Schrecken gefasst machen und mit weiteren Enthüllungen rechnen. Nach allem, was mir Sabine erzählt hat, erscheint mir gänzlich unvorstellbar, dass wir mit den Geilsdorfs *untergehen* könnten. Wenn sich tatsächlich einer meiner Freunde auf die speziellen *Dienstleistungen* der Nachbarn eingelassen haben sollte, wäre das zwar menschlich enttäuschend, aber keinesfalls strafbar.

Oder etwa doch?

Mit aller mir zur Verfügung stehenden Gelassenheit verwandele ich mich in die Ruhe selbst und frage Frank: »Womit drohst du mir eigentlich?«

»Ich drohe dir nicht, Katja, ich teile dir nur mit, was mit euch passieren könnte, wenn du ohne Not zur Polizei gehst.«

»Ohne Not? Ein Mensch ist ermordet worden!«

»Das ist schrecklich, hat aber mit uns nichts zu tun. Wir waren nicht dabei und kannten den Mann nicht.« Er drückt mir einen dicken Umschlag in die Hand. »Vielleicht hilft dir das ja bei der Entscheidungsfindung.«

»Was ist das?«, frage ich, ohne den Brief zu öffnen. »Schweigegeld?«

»Wo denkst du hin, Katja! Nein, das dürfte als Bezahlung für unseren Verzehr in diesem Monat reichen. Nach deiner Indiskretion heute Nachmittag betrachte ich nicht nur unsere Freundschaft, sondern auch unsere Geschäftsbeziehung als beendet. Wir haben nichts mehr miteinander zu tun. Guten Abend auch noch!« Den letzten Satz ruft er der fröhlichen Runde zu, bevor er davontrottet.

Hein hüpft herbei und tippt auf den Umschlag in meiner Hand.

»Was ist das, Katja?«

»Geilsdorfs letzte Abrechnung?« Ich lasse das Hauptwort fragend in der Luft hängen und fahnde in Heins Augen nach einer Spur der Verunsicherung, nach einem verräterischen Flackern zwischen den diskret getuschten Wimpern. Franks Anspielung könnte durchaus auf unseren Maître de Plaisir gemünzt sein. Uns in Schwierigkeiten zu bringen, ist eine seiner Spezialitäten. Zudem hat er mit Sabine viel Zeit verbracht. Womöglich nicht immer nur am Computer. Er hält meinem intensiven Blick ungerührt stand.

»Wieso letzte? Zieh'n die etwa wieder weg?«

»Gut möglich.« Ich reiche ihm den Umschlag. »Verbuch das ordentlich. Ich will gar nicht wissen, was drinsteckt.«

Hein reißt das Kuvert auf und macht große Augen.

»Oh doch, Katja, das willst du schon wissen.« Er hält mir den geöffneten Brief mit dem dicken Packen 100-Euro-Scheine hin. »Das sind mindestens dreitausend Euro. Ich wusste gar nicht, dass wir Frank und Sabine jeden Tag Hummer, Kaviar und Champagner mitgegeben haben. Oder hast du etwa eine Wette gewonnen?«

»Schön wär's«, flüstere ich.

»Was ist los, Katja?«

»Nichts.«

»Du weißt doch, dass du mir nichts vormachen kannst.«

Ich gebe mir einen Ruck und lasse einen Ballon steigen.

»Ist dir bei Frank und Sabine selbst oder in ihrem Haus mal was … sagen wir … Ungewöhnliches aufgefallen?«

Er hebt fragend die Augenbrauen. »In welche Richtung soll ich da denken?«

»In alle.«

Er wiegt das Haupt. »Höchstens, dass Sabine mehr vom Internet zu verstehen scheint, als sie mich glauben lassen will.«

»Und warum braucht sie dich dann?«

Mit übertrieben tuckigem Schwung hebt er die angewinkelten Unterarme, wedelt mit ausgestreckten Händen und schürzt die Lippen. »Unterschätz meinen Unterhaltungswert bitte nicht, liebste Freundin.«

»Was soll das heißen, dass Sabine mehr vom Internet versteht, als sie zugibt?«

Er kratzt sich am Kopf. »Sie scheint gelegentlich auf sehr merkwürdigen Seiten unterwegs zu sein. Aber das sind wir ja alle mal, finde ich nicht weiter schlimm. Worum geht es hier eigentlich?«

Gudruns Stimme schrillt zu uns herüber. »Komm flott her, Katja. Unsere Gäste wollen sich verabschieden.«

Ich lasse Hein stehen und ordne meine Gesichtszüge. Schotten und Belgier schütteln erst mir die Hände, dann einander und verabreden sich für den nächsten Abend wieder bei uns.

Gudrun jubelt. »Jetzt haben wir schon unsere Terrasse ohne richtige Terrasse! Und neue Stammkunden.«

»Wo wir doch grad alte verloren haben.« Hein deutet in die Dunkelheit, von der Frank schon längst verschluckt worden ist.

»Sabine und Frank?«, fragt David. Er klingt nicht sonderlich überrascht.

Könnte es sein, dass er mehr weiß und Frank ihn gemeint hat? Auch Davids Heimlichkeiten haben uns schon oft genug in Bedrängnis gebracht. Ich nicke ungehalten und deute auf den Umschlag in Heins Hand. »Nimm nur das raus, was sie uns schulden. Lass den Rest stecken und wirf den Umschlag in ihren Briefkasten.«

»Und was ist mit Trinkgeld?«, fragt Hein spitz.

»Nicht von Freunden«, meldet sich Gudrun.

Jupp ist sichtlich verwirrt. »Schmeckt Sabine und Frank unser Essen nicht mehr?«

»Ganz recht, es schmeckt ihnen nicht«, gebe ich zurück, klatsche in die Hände und scheuche mein Personal an die Arbeit. »Ihr wollt nach diesem harten Tag doch alle schnell nach Hause.«

»So einfach kommst du mir nicht davon, Katja«, murmelt mir Hein zu. »Ich geh nicht heim, ehe ich weiß, was hier gespielt wird.«

Wie ein aufgescheuchtes Huhn flattert Gudrun um uns herum. »Hat jemand meinen blauen Kittel gesehen?«

»In der Küche war er noch an dich«, versetzt David.

»Und dann habe ich ihn hier drüben über einen Stuhl gehängt, als ich mich zu dir gesetzt habe. Der kann doch nicht einfach verschwunden sein.«

»Gegenstände entmaterialisieren sich«, bemerkt Hein. »Vor allem in fortgeschrittenem Alter. Katja sucht ja auch dauernd Dinge, die nicht *da* sind. Oder sieht welche, die auch nicht *da* sind.«

»Quatsch«, empört sich Gudrun. »Mein Kittel ist nicht da. Punkt.«

Ich fordere sie auf, sich eine Schürze umzubinden. »Vielleicht hat jemand deinen Kittel als besonderes Souvenir mitgenommen.«

Es ist schon fast Mitternacht, als das Gröbste auf- und weggeräumt ist und ich Gudrun vorschlage, die Toiletten erst am nächsten Morgen zu putzen.

Hein hat sich mit baumelnden Beinen auf die Anrichte gesetzt und macht keinerlei Anstalten aufzubrechen. Als Jupp ihn herunterheben will, wehrt er ab. »Ich hab noch was sehr Wichtiges mit Katja zu besprechen.« Er drückt seinem Mann einen Kuss auf die Lippen. »Allein«, flüstert er.

Jupp sieht mich fragend an.

Ich nicke seufzend. »Dann putz ich mal die Klos«, brummt der sanfte Riese und trollt sich.

»Jetzt sag schon, welche merkwürdigen Seiten besucht Sabine denn im Internet?«, frage ich, nachdem Hein die Küchentür zugezogen hat.

Er antwortet ohne Umschweife: »Sexuelle Tauschbörsen, so was in der Richtung.«

»Dienstleistungen für abartige sexuelle Wünsche?«

»Könnte sein. Unsere brave Benimm-Trainerin hat wohl auch eine aufregende, dunkle Seite. Wie wir alle. Das muss man nicht unbedingt verurteilen. Schon gar nicht in einer Zeit, wo Schmachtromane über Fesselspielchen die brave Bestsellerliste anführen. *Me too* hin oder her.«

»Hast du sie mal darauf angesprochen?«

»Natürlich nicht!« Empört setzt Hein zu einem Vortrag über Toleranz, Diskretion und Intimsphäre an, als plötzlich mein Handy bimmelt.

Davids Stimme klingt atemlos: »Zu uns kommen. Sofort! At once!«

»Um Himmels willen, was ist denn passiert?«

Er kappt die Verbindung. Rasch sperre ich meinen Hund ins Hinterzimmer und renne mit Hein und Jupp vor die Tür.

Scheinwerfer blenden uns, als wir zu dritt in Jupps Waldauto klettern wollen.

»Wohin so flott?«, ruft Marcel und stellt seinen Motor ab.

»Fahr hinterher«, rufe ich ihm zu. »Bei Gudrun ist irgendwas Schlimmes passiert.«

Jupp würgt den Motor ab, bevor er den Wagen richtig auf Gudruns und Davids Hof geparkt hat. Mit offenem Mund starrt er geradeaus. Heins Kehle entlässt einen entgeisterten Quiekser. Mein Herzschlag setzt einen Augenblick aus, ich reibe mir die Augen. Die Erscheinung schwindet nicht. Im fahlen Schein der Hoflaterne sehe ich etwas, das definitiv da ist, und das ist unsagbar gruselig: Am einzig verbliebenen langen Ast des toten Baumes neben der Haustür baumelt ein Körper.

Marcel springt aus dem Jeep und richtet seine Taschenlampe auf eine eindeutig weibliche Gestalt. Sie hat einen Galgenstrick um den Hals und trägt einen blauen Kittel.

Die Frau, der dieses Kleidungsstück gehört, ist auf den Stufen zusammengekrümelt und klammert sich an ihren Verlobten. Sacht löst sich David und schwankt auf uns zu.

»Ein Mensch, eine Frau …«, murmelt er verloren und deutet, ohne hinzusehen, auf den Baum.

»Mais nee«, entgegnet Marcel grimmig und marschiert los. Zu meinem Entsetzen zieht er kräftig an der Erhängten. Sie dehnt sich, wird immer länger, dann bricht der Ast und die Gestalt plumpst fast geräuschlos zu Boden.

»Eine Puppe«, ruft uns Marcel zu. »Nur eine Gummipuppe. Aufgeblasen.«

»Is nich wahr!«

Hein ist aus dem Auto gekrabbelt. Er springt herbei und bückt sich, um dem Schreckgespenst an den Kittel zu gehen. Marcel hält ihn auf. »Bloß nicht ausziehen«, bittet er und deutet auf Gudrun, die sich aufgerappelt hat und jetzt auf uns zustolpert. »Sonst kriegt sie noch mal 'nen Schock. Sie muss ja nicht alles sehen.«

Ich verstehe seine Bedenken. Die zu einem großen O geformte knallrote, offene Mundhöhle der Plastikfrau lässt Rückschlüsse auf den kittellosen Anblick einer Puppe zu, die nicht für Kinderspiele gemacht ist. Rasch zieht Marcel sein Taschenmesser hervor, sticht der künstlichen Frau beherzt in den Bauch und drückt ihre üppigen Brüste.

»Ein dummer Scherz«, seufzt er in die laut entweichende Luft. »Wer war das?«

»Frank«, sage ich, ohne zu zögern. »Eine Warnung. Die eigentlich mir gelten sollte. Ich frage mich nur, warum er Gudrun damit erschrecken will.«

»Nicht Gudrun. Mich.« Mit gesenktem Kopf hebt David die Schultern und bringt flüsternd hervor: *»One day a slave.«*

Ich verstehe sofort. Hein offenbar auch. Bei Marcel bin ich mir nicht so sicher.

»Ab ins Haus«, sagt er, »wir alle müssen jetzt reden.«

Als wäre es ihre größte Sorge und sie nicht soeben zu Tode erschreckt worden, entschuldigt sich Gudrun im penibel aufgeräumten Wohnzimmer für die Unordnung. Sie sei auf Gäste leider gar nicht vorbereitet und verstehe sowieso nicht, was hier gerade vorgehe.

»Wir setzen das Puzzle jetzt zusammen.« Ich falle ohne Umschweife ins Haus, und zwar mit der offenen Autotür, aus der gestern Abend die eingewickelte Frau geworfen worden ist.

»Das war alles nur ein Rollenspiel ...« Erst jetzt geht mir auf, dass Sabine genau dieses Wort gleich nach dem rätselhaften Geschehen gestern Abend am Tisch hat fallen lassen. Als ob sie da schon mit der Wahrheit hatte herauskommen wollen. Aber keiner von uns hat den Hinweis ernst genommen.

Hein erinnert sich jetzt auch: »Dann hatte Sabine mit ihrer Vermutung also recht.«

»Es war keine Vermutung, Hein, sie ist in die Sache verwickelt. Mit einem Rollenspiel hat es angefangen. Unterbrecht mich jetzt bitte nicht, sonst verliere ich den Faden.« Ich hole tief Luft, lege los und verschweige nichts von dem, was ich heute Nachmittag erfahren habe.

Frank und Sabine haben sich mit Bedacht unseren abgelegenen Flecken als neuen Wohnort ausgesucht. Direkte Nachbarn gibt es hier nicht, und so hart an der Grenze wird auch nur wenig miteinander kommuniziert. Anders als sonst in kleinen Gemeinschaften ist hier niemand an Klatsch und Tratsch interessiert, da sich in die DNA der Grenzgänger dieses einstigen Schmugglerecks ein Verschwiegenheitsgen eingebrannt hat. Sofern der Nachbar die eigenen Kreise nicht stört, lässt man ihn sein Geheimnis hüten und seine sprichwörtlichen Leichen im Keller in Ruhe.

Dies haben sich Sabine und Frank mit ihrer Agentur *Ekstase per Courage (EpC)* zunutze gemacht. Im Internet bieten sie Varianten zu außergewöhnlichen sexuellen Begegnungen an. Alle Beteiligten bleiben dabei anonym. Die beiden Veranstalter raten sogar Frauen oder Männern, die im eigenen Haus überfallen und vergewaltigt oder von mehreren Akteuren aufgesucht werden wollen, in der dafür angesetzten Nacht das Namensschild an der Wohnungstür zu ändern. Bestimmte Gegenstände, zum Beispiel eine Streckbank, lassen sich aber nur schwer transportieren, weswegen manchen Kunden – hier sprach Sabine nicht von Klienten – der Service im hauseigenen *Salon der Lüste* angeboten wird, also in Franks vermeintlichem Hobbyraum.

Auch bewährte Stammkunden dürfen sich in der EpC-Zentrale verwöhnen lassen – allerdings ohne zu wissen, wo genau sich diese befindet. Ekstatisch und voller Courage warten sie in ihren Häusern darauf, von einem Mann abgeholt zu werden, der nie ein Wort spricht und auch nicht angesprochen werden darf. Bevor sie in seinen Wagen steigen, verbindet er ihnen die Augen.

Die gestrige Kundin hatte einen Extra-Kick bestellt. Sie wünschte, in dieser Nacht nach allen Regeln der Kunst beim Bügeln in ihrem Haus überfallen, entführt und einem Lust-Gefährten als Paket übergeben zu werden – eingewickelt wie dereinst Kleopatra. Unter diesem Decknamen wird sie in der Agentur geführt. *Kleopatra.* Auch diesen Hinweis hat Sabine gestern Abend gegeben.

»Für einen Teppich war es aber viel zu heiß«, hat sie mir heute an dieser Stelle der Geschichte erklärt. Dass Kleopatra in Wirklichkeit Fabienne Lorenz heißt, hat erst Marcel enthüllt.

Der unterbricht mich jetzt doch: »Also war Erich Trautmann der Chauffeur?«

»Ja, stell dir seinen Schreck vor, als ihn Frank ganz aufgeregt anruft, weil das zugestellte Paket direkt wieder geklaut worden ist. Da hat er natürlich kehrtgemacht, sieht das Auto im Graben …«

»… und lädt die Frau wieder in sein eigenes ein«, sagt Hein. »Warum ist er dann nicht flott mit ihr abgedüst?«

»Weil er dem anderen Mann im Auto helfen wollte«, flüstert Jupp.

»Genau«, fahre ich fort. »Trautmann ist ausgebildeter Sanitäter. Wenn Geilsdorfs …«

»Nomen est omen«, unterbricht Hein. »Dieser Name muss sie beauftragt haben, unsere brave Kehr in ein geiles Dorf zu verwandeln. Namen machen Menschen und in diesem Fall sogar ein Dorf.«

»Ruhig, Gevatter!«, weise ich Hein zurecht und nehme den Faden wieder auf: »Als Sanitäter und Bodyguard hält er sich auch im Hintergrund auf, wenn Frank und Sabine unbekannte Gleichgesinnte zusammenbringen. Die Agentur bietet übrigens auch diskret Erste Hilfe an, wenn der Schlüssel für die Handschellen verschluckt worden ist, sich die Staubsaugerdüse als zu eng erwiesen hat oder ein Hexenschuss es zu schmerzhaft macht, sich aus einer verknoteten Lage zu befreien. Der Österreicher wird zudem auch als Security bei gefährlichen autoerotischen Aktionen gebucht.«

»Ja, ja, das Auto …«, murmelt Gudrun verloren. »Wie das so auf dem Dach lag … Und jetzt ist der Mann tot.«

Hein öffnet den Mund.

»Klappe, Hein!« Ich schreite ein, bevor er noch mehr Verwirrung anrichten oder gar anschauliche Aufklärungsarbeit leisten kann.

»Ich hab doch gar nichts gesagt, Katja. Schon gar nichts über lustfördernden Sauerstoffmangel …«

Mit lautem Räuspern bringt Marcel Hein zum Schweigen. Das ist gut so. Jeder weitere Hinweis auf die angeblich euphorisierende Wirkung des Strangulierens wäre angesichts des soeben vor Gudruns Tür Erlebten wahrlich geschmacklos gewesen.

»Als Polizist kann ich diese Form der Dienstleistung durchaus würdigen«, sagt Marcel. »Was meint ihr, wie viele Leute sterben, weil sie sich auf komische Weise mit sich selbst vergnügen wollen.« Geräuschvoll stößt er den Atem aus. »Wie oft hat Fabienne Lorenz denn den Service von euren Nachbarn in Anspruch genommen?«

»Einmal monatlich, immer am selben Tag«, antworte ich.

Marcel nickt. »Das passt.«

»Wieso?«

»Ihr Mann, Heeng Scholtes, war Vertreter für Jagdzubehör. Einmal im Monat ist er zur Zentrale nach Brüssel gefahren und hat dort geschlafen. Gestern nicht. Da hat er sich krankgemeldet.«

»Weil er von Fabiennes Aushäusigkeit irgendwie Wind gekriegt und sich auf die Lauer gelegt hat«, schlussfolgere ich.

»Das denke ich auch.«

»Aber wer war dann der andere Mann?«

»Wissen wir noch nicht. Mit Trautmanns Angaben ist eine Phantomskizze gezeichnet worden, aber die hat noch nix gebracht. War zu dunkel, für den Mann gut zu sehen. Wir gehen grad Freunde und Bekannte von Scholtes durch. Und bitten jetzt die Bevölkerung um Mithilfe.«

Aha, daher gibt er freiwillig polizeiliche Erkenntnisse preis. Ich bohre nach: »Und warum ist es Mord? Wie ist der arme Heeng denn ums Leben gekommen?«

»Darf ich nicht sagen. Das ist Täterwissen.«

»Erschossen?«, fragt Hein. »Mit einer Pistole aus seinem Vertreterköfferchen?«

»Quatschverzähl. Setz jetzt bloß keine Gerüchte in die Welt.«

»Gerüchte«, wiederholt Jupp dumpf und setzt hoffnungsvoll hinzu: »Vielleicht sind das alles nur Gerüchte. Keine Kinder oder Tiere?«

Seine Gedanken kreisen noch stetig um die Enthüllungen über die Nachbarn. Und wie immer müht sich Jupp, einer abscheulichen Lage etwas Positives abzugewinnen.

»Nein, Jupp«, bestätige ich, froh, zumindest die Assoziation eines meiner Freunde richtig einordnen zu können. »Das hat mir Sabine geschworen. Nur Erwachsene. Und die machen das, was sie machen, freiwillig und sehr gern.«

Hein legt David einen Arm um die Schulter und zischelt: »Ach ja? Erzähl uns mehr davon!«

Zum Glück hört ihn Gudrun nicht, weil sie sehr konzentriert sämtliche Porzellanfiguren auf dem wuchtigen Sideboard einer gründlichen Entstaubung unterzieht.

Marcel steht auf. Er nimmt ihr eine liebliche Schäferin aus der Hand und fleht sie an, ihm etwas zu essen zu machen, da er heute noch gar nichts zu sich genommen habe, wie er sagt. Wenn sie auch noch einen Kaffee aufsetzen und ein plattes Wasser bringen könne, sei er überglücklich. Erstaunlich, wie viel Gesäusel er zustande bringt, wenn es darum geht, unserer Küchenfee Peinlichkeiten zu ersparen. Überglücklich habe ich ihn noch nie sagen hören.

Gudrun nickt verwirrt und verlässt das Zimmer.

Jetzt muss David Farbe bekennen.

»*One day a slave*«, ermutige ich ihn, »mach es nicht zu umständlich.«

Seine Geschichte ist schnell erzählt. Bei einer Konversationsstunde hatte sich Sabine nach der genauen Aussprache einiger englischer Begriffe erkundigt. Als er diese nebeneinander geschrieben sah, setzten sie sich in seinem Kopf zu einem Film zusammen, der wenig mit der ursprünglichen Bedeutung der Worte zu tun hatte, ihn aber entsetzlich anregte. Die Bilder verfolgten ihn tagelang. Als ihm Gudrun berichtete, Sabine und Frank wollten sich wohl einen Hund anschaffen, weil sie beim Putzen unter dem Bett ein ziemlich komisches Halsband gefunden habe, fasste er sich ein Herz. Er spulte seinen geistigen Film vor Sabines Ohren ab, konfrontierte sie mit dem Hundehalsband und fragte sie um Rat.

Keiner von uns, nicht einmal Hein, unterbricht Davids Beichte. Unser Texaner schloss also einen Pakt mit Sabine. Im Austausch für seine Verschwiegenheit würde er einen Tag lang im Haus der Geilsdorfs seine Phantasien als Sklave ausleben dürfen. Alles wurde penibel geplant, und alle waren glücklich. Das Kind, das sich bei den Großeltern in Köln mit Hotdogs und Burgern vollstopfte, David, der seine Fiktion in die Wirklichkeit überführen konnte, und die Geilsdorfs, die notfalls einen Alliierten nebenan unter Druck setzen konnten.

»That's it«, endet David.

»Nur einmal?«, frage ich. Der Amerikaner vergräbt die Hände im Gesicht, flüstert dann kaum hörbar. »Phantasie ist besser.«

»Weil man da selbst bestimmt, wann es aufhört.« Das Mitgefühl in Heins Stimme lässt mich aufhorchen und verbietet mir die Frage, ob der Tag als Sklave etwa mit jenem zusammengefallen sei, an dem David die plötzliche Verabredung mit einem alten Army-Kameraden von unserem Herd ferngehalten hatte.

Gudrun öffnet die Tür und stellt ein Tablett auf den Wohnzimmertisch.

»Was hab ich verpasst?«, fragt sie, akzeptiert das »Nichts!« aus allen Kehlen und entschuldigt sich für das karge Mahl.

»Wir haben hier ja nichts Richtiges, weil wir immer drüben essen. Das sind Gemüsechips. Die mache ich immer, falls Daniel mal zu Besuch kommt, der liebt die so. Und dazu habe ich dir noch einen Dip gemacht, Marcel.«

Als wir das Haus verlassen, sammele ich das Plastikhäuflein im Stoffgewand unterm Baum auf und werfe es in Marcels Jeep. »Den Kittel wird Gudrun nie wieder anziehen. War schon ein gemeiner Streich von Frank.«

»Dieser Berg ist verflucht von all denen, die hier am Galgen ihr Leben haben lassen müssen«, zitiert Marcel. »Hast du Frank und Sabine von der Sage erzählt?«

»Nur, was du gestern auch gehört hast. Die Geschichte von dem Amtmann, der nicht glauben wollte, dass in seinem Machtbereich Unschuldige hingerichtet werden könnten, und der dann eines Besseren belehrt wurde, habe ich ihnen nicht erzählt. Nur, dass es diese Sage gibt.«

»Juste«, sagt Marcel, »Und Hein hat dann doch noch eine dumme Bemerkung gemacht. ›Bei Nebel sieht es manchmal so aus, als ob der Galgen da noch steht. Mit jemandem dran.‹«

Auf dem kurzen Weg zur *Einkehr*, wo wir meinen Hund aus dem Hinterzimmer befreien müssen, denke ich über den frommen Kutscher nach, der sich zu der Zeit, als unsere Gegend noch ans *Spanische Ländchen* grenzte, also vor etwa 150 Jahren, bei der Fahrt über die Kehr immer bekreuzigt hatte - wegen der armen Sünder, aber auch der Unschuldigen, die dort am Galgen hochgezogen worden sind. Dass Unschuldige bestraft würden, stritt der Amtmann vehement ab. Zum Beweis schob er seinem Kutscher Taschenuhr und Siegelring unter, vollkommen überzeugt davon, dass der Mann des Diebstahls nicht bezichtigen werden könne. Seine Richter und der Herrgott würden das nie und nimmer zulassen. Doch erst als der Henker dem armen Kutscher schon den Strick um den Hals gelegt und der Burgkaplan das Paternoster gesprochen hatte, rang sich dieser bigotte Amtmann zu dem Geständnis durch, dass alles nur ein Test gewesen sei. *Mit kummervollem Gemüt sehe er nun ein, dass es tatsächlich möglich sei, auch unter seiner Amtsführung Unschuldige hinzurichten.* So steht es geschrieben.

»Unvorstellbar, dass man früher wegen einer Taschenuhr und eines Siegelrings am Galgen landen konnte«, sage ich, als ich meine Haustür aufschließe. »In mancherlei Hinsicht haben sich die Zeiten gebessert.«

»Das meinst auch nur du«, brummt Marcel, lässt erst Linus in den Flur und zieht mich dann in die Arme. Erstaunt erlebe ich, wie unvermittelt sich auch die kurze

Spanne unserer eigenen Zeit bessern kann, wenn zwei Menschen sich solche füreinander nehmen.

Am nächsten Morgen

Seltsam erquickt wache ich zur selben Zeit wie Marcel auf, also sehr früh.

»Ab nach St. Vith«, fordere ich ihn auf, als er mir den Kaffee ans Bett bringt.

Er schüttelt den Kopf. »Erst schau ich mir noch mal den Tatort an. Incroyable, was die deutsche Spusi da schon herausgefunden hat.«

»Über den Unfall?«

»Es gab überhaupt keinen Unfall.«

So schnell angezogen habe ich mich wohl noch nie. »Ich komme mit.«

Er brummt, hält aber nicht mich zurück, sondern mir wenig später sogar die Jeeptür auf. »Spring rein, ma biche, lernst vielleicht noch was.«

Erstmals sehe ich den Tatort bei Tageslicht. Gestern Nacht hatte ich mich auf das verunglückte Auto konzentriert und nicht wahrgenommen, dass direkt dahinter eine Lücke in der Leitplanke Zufahrt zu einem Windrad ein paar hundert Meter weiter bietet.

»Wieso lag das Auto auf dem Dach?«, frage ich und deute auf den relativ schmalen Graben. »Wenn hier jemand mit Karacho aus der Kurve fliegt, müsste der Wagen doch eigentlich auf der Seite landen.«

»Ein Punkt für dich«, lobt der belgische Polizeiinspektor.

»Krieg ich dafür eine weitere Info?«

Lachend schüttelt er den Kopf. »Natürlich nicht. Aber ich werde dich nicht aufhalten, wenn du selbst noch mehr rausfindest. Das ist erst der Anfang.«

Er hebt das Absperrband und lässt mich darunter durchhuschen. Die Wagenspuren und die bunten Markierungen der Polizei kommen mir zunächst wie ein unlösbares Puzzle vor. Das noch verwirrender wird, als ich die aus dem Boden schräg ansteigende Leitplanke genauer mustere.

»Das gibt's doch nicht! Sieht so aus, als ob da Reifen punktgenau drübergefahren sind! Wie auf einer Schiene.«

»Der zweite Punkt für dich.«

Ich beuge mich zu dem Graben runter. »Hier kann man doch unmöglich ein langes Paket rausziehen, wenn der Wagen auf dem Dach liegt.«

»Darüber hat sich schon Erich Trautmann gewundert. Und was schlussfolgerst du daraus?«

Ich kehre zur Einbuchtung zurück und versuche zu visualisieren, welchen Winkel der Wagen für dieses stuntmanreife Manöver genommen haben müsste. Dabei verrät mir der Asphalt etwas anderes: »Keine Bremsspuren, Marcel!« Ich wirbele herum und sehe jetzt erst die Reifenabdrücke im Schotter der Einfahrt. »Die haben hier *geparkt*! Das war gar kein Unfall!«

»Sag ich ja.«

Das Puzzle beginnt zwar, Gestalt anzunehmen, doch trotz aller Konturen werde ich aus dem entstehenden Bild nicht schlau. Marcel muss mir helfen. Rasch fasse ich meine Schlussfolgerungen zusammen. Danach haben Heeng Scholtes und sein Begleiter Fabienne Lorenz auf der Kehr eingesammelt und bei der nächsten Parkmöglichkeit, also hier, den Wagen angehalten. Wahrscheinlich um die Frau auszuwickeln. Dafür musste die erst aus dem Wagen gehoben werden. Es kommt zum Streit, der für Scholtes tödlich endet. Der Überlebende setzt ihn wieder in den Wagen und sich selbst ans Steuer. Fährt dann mit den linken Rädern so auf die Leitplanke, dass der Wagen extrem schräg zu stehen kommt. Dann krabbelt er raus und versetzt dem Fahrzeug einen so gehörigen Schubs, dass der tote Mann durch den Innenraum fliegt und das Auto auf dem Dach landet. »Ziemlich riskant«, ende ich und entscheide mich dafür, Marcels Grinsen als Zustimmung zu verbuchen und nicht als Kommentar zu meiner überaus gestenreichen Ausführung.

»Nicht so riskant wie Mord.«

»Wurde Scholtes erschlagen?«

»Nein.«

»Nicht erschossen, nicht erschlagen. Vergiftet wird man ihn wohl kaum haben. Erstochen?«

»Auch nicht. Hast du noch andere Fragen?«

»Ja. Trautmann hat doch gesagt, dass er dem Mann geholfen hat, die Frau aus dem Graben zu heben. Hat er denn da gelogen?«

»Nee, da nicht.« Marcel nickt zur Einbuchtung hin. »Wenn du genau hinsiehst, kannst du die Schleifspuren noch erkennen. Der Mann hat die Frau zum Graben gezogen. Musste ja wie ein Unfall aussehen.«

»Und wo hat Trautmann dann gelogen – abgesehen davon, dass er euch die Vorgeschichte verschwiegen hat?«

»Komm, ich bring dich wieder zurück, Katja. Du hast gute Polizeiarbeit geleistet.«

»Und trotzdem willst du mir nicht sagen, wie Scholtes gestorben ist? Anfangs hieß es doch Genickbruch …«

»Dabei ist es auch geblieben. Der Mörder wusste ganz genau, wie man jemandem den Hals umdreht. Es war ein gelernter Griff.«

»Militär oder … oder Kampfsport?«

»Ein Arzt könnte das auch, so wie jeder andere, der den menschlichen Körper studiert hat oder sich intensiv mit ihm beschäftigt.«

Sanitäter, Bodyguard und Sportstudio. Es sieht nicht gut aus für Erich Trautmann.

Als **Achtes** erweisen sich Buchstaben mehrfach
als genauso trügerisch wie die Atmosphäre,
die sich schicksalhaft entlädt und nach einem Besuch
am Krankenbett zu einem tiefen Fall führt.

Forellenstrudel mit Mangold:

Dünne Lauchscheiben und rote Zwiebelstückchen in Olivenöl anrösten, klein geschnittenen roten und gelben Mangold hineingeben, sparsam Sherry und Sahne dazugießen, einkochen lassen, mit etwas Paniermehl verdicken und kaltstellen.
Später diese Masse auf Strudelblätter verteilen, Forellenfilets daraufsetzen, die Blätter vorsichtig einrollen, mit verquirltem Ei bestreichen und den Strudel bei 180 Grad Umluft ungefähr 25 Minuten lang backen.

Es ist noch nicht mal neun Uhr morgens, und schon drückt mir die Bruthitze Leib und Gemüt nieder. Ich hoffe auf ein Gewitter, doch tief fliegende Vögel sind nirgends zu sehen. In der flimmernden Luft lassen sogar die Windräder ihre Flügel hängen. Noch nie habe ich mir zu solch früher Stunde in der Schnee-Eifel Schweißperlen von der Stirn gewischt.

Marcels Einladung zum Waffelessen im Café *Old Smuggler* lehne ich ab. Zu heiß zum Frühstücken.

»Vielleicht ess ich später was in Luxemburg«, sage ich. »Ich muss da ja neuen Whisky kaufen. Die Schotten kommen heute Abend noch mal.«

»Gut, dass dein Geschäft wieder brummt«, sagt Marcel und schlägt vor, sich mit mir um zwölf zu einem Imbiss im *Pipas* in St. Vith zu treffen. »Da wirst du dann ordentlichen Hunger haben.«

Den hat mein Allradmonster bereits jetzt, wie mir die Tankuhr gerade mitteilt. Sehr zu meinem Missvergnügen muss ich am Grenzmarkt in Belgien Sprit kaufen. Dort ist der Diesel derzeit erheblich teurer als in Luxemburg oder Deutschland. Deshalb wartet heute weder eine Schlange an der Zapfsäule noch ein Angestellter an der Kasse. *Tankungen nur noch über Tankautomat.* Die belgische Wortschöpfung an der Eingangstür ist mir zehn Euro *Tankung* wert und hebt augenblicklich meine Stimmung.

Wie auch die Fahrt durch Belgien nach Luxemburg. Keine Schlaglöcher, keine Haarnadelkurven mehr, keine Umleitungen auf der N 634. Die *route dégradée,* über die wir uns jahrelang gequält haben, ist endlich zu einer flott befahrbaren Nationalstraße befördert worden. Deutsche Gäste, die von Ausflügen nach Belgien in die *Einkehr* gekommen sind, haben uns während der jahrelangen Arbeiten auf dieser Strecke öfter nach den Schildern am Rand befragt. Bedeute *Baustelle zu verkaufen,* dass Belgien jetzt die Straßenrenovierung privatisiere? Sei das Königreich denn derart verschuldet? Ganz im Gegenteil, pflegte Marcel darauf zu antworten. Gerade die Ökonomität des Belgiers an sich verlange von ihm, das viel zu lange Wort *Baugrundstück* durch *Baustelle* zu ersetzen. Das spare Tinte und Platz auf den Schildern.

Heute lasse ich die allerletzte Frittenbude vor der Grenze zu Luxemburg links liegen und freue mich, den allerletzten Anstieg ohne *Convoi exceptionnel* vor mir flott durch die Kurve nehmen zu können.

Auch das Shoppingcenter Massen in Wemperhardt hat sich neu herausgeputzt und ist zu einer Mall herangewachsen, die schon am Eingang verkündet, warum sie nirgendwo in Deutschland stehen könnte: *An 363 Tagen im Jahr geöffnet.*

Edle Boutiquen und Feinkost-Imbisse widersprechen der Vorstellung, Massens Ware sei Massenware. Da wohl auch der Luxemburger ökonomistisch mit Buchstaben wirtschaftet, hat er sich einen Vokal im Namen des Anbieters gespart, der *Maassen* ausgesprochen wird.

Die Gastronomen bieten ihre Menüs auf Luxemburgisch, Französisch und Deutsch feil, doch ich betrachte es immer als sportliche Herausforderung, der mit dem Deutschen durchaus verwandten Landessprache Sinn zu entnehmen – und habe mich dabei schon fürchterlich geirrt. Vergangenen Winter habe ich an der *Bakstuff* – unschwer als Backstube zu übersetzen - *eng gutt waarm Gulaschzopp mat Sauerram a frësche Bratzelen* bestellt und ließ meine schön warme Gulaschsuppe mit Sauerrahm fast kaltwerden, weil ich auf die dazugehörigen frischen Brezeln wartete. Als ich den Kellner darauf ansprach, deutete er auf den Schnittlauch in der Suppe – die Bratzelen.

Heute empfiehlt die Bakstuff als Sommermenü Fischstrudel. Das bringt mich auf die Idee, einen solchen in den nächsten Tagen auch in der *Einkehr* zu servieren. Unser Nachbar Klaus Quetsch hat mich gestern schon gefragt, ob er aus dem Teich hinter dem Holzhaus für uns wieder frische Forellen angeln sollte. Die könnte ich mit dem Mangold verarbeiten, den ich im riesigen Supermarkt neben vier Flaschen Whisky in meinen Einkaufswagen gelegt habe. Das Gemüse wickele ich auf der Toilette zu sanften Tönen aus dem Lautsprecher in feuchtes Küchenpapier. Trotzdem werde ich es nachher ins *Pipas* mitnehmen müssen, damit es mir im Auto nicht schlapp macht.

Aber wie schnöde von mir, immer nur an das Geschäft zu denken! Wo mir doch die Schaufenster in diesem Tempel der Luxusgüter noch eine andere Botschaft zuflüstern: Die Menschheit will beschenkt werden! Betroffen gehe ich in mich. Wann habe ich zum letzten Mal jemandem etwas geschenkt? Neben Lob für ihre Arbeit haben meine Freunde nicht nur einen Betriebsausflug, sondern auch eine kleine materielle Anerkennung verdient.

Für Gudrun erstehe ich ein hübsch durchgeknöpftes Kleid in aktuellem Ethnomuster, das ich ihr als neuen Kittel überreichen werde. Jupp wird seine frisch geklöppelte Horoskop-Decke mit Schokoladenschalen in Sternzeichenform und Hein sein Biedermeiertischchen mit einer Miniaturausgabe seiner Roten Zora schmücken können. Weil mir für David partout nichts einfallen will, stelle ich ihm ein Detox-Paket zusammen, quasi als Entgiftungs-Empfehlung gegen böse Einflüsse.

Den Kaffee-Sommelier in der Buchhandlung *Mediastore* lege ich wieder zur Seite. Eine Reise durch die Kulturgeschichte des Kaffees wird Marcel wohl erheblich weniger anregen als das heiß servierte Getränk selbst. So ein Buch über sein Lebenselixier könnte ihn ebenso irritieren wie ein Gutschein für den Gentleman Trendy Barber. Nach dieser wunderbaren Nacht der Nähe möchte ich eine Auseinandersetzung über seinen kunstlos mit der Nagelschere parzellierten Schnurrbart möglichst nicht riskieren. Ich kaufe ihm also einen Satz dunkelblauer Strümpfe. Die werde ich ihm nicht als Geschenk überreichen, sondern einfach in seine Schublade legen. Hoffentlich wird er sie an seinen Füßen nicht wieder allzu schnell mit anderen Farben verpartnern. Mir selbst gönne ich zwei paar neue Schuhe und einen eleganten Strohhut.

Als ich mit meinen Tüten durch die Galerie wandere, geben große Fensterfronten plötzlich einen ausgedehnten Blick auf die hüglige, sonnenverbrannte Eifellandschaft frei. Wieder einmal ist nichts als Gegend zu sehen. Ein Kulturschock trifft mich. Beim Flanieren durch die schicken Läden habe ich mich in der Großstadt gewähnt, im Kaufrausch meine Mutation zum Landei gänzlich vergessen.

So schnell kann man sich also in eine andere Welt beamen lassen, so unbekümmert von Verlockungen geködert und umgepolt werden. Zum ersten Mal keimt ein Hauch von Verständnis für David in mir auf.

Ich beginne zu frösteln. Die kühle, künstliche Luft, die ich vor einer Stunde noch erleichtert eingeatmet habe, treibt mich jetzt zu meinem aufgeheizten Auto zurück. Bis zu meiner Verabredung mit Marcel muss ich noch knapp anderthalb Stunden totschlagen. Doch erst zur Kehr zu gondeln und dann wieder zurück nach St. Vith wäre idiotisch, umweltschädigend und lästig. Quer durch die ganze belgische Eifel, so wie Marcel vorgestern Nacht. Dieses Ouren müsste also hier in der Nähe liegen. Nach dem Volltanken zum günstigen Luxemburger Tarif befrage ich mein Navi. Tatsächlich, vom Parkplatz in Wemperhardt aus könnte ich in nur neun Minuten in Ouren sein. Sieben Kilometer sind keine Entfernung für jemanden, der sonst zwölf Kilometer fahren muss, um sich in der Apotheke Aspirin zu kaufen.

Ich verspreche mir nichts von diesem Abstecher, weiß ja nicht einmal, aus welchem Haus Fabienne Lorenz entführt worden ist, aber warum sollte ich die Zeit nicht dazu nutzen, jenes Dreiländereck zu besichtigen, in dem diese böse Geschichte ihren Anfang genommen hat? Vielleicht eignet es sich ja als Ziel für einen Betriebsausflug.

Zu meinem Erstaunen dirigiert mich mein Navi nicht nach links gen Belgien, sondern in die entgegengesetzte Richtung tiefer ins Luxemburgische hinein. Aber offenbar führen alle Wege nach Belgien, denn wenig später weist mich bei Weiswampach hoch oben auf dem Berg ein Mautschild darauf hin, dass ich hier vom Großherzogtum wieder ins Königreich einreisen könne.

Der Grenzübergang selbst ist unspektakulär, die Aussicht von diesem Dach der Welt ist es nicht – und das Mahnmal neben der kleinen Kapelle schon gar nicht. Ich halte an, steige aus und nähere mich einer großen Skulptur. Eine schräg aufragende Stele mit einem symbolisierten Flugzeugflügel. Dies ist das *Lancaster Memorial* zum Gedenken an vierzehn junge Männer, lese ich, die von der deutschen Flak in der Nacht vom 12. auf den 13. August 1944 in zwei Lancaster-Bombern abgeschossen worden sind. Eine Inschrift auf dem Gedenkstein lässt mein Herz noch schwerer werden, als es bei der Erinnerung an unsere finstere Vergangenheit ohnehin schon geworden ist: *Ake ake kia kaha (Maori)* Ich finde die Übersetzung in meinem Smartphone: »Auf ewig stark bleiben.« Sicher kein Trost für Mütter, die im fernen Neuseeland um ihre Söhne getrauert haben. Um junge Männer, die neben englischen und kanadischen Kameraden auf der anderen Seite der Weltkugel in der fernen Eifel beim Kampf gegen die barbarische NS-Herrschaft ihr Leben lassen mussten. An sie erinnern hier vierzehn im Boden versenkte Kreuze. Die drei Masten, die den Flugzeugflügel stützen, stehen für die drei Nationen der toten Crewmitglieder.

In der Kapelle zünde ich eine Kerze an und setze mich dann wieder der Sommerhitze aus. Ich blicke fasziniert in die grenzenlose, wellige Weite der drei Länder unter mir. Für die Schönheit dieser Gegend werden die jungen Flieger damals keinen Blick gehabt haben, denke ich, als ich wieder losfahre. *In 1,9 Kilometern rechts abbiegen auf Peterskirchen*, quäkt die Frau in meinem Navi und katapultiert mich damit zurück in die Gegenwart. Der schmale kurvige Weg führt steil bergab, und der lichte Wald eröffnet grandiose Durchblicke auf ein Dorf im Tal, das Ouren sein dürfte und es auch ist.

Am Haus *Von Moses* biege ich rechts ab, überquere hinter dem Hotel *Rittersprung* die Our und stelle mein Auto dann auf einem großen Parkplatz am Hotel *Dreiländereck* ab. Die Kennzeichen der wenigen anderen Wagen lassen darauf schließen, dass die bergige Gegend mit den vielen Ferienhäusern auf den Anhöhen vor allem deutsche Urlauber anlockt.

Im klimatisierten Allradmonster lasse ich mich von der modernen Elektronik über den Ort informieren, der von der Our fast gänzlich umschlungen wird. Zu besichtigen gäbe es ein Europadenkmal nahe der Stelle, wo der Begriff fließende Grenzen ganz wörtlich zu nehmen ist: Mitten im Flüsschen Our treffen Luxemburg, Belgien und Deutschland aufeinander.

Als ich die Autotür öffne, breche ich nahezu übergangslos wieder in Schweiß aus. Ein Blick nach oben belehrt mich, dass es für einen ausgedehnten Spaziergang nicht nur zu heiß ist, sondern sehr bald auch zu nass sein wird.

Über Ouren haben sich schwarze Gewitterwolken zusammengeballt, und in der Ferne höre ich es bereits grollen. Um mit den ersten dicken Tropfen schnell genug zu meinem Wagen zurückzukehren, sollte ich mir auch den kleinen Anstieg zu den Burgresten oberhalb des Dorfkerns ersparen. Und deshalb auch lieber nicht zu weit in ein potenzielles Labyrinth des Ortsinneren dringen. Also schlage ich einen Rundweg parallel zum Bogen der Our ein, der von nur wenigen Gebäuden gesäumt ist. Nicht nur diese Gegend ist mir fremd, sondern plötzlich bin ich mir das auch selbst. Die Beunruhigung darüber verfliegt, als mir aufgeht, woran das liegt: Ich halte keine Leine in der Hand. Ohne Hund spazieren zu gehen, ist anscheinend gänzlich wider meine Natur. Ich rufe Gudrun an und bitte sie, sich um Linus zu kümmern. Nach dem Mittagessen mit Marcel würde ich sofort zurückkehren. Mit einem Bund Mangold und einer neuen Rezeptidee. Klaus Quetsch möge uns dafür ein paar Forellen angeln, und David einen Strudelteig anfertig…

»Ach«, falle ich mir plötzlich selbst ins Wort. »Das ist aber hochinteressant!« Ich unterbreche die Verbindung und starre auf ein nur teilweise weiß getünchtes Bruchsteinhaus auf der Ourseite des Weges. Das blauweiße Absperrband der Polizei hat sich gelockert und flattert im plötzlich aufkommenden Wind einladend zur Straße hin. Neugierig trete ich näher. *Haus Friedensreich* prangt in verwitterten, geschwungenen Lettern über der Tür an der Seite des Gebäudes. Darunter ein kleineres Emailschild: *Jagdzubehör Scholtes.* Wer nicht sucht, der findet trotzdem, denke ich beglückt.

Hier also hat Erich Trautmann sein Paket eine steile Steinstufe hinuntergewuchtet.

Die Wohnräume im Hochparterre entziehen sich leider jeglichem Einblick. In der massiven Mauer darunter sehe ich nur ein winziges Gitterfensterchen. Bei meiner Kurzrecherche habe ich vorhin erfahren, dass das Flüsschen in früherer Zeit öfter über die Ufer getreten ist. Klar, dass die Ouranwohner sich dann lieber in der oberen Etage eingerichtet haben.

Ohne weitere Vorwarnung bricht es jetzt los. Blitz und Donner blenden und betäuben mich, während gleichzeitig Wasser eimerweise über mir ausgeschüttet wird. Total durchnässt renne ich über eine Wiese auf eine benachbarte Scheune zu, betend, sie möge vom Blitz verschont werden und nicht voller Heu sein. Das Tor ist verschlossen, aber die entfesselten Elemente lassen mir keine Wahl. Das Gewitter tobt sich jetzt direkt über Ouren aus. Mit aller mir zur Verfügung stehenden Kraft werfe ich meinen Leib gegen die dünnen Bretter. Beim zweiten Versuch geht das Splittern des Holzes mit einem Donnerschlag einher. Durch die brachial entstandene Lücke kann ich mich ins schützende Innere zwängen. Zum Glück lagert hier kein Heu.

Wie so viele andere Eifeler auch hat der Eigentümer seine Scheune in ein Heim für diverse Fahrzeuge verwandelt. Das kaputte Tor werde ich ihm ersetzen müssen, also gleich morgen Jupp zur Schadensregulierung herschicken.

Ich reibe mir die Schulter und blicke aus der Bretterlücke ins Freie. Das zur Scheune gehörige Haus kann ich von hier aus nicht sehen, habe aber freien Blick auf den Eingang von *Haus Friedensreich.*

Der nächste Windstoß schickt einen Regenschauer durchs Loch. Also ziehe ich mich tiefer ins Innere der Scheune zurück. Und da beginnen meine Knie plötzlich zu schlottern. Nicht nur wegen meines gewaltsamen Eindringens in fremdes Terrain oder aus Angst vor dem Gewitter. Sondern weil sich mir ein entsetzlicher Gedanke aufdrängt: Haben Heeng Scholtes und sein Nachbar etwa hier im Dunkel dieser Scheune auf der Lauer gelegen, um Fabienne beim Fremdgehen zu erwischen? Wenn das zutrifft, könnte der Besitzer dieses Schuppens der bislang unbekannte zweite Mann sein, der Mörder von Heeng Scholtes und der Entführer von Fabienne Lorenz. Nein, nein, ich werde nicht morgen Jupp, sondern auf der Stelle Marcel hierherscheuchen!

Schnell fummele ich mein Handy aus der Hosentasche, lasse es aber mutlos sinken, ohne auf die Taste zu drücken: Der Hagel, der grad das Blechdach und meine Ohren malträtiert, wird jede Verständigung unmöglich machen. Also eine SMS. *Konn sofre maxhpureb zrautnams suto …* Auch ohne Lesebrille sehe ich, dass hier weit mehr als nur ein Buchstabe verrutscht ist. Meine zitternden Finger wollen mir einfach nicht gehorchen. Nun, auf die paar Minuten kommt es jetzt auch nicht mehr an. Gleich werde ich mich beruhigt haben und dann alles auf die schmalen Reihen der Smartphone-Tastatur bringen können. Vielleicht sollte ich mich erst mal in ein Auto setzen, um mich zu sammeln.

Es ist stockfinster geworden, also wandere ich im Licht meines Handys durch die Scheune und mustere den Fuhrpark. Ausfahrbereit steht ein verschlossener Mittelklassewagen nahe dem Eingang, an der Wand daneben eine uralte BMW, hinter der ein aufgebockter, antiker Mercedes offenbar schon sehr lange auf Ersatzteile wartet. Direkt hinter dem Mittelklassewagen sehe ich ein altes Wohnmobil, das dem Wohnwagen ähnelt wie das, in dem ich mit meiner Mutter in den Siebzigern Ferien in einer Berliner Kleingartenkolonie sehr nahe dem Flughafen Tegel gemacht habe. Die Vermieter versicherten uns damals, wir würden den Lärm bald gar nicht mehr wahrnehmen, aber sie irrten sich. Mit jeder über uns hinwegdonnernden Maschine träumte ich mich zu fremdländischen Gestaden hin, die ich nur aus dem Atlas und bunten Illustrierten kannte. Ich stattete sie mit einem Glanz aus, den ich in meinem späteren Leben als weit reisende Moderedakteurin vor Ort dann vergeblich gesucht habe. Wie sagte David so richtig: *Phantasie ist besser.*

Ich öffne die Tür des Wohnmobils und registriere erstaunt, dass es wohl immer noch genutzt wird und offenbar gerade erst geputzt worden ist. In schmalen Schränkchen stehen Dosen, verpackte Spaghetti, Reis und kleine Wasserflaschen. Hier möchte ich mich nicht reinsetzen, das käme mir wie ein weiterer Einbruch vor.

Der gedankliche Ausflug in die Vergangenheit hat meiner Verfassung gutgetan und mich daran erinnert, wie oft ich mit voreiligen Schlussfolgerungen schon falsch gelegen habe. Womöglich beschuldige ich den Scheunenbesitzer völlig zu Unrecht. Heeng Scholtes könnte sich mit einem anderen Mann hinter dem Tor versteckt gehalten haben. Nachbarn helfen einander aus. Vielleicht hat Scholtes seinen nur darum gebeten, die Scheune benutzen zu dürfen. Oder nicht einmal das für nötig befunden, weil der Nachbar mit seinem eigenen Wagen unterwegs war und daher nicht merken würde, wenn ein anderer für kurze Zeit diese Garage als Ausguck nutzte.

Ich steige aus dem Wohnmobil und nähere mich dem letzten Fahrzeug, das ganz hinten an der Wand geparkt und mit einer schwarzen Plane abgedeckt ist. Am Heck schlage ich die Plane um – und erstarre.

Auf der Scheibe oberhalb des Prümer Kennzeichens kleben zwei Sticker: *Ein Herz für Kinder* und *Baby an Bord.*

Jetzt gibt es keinen Zweifel mehr.

Ich habe Erich Trautmanns Auto gefunden. Es ist leer. Aber ich bin nun sicher, dass sich Fabienne Lorenz ganz in der Nähe befinden muss. Wenn sie denn noch lebt.

Das Sausen und Klingeln in meinen Ohren produziert mein eigener Körper, denn draußen ist es plötzlich ganz still geworden. Durch die Lücke im Brettertor flutet Licht herein. Das Gewitter ist weitergezogen, doch auf diesem Hof wird es in Kürze noch einmal gehörig krachen.

Meine Hände zittern nicht mehr. Endlich kann ich Marcel anrufen. Vom *Pipas* aus könnte er in zwanzig Minuten hier sein.

»Hallo? Was machen Sie denn da?«

Mein Telefon poltert zu Boden.

Die Reste des Scheunentors sind weit geöffnet. Im Gegenlicht sehe ich die Umrisse eines stämmigen Mannes. Ich rühre mich nicht vom Fleck.

»Entschuldigung!«, rufe ich ihm zu, »Ich habe nur vor dem Gewitter Schutz gesucht. Das Tor werde ich Ihnen natürlich reparieren lassen.«

Der Mann kommt schnell näher. Ich drücke mich gegen Trautmanns Auto. Aus Angst, von diesem mutmaßlichen Mörder einen über den Kopf gezogen zu bekommen, wage ich nicht, mein Handy aufzuheben, rede stattdessen einfach weiter. »Es tut mir wirklich schrecklich leid, das mit Ihrem Tor, aber sehen Sie nur, ich bin total durchnässt …«

»Kuk ahn«, sagt der Mann, als er vor mir steht, »wir kennen uns doch!«

Er zieht die Plane wieder runter, hebt mein Handy auf und legt es auf Trautmanns Autodach außerhalb meiner Reichweite.

Als ich danach greifen will, nimmt der Mann meine Hand und schüttelt sie kräftig.

»Gestern«, sagt er fröhlich, »bei Frau Geilsdorf!«

»Ach ja«, stottere ich, »Herr, Herr …«

»Becker. Allä Becker.«

»Allä?«, wiederhole ich fragend. Wie fleißige Ameisen fahnden meine Gehirnzellen nach einem Weg, mein Handy wieder in den Griff zu kriegen. Damit es nicht wie das von Trautmann an irgendeinem Wegesrand landet, und, was weitaus schlimmer wäre, fern von mir geortet werden wird. Denn der Mann, den ich gestern bei Sabine nicht weiter beachtet habe, hat heute gewiss nichts Gutes mit mir vor.

»Allä. Wie Allä Däählong. Den hat meine Mutter so geliebt. Deshalb heiße ich so.« Danke, Marcel, dass du mir die Neigung zur Erstsilbenbetonung der deutschsprachigen Belgier nahegebracht hast. Ausgesprochen nützlich in dieser Lage und ziemlich entmutigend, wenn man bedenkt, dass Alain Delon in diversen Filmen als Mörder davongekommen ist. »Und Sie sind Frau Klein, nettu?«

»Nettu«, wiederhole ich verständnislos zustimmend.

Der Mann wirkt aus nächster Nähe ziemlich bullig. Könnte ich ihn trotzdem niederschlagen? Das Tor habe ich ja auch kleingekriegt. Er lacht und entblößt Zähne, die mich zerfleischen könnten. Ans Auto gedrückt kann ich leider keinen Schritt zurücktreten.

»*Nettu* sagen wir hier für n'est-ce pas, nicht wahr, Frau Klein. Sie müssen jetzt nur ja sagen.«

»Ja«, sage ich.

»Das wollte ich hören. Und jetzt gehen wir ins Haus, für Sie abzutrocknen. Sonst erkälten Sie sich noch, und das wollen wir ja nicht, nettu?«

Mit der Linken schnappt er sich mein Handy und lässt es in seiner Weste verschwinden, mit der Rechten packt er mich am Oberarm und führt mich durch eine winzige Hintertür aus der Scheune.

Als wir ins Freie treten, hole ich tief Luft. Der Schrei, den ich gleich ausstoßen werde, wird ganz Ouren herbeirufen.

Doch bevor mir ein Ton entweichen kann, zieht Herr Becker eine Pistole aus den Tiefen seiner Weste. »Laut werden darf jetzt nur ich, liebe Frau Klein«, sagt er leise. »Es ist Jagdsaison.«

Klar, wenn dann ein Schuss fällt, kräht in der Eifel kein Hahn, und kein Mensch dreht sich um.

»Was haben Sie mir mit vor?«, frage ich, als er mich zu dem uralten, unverputzten Bruchsteinhaus unmittelbar hinter der Scheune bugsiert. Er lässt mich los und bedeutet mir, vor ihm die Steintreppe zum Eingang hinaufzugehen. Ich blicke auf meine Uhr. Kurz nach zwölf. Da ich immer sehr pünktlich bin, wird sich Marcel schon wundern, dass ich zu unserer Verabredung nicht auftauche und per Handy nicht erreichbar bin. Er wird im Restaurant anrufen und mit Gudrun sprechen, die ihm von unserem abgehackten Telefonat erzählen wird. Erst wird er irritiert sein, aber noch nicht beunruhigt. Doch in spätestens einer Stunde wird er mein Handy geortet haben. Ich muss also dafür sorgen, dass Becker das Ding so lange in seiner Weste verwahrt. Auf Zeitgewinn zu spielen, sollte mir nicht schwerfallen. Ich atme erleichtert aus, als ich vor der Haustür stehe.

»Aufmachen«, befiehlt Alain Becker. »Ich bringe Sie jetzt zu meiner Mutter. Die freut sich, wenn ich ihr meine Freundin vorstelle.«

Ich wäre lieber bei Alain Delon gelandet als bei Norman Bates. »Ich bin nicht Ihre Freundin.«

»Andere Frauen in Ihrem Alter würden sich freuen, wenn so ein junger Mann ihr Freund wäre.«

»Und Fabienne?«, frage ich, als ich den Knauf drehe und einen dunklen Flur betrete. »Was wird die dazu sagen?«

»Die hat nichts zu kamellen!«, schnauzt er mich an. »Da rein!«

Wenigstens weiß ich jetzt, dass die verschleppte Frau noch lebt. Ihr Entführer reißt die Tür zur Küche auf. »Abtrocknen. Da sind Handtücher. Und ausziehen!«

»Was?«

»Ausziehen habe ich gesagt!«

»Wollen Sie mich etwa vergewaltigen?«

»So 'ne alte Joffer? Ich bin doch nicht pervers.«

David und das komische Hundehalsband kommen mir in den Sinn. Ach, was gäbe ich jetzt nicht für ein bisschen unschuldige Perversion. Stattdessen sitze ich bei einem Mörder in der Falle.

Ich trockne mich mit einem fadenscheinigen, einstmals dunkelblauen Handtuch ab. Die Zahnbürsten neben dem Rasiergerät im Becher und der Waschlappen am Plastikhaken verraten, dass dies die einzige Nasszelle im Haus sein muss. Ich denke nicht daran, mich auszuziehen. Soll er mir doch die Kleider vom Leib reißen, wenn ihm das ein Bedürfnis ist. Hauptsache mein Handy verbleibt in seiner Weste.

»Und jetzt ziehen Sie das hier an«, ruft Alain Becker durch die geschlossene Tür, öffnet sie einen Spalt, schiebt einen Stoffhaufen hindurch und schließt sie wieder.

Es knistert, als ich das weite, blaue Polyester-Kleid mit dem Streublümchenmuster der Siebzigerjahre entfalte. Ob mein Doppelzentner da wohl hineinpasst? Dieses Kleid hat einen unbestreitbaren Vorteil gegenüber meinem derzeitigen Outfit. Es ist trocken. Also ziehe ich mich um.

Wenig später öffnet Alain Becker die Tür.

»Geht ja«, sagt er erfreut, tritt ein und schließt ab. »Du siehst hübsch aus.«

Gegen Komplimente und ungefragtes Duzen bin ich normalerweise genauso immun wie gegen das Stockholm-Syndrom. Doch es erscheint mir weise, sein Spielchen erst mal mitzuspielen. Ich muss Zeit gewinnen. Kokett halte ich die Arme über den Kopf und mache ein paar Pirouetten.

Er wedelt mit der Pistole.

»Von hinten darf dich meine Mutter aber nicht sehen!«

Der lange Reißverschluss hatte nach zwei Zentimetern aufgegeben. Aber wenigstens passt mein BH farblich zum Gesamtensemble und bietet zudem noch Platz für meinen Autoschlüssel.

»Muss das sein?«, frage ich nach der letzten Drehung und deute auf die Pistole, die immer noch auf mich gerichtet ist.

»Ja«, sagt er und tastet mit der freien Hand meine Sachen ab.

»Wo ist dein Autoschlüssel?«

»Im Auto.«

»Und wo steht das?«

Keine überraschende Frage. Trautmanns Auto braucht Gesellschaft.

»Am Europadenkmal«, lüge ich. Mein Allradmonster auf dem Parkplatz am Hotel *Dreiländerblick* wäre ein weiterer Anhaltspunkt für Marcels Suche nach mir. Becker wird meinen Wagen nie ausfindig machen können, weil er nach einem deutschen Kennzeichen fahnden wird. Er kann ja nicht wissen, dass die Besitzerin der *Einkehr* auf der anderen Straßenseite der Kehr wohnt und ihr Wagen daher belgische *Plaquen* hat. »Ist schon eine wirklich interessante Sehenswürdigkeit, euer Europadenkmal.«

»So'n Quatsch. Die paar Steine.«

Zeit gewinnen, Zeit gewinnen, Zeit gewinnen.

»Schön ist auch die Stelle in der Our, wo die drei Länder zusammentreffen …«

»Noch mehr Steine.«

»Und ganz viele Steine gibt es auch oben auf eurer Burg ...«

Mit einer Handbewegung wischt er sämtliches Gestein des geschichtsträchtigen Ourens fort. »Ist doch alles Schrott. Wie heißt du?«

»Das wissen Sie doch.«

»Vorname?«

»Katja.«

»Katja. Gut. Macht jetzt keinen Fehler, Katja. Ihr seid meine Freundin, vergesst das nicht, sonst knallt's.«

Aha. Das Unbehagen, von seiner neuen Freundin immer noch gesiezt zu werden, kaschiert er unwillkürlich mit der neutralen Eifeler Anrede in der zweiten Person Plural. Gut zu wissen, dass der Mann manipulierbar ist.

Er öffnet die Küchentür.

»Wo ist Fabienne?«, frage ich.

»Da lang«, sagt er nur und schubst mich in ein Zimmer am Ende des dunklen Flurs.

Auf einmal bin ich in eine andere Zeit, eine andere Welt versetzt. Meine Nase führt mich in die Irre. Ich rieche meine Vergangenheit, das letzte Zimmer meiner eigenen Mutter. Ein unverkennbarer, nicht zu beschreibender Geruch. Anheimelnd und befremdend, warm und beißend zugleich. Der Dunst des endgültigen Abschieds. Ich habe damals gewusst, dass es mit meiner Mutter zu Ende ging. Jahrelang hat es mich belastet, dass ich in ihrer letzten Stunde nicht bei ihr gewesen bin. Ich war zu sehr mit meinen eigenen Sorgen beschäftigt, mit meiner unerwarteten Kündigung, meinem schäbigen verheirateten Freund, der mich gerade abserviert hatte, und mit der Wohnung, die ich hatte verlassen müssen. All diese Faktoren haben mich vor zehn Jahren in die Eifel getrieben. Da erst habe ich Trost gefunden, gelernt, dass viele Menschen am liebsten allein sterben. Fortgehen wie Davids Mutter, wenn der Sohn nur mal kurz das Zimmer verlässt. Nach dem einsamen Tod von Jupps Mutter sagte mir damals jemand, Sterben sei eine harte Arbeit, die mancher Mensch gern allein verrichte.

Das dicke Plumeau lässt den Kopf der alten Frau auf dem Krankenhausbett winzig klein erscheinen. Sie murmelt etwas Unverständliches. Alain Becker wischt ihr mit einem feuchten Tuch sanft die Stirn ab, schiebt den Infusionsständer näher heran und hilft ihr mit vielen Kissen beim Aufsitzen. Es wäre der ideale Moment zur Flucht gewesen. Aber leider hat Becker die Zimmertür abgeschlossen und den Schlüssel eingesteckt. Die Doppelfenster werde ich nicht schnell genug öffnen können. Außerdem traue ich mir einen Sprung aus dieser Höhe nicht zu.

Langsam öffnet die Frau ihre Augen. Der Film, der auf ihrem Gesicht abläuft, erzählt die Geschichte einer liebenden Mutter, die ihrem fürsorglichen Sohn unendlich dankbar ist. Mit der einen Hand streichelt er jetzt ihre magere Schulter, mit der anderen hält er seiner Mutter eine Schnabeltasse hin. Während die alte Frau trinkt, sehe ich mich im karg möblierten Zimmer um.

Alle Wände sind mit Ansichtskarten zugeklebt. Alte, sepiafarbene Fotos wechseln sich mit bunten Bildern von Sehenswürdigkeiten ab. Der Eiffelturm, das Empire State Building, das Taj Mahal, das Männeken Pis, Amsterdamer Grachten, die Golden Gate Bridge, die Oper in Sydney, die Niagara-Fälle, der Zuckerhut, das

Brandenburger Tor, die Akropolis, der Petersdom, ein Regenwald, Polarlichter, die kleine Meerjungfrau, das Münchner Hofbräuhaus sowie diverse Eifelansichten, kurzum, hier ist die ganze Welt zu Hause.

Alain Becker stellt die Schnabeltasse auf dem medikamentenüberladenen Nachttisch ab und räuspert sich.

»Mutter, das hier ist meine Katja.«

Er winkt mich ans Bett. Ich zwinge mich zu einem Lächeln, als ich in wässrige, hellblaue Augen blicke. »Wir werden heiraten, Mutter. Wie du siehst …«, er legt eine Hand auf meinen Bauch, »müssen wir das ganz schnell tun. Du wirst nämlich bald Oma, Mutter!«

Ein Strahlen erhellt das knochige Gesicht. Die alte Frau sieht mir offenbar weder mein Entsetzen noch mein Alter an. Mit der schmalen Fabienne hätte Becker diese Nummer nicht abziehen können.

»Jung«, flüstert sie heiser. »Das schönste Geschenk meines Lebens. Jetzt kann ich in Frieden gehen.«

»Blödsinn, Mutter, du wirst auf unserer Hochzeit tanzen, nettu, Katja?«

»Ich aber nicht«, bringe ich hervor.

Die alte Frau hebt einen Arm. Sie kneift die Lippen zusammen, versucht, sich die Schmerzen nicht anmerken zu lassen, als sie mir ihre winzige Hand entgegenstreckt.

»Ein bisschen tanzen geht schon«, röchelt sie, »nur nicht zu wild.« Der Druck ihrer Finger ist erstaunlich fest. »Du musst auf dich aufpassen, Kind. Und auf meinen Allä. Versprich mir das.«

»Das werde ich«, versichere ich und setze hinzu: »Er macht es einem nicht immer leicht.«

»Ich weiß. Das ist auch meine Schuld. Sein Vater, ach …«

»Ich seh schon, ihr versteht euch gut«, sagt der liebevolle Sohn und drückt seiner Mutter einen Kuss auf die Stirn. »Dann lasse ich euch jetzt mal allein, damit ihr euch besser kennenlernt.«

Ich spitze die Ohren, als er die Zimmertür von außen zumacht. Im Schloss dreht sich kein Schlüssel. Ich halte den Atem an und lausche auf die sich entfernenden Schritte.

»Entschuldigung«, sage ich nach einer Weile zu der alten Frau, gehe zur Tür und ziehe sie behutsam auf. Der lange dunkle Flur ist leer. Ich husche hinaus.

Das Herz klopft mir bis zum Hals, als ich vorsichtig auf die Haustür zustrebe. Becker hatte sie nicht abgeschlossen, nachdem wir eingetreten waren. Ich muss nur die Klinke runterdrücken. Und dann nichts wie weg! An zwei Türen habe ich mich bereits vorbeigeschlichen.

»Ich höre alles, Katja«, ertönt jetzt eine Stimme aus dem nächsten Zimmer, das ich passieren muss. »Besser, du kommst hier rein. Ich möchte nicht schießen. Wegen meiner Mutter, du verstehst?«

Ich rühre mich nicht.

»Willst du wohl sofort herkommen!«

Ich habe keinen Plan B. Also lasse ich mich blicken. Mit dem Gesicht zur Tür sitzt Becker am Kopfende eines riesigen Tisches. Er hat wieder die Pistole in der Hand.

»Näher«, fordert er mich auf. Ich trete einen Schritt heran, sehe jetzt mein Handy. Es liegt am anderen Kopfende des Tischs. Er hat es also noch nicht entsorgt. Falls er die Simkarte nicht herausgenommen hat, wird mich Marcel sehr bald orten können.

»Wir spielen jetzt ein Spiel«, sagt Becker. Angewidert verzieht er das Gesicht. »So was mögt ihr Frauen auf der Kehr doch, böse, abartige Spiele …« Mit sachtem Schwung lässt er die Pistole quer über den Tisch rutschen, bis sie von meinem Handy gebremst wird. »Wollen wir doch mal sehen, wer schneller an der Waffe ist!«

Ich habe keine Zeit darüber nachzudenken, was für eine Falle dies sein könnte. Ich muss sofort handeln, brauche höchstens drei, vier schnelle Schritte. Becker muss immerhin aufstehen und um den ganzen Tisch herumgehen. Das sollte ich doch schaffen.

Ich stürme los. Doch mit einem Mal verliere ich den Boden unter den Füßen. Was für eine perfide Falle, denke ich noch, als ich zusammen mit dem dicken Teppich, der eine Öffnung im Dielenboden überdeckt hat, in die Tiefe stürze.

Als **Neuntes** lässt sich mit einem Gespenst
gut Kirschen essen, doch Treppenwitze
und eine heiße Dusche versperren den Weg ans Licht.
Unten gibt zwar Bruchstein für Bruchstein nach,
doch bei aller Liebe zu Raubrittern erweist sich
Hochstapelei als ungeeignete Option.
Zumal nicht nur ein Höllenritt tödlich endet.

Herberts Quittenchutney:

Fünfhundert Gramm gewürfelte Quitten mit zwei klein geschnittenen roten Zwiebeln, zwei gehackten Knoblauchzehen, 60 Gramm Rosinen und zwei in Ringe geschnittenen kernlosen Chilischoten vermischen, 1/8 Liter Moselwein und 250 Gramm braunen Zucker einrühren und eine Stunde lang bei schwacher Hitze köcheln lassen, dabei immer wieder umrühren.
Anschließend 1/8 Liter Weinessig dazugeben, mit Zimt, Kardamom und Kreuzkümmel würzen, noch einmal aufkochen lassen und in heiße Einmachgläser füllen.

Ich bin in ein tiefes Loch gefallen, in einen finsteren Höllenschlund abgestürzt. Der dicke Teppich federt den Aufprall zwar leicht ab, doch dem ersten Schock folgt sogleich der nächste: Aus dem Dunkel kommt eine Geisterhand und berührt mich am Kopf. Ich will schreien, aber meine Kehle entlässt nur heiseres Röcheln. Jetzt sind es schon zwei Hände. Sie tasten mich ab, streifen mir den Teppich von der Schulter. Ein lauter Knall über mir lässt mir den Atem gänzlich stocken. Mein Herz ist dem Stillstand nahe. In diesem nachtdunklen Loch der Verdammnis fehlen nur noch lodernde Flammen.

»Die Klapptür«, piepst eine weibliche Stimme in das Echo des Krachens hinein. »Er hat nur die Klapptür zugeworfen. Aber keine Sorge, wir haben hier genug Luft. Ist alles in Ordnung?«

Wie bitte? Was soll in Ordnung sein, wenn man urplötzlich in einen Abgrund stürzt!

»Sind Sie verletzt?« Die Stimme klingt ernstlich besorgt.

Mehr als »Äh, äh …« kann ich noch nicht hervorbringen.

»Probieren Sie mal aufzustehen.« Das Gespenst versucht mich zu umfassen. Es ist in der Tat klapperdürr, aber zweifellos eine echte Frau, vermutlich Fabienne Lorenz. Sie hilft mir beim Aufrappeln. Meine Knochen schmerzen noch mehr als sonst, und diverse Körperstellen werden sich in den nächsten Tagen sicherlich bunt einfärben. Ich scheine mir aber weder etwas gebrochen noch gestaucht zu haben. Meine natürliche Polsterung hat mir wohl die Knochen geschützt.

»Aua!« Mein Kopf stößt gegen das Holz der Falltür.

»Vorsicht«, sagt die Frau. »Sie sind größer als ich. Mit einssechzig kann ich an der höchsten Stelle grad mal so stehen.«

»Fabienne?« Meine Stimme ist zurück.

»Kennen wir uns? Sind Sie von hier?«

»Nicht direkt. Ich bin Katja Klein von der Kehr. Wir haben Sie schon überall gesucht.«

Sie stößt einen Seufzer aus, hält mich mit einer Hand fest, bückt sich und zieht mit der anderen den Teppich bis ins hintere Eck des Lochs. Fünf Schritte, leicht ansteigend, habe ich gezählt, als wir uns auf dem dicken Wollteil niederlassen. »Besser so. Er wirft manchmal Kram runter.« Nicht nur Kram. »Welchen Tag sind wir heute?«, stößt sie atemlos eine Formulierung aus, die mir durch Marcel vertraut geworden ist.

Es überrascht sie, dass sie erst seit anderthalb Tagen und zwei Nächten eingesperrt ist. »Das kommt mir viel, viel länger vor. Wollen Sie was trinken?«

Dankbar nehme ich einen Schluck aus der kleinen Wasserflasche, die sie mir in die Hand drückt.

»Machen Sie die ruhig leer. Wir haben reichlich hier.«

»Dann werden wir schon mal nicht verdursten.«

»Verhungern auch nicht. Schauen Sie mal.«

Schauen verbietet die Finsternis, aber mit Fabiennes Hilfe kann ich den Proviant erfühlen: Auf einem schmalen Holzregal an der Seitenwand steht eine Reihe von Einmachgläsern. Ich hebe eins an; es ist gefüllt.

»Jede Menge Obst und Marmelade. Ich weiß, was drinsteckt, ich hab's ja reingetan. Für seine Mutter, die ist immer so lieb zu mir. Probieren Sie mal.« Es ploppt, als sie ein Glas öffnet. »Süße Kirschen von unserem Baum.«

Ich lasse etwas Wasser über meine Finger rinnen, ehe ich begierig Früchte aus dem Glas pflücke.

»Hier ist auch eine Decke für wenn Sie kalt haben«, sagt Fabienne. »Die hat er mir hinterhergeschmissen. Keine Sorge, es ist meine Decke, sie ist sauber.«

So sauber wie eine Decke eben sein kann, die um eine Frau gewickelt in zwei Autos zwei Mal die ganze belgische Eifel durchquert hat. Aber das sage ich natürlich nicht.

Sie räuspert sich. »Was will Allä von Ihnen?«

Der Betreiber vom *Pipas* heißt auch Alain. Was gäbe ich nur darum, dort jetzt mit Marcel einen Strammen Max zu verzehren, ein Gericht, das die Belgier zu *Croque Madame* verweiblicht haben.

»Herr Becker will verhindern, dass ich Sie finde«, antworte ich, nachdem ich die letzte Kirsche mit dem Saft runtergespült und mir die Finger abgeschleckt habe. »Warum hat er Sie hier eingesperrt?« Ich stelle das leere Glas zurück aufs Regal und öffne das nächste. Es dauert einen Moment, ehe ich den Geschmack zuordnen kann. Ja, es sind zweifellos Mirabellen, nicht gerade meine Lieblingsfrüchte. Trotzdem greife ich zu.

»Können Sie bitte Du zu mir sagen?«, fragt Fabienne. »Wo wir doch jetzt beide …«

»… im selben Loch stecken«, vollende ich ihren Satz. »Natürlich sagen wir Du. Ich bin die Katja von der Kehr.«

»Kehr … wo ist das denn?«

»Da, wo Kleopatra abgeliefert werden sollte, aber dann leider noch mal entführt worden ist.«

»Ohhhh …« Dem lang gezogenen Ton folgt ein Flüstern: »Wusste ich nicht. Wo das ist, meine ich. Sie … du bist also eine von …«

»Nein, nein, ich bin keine von denen«, platze ich dazwischen und ärger mich im gleichen Moment über meinen abfälligen Ton. Wer selbst im Steinloch sitzt, sollte nicht mit spitzen Brocken um sich werfen. »Ich bin nur die Nachbarin, Fabienne. Ich habe da ein Restaurant.« Dessen Mitarbeiter sich bald wundern werden, wo die Chefin abgeblieben ist. »Mein Freund ist der belgische Polizist Marcel Langer.« Keine Ahnung, warum ich das gesagt habe. Im Geiste stelle ich mir ein weiteres Armutszeugnis aus. Derart unzweideutig noch einmal meine Unzwielichtigkeit zu betonen, ist angesichts unseres gemeinsamen üblen Geschicks beschämend.

»Von dem habe ich schon gehört. Der Freund von Erwin Hannen, nettu? Den kenn ich. Weiß dein Freund, dass du hier bist?«

»Leider nicht.«

»Oh Gott. Was hältst du jetzt bloß von mir!«

Meine Meinung über sie scheint sie mehr zu bekümmern als die Information, dass mein Polizistenfreund keine Spur von mir hat.

Ob sie weiß, dass ihr Mann tot ist? Wenn nicht, werde ich es ihr sehr behutsam beibringen müssen. Sabine Geilsdorf wüsste bestimmt, welchen Takt man für die Überbringung einer solchen Botschaft anschlagen müsste. Wahrscheinlich würde sie dazu raten, mit einer positiven Bemerkung erst einmal die Situation zu entspannen und dann vorsichtig zu der sehr schlechten Nachricht überleiten. Damit das Gegenüber nicht so unvermittelt den Boden unter den Füßen verliert, wie es mir soeben geschehen ist.

Tatsächlich habe ich sogar das Bedürfnis, Fabienne etwas Freundliches zu sagen. Nicht nur, weil sie mir sympathisch ist, sondern weil sie mir über die ersten Schocksekunden in diesem Loch grandios hinweggeholfen hat.

»Ich halte dich für eine Frau, die sehr hilfsbereit ist und grad tapfer ein böses Schicksal durchsteht.«

»Das Schicksal habe ich verdient«, sagt sie finster. »Gott straft mich für meine Sünden.«

Ich lebe lange genug in der Eifel, um nicht zu widersprechen. Gudrun hat mich gelehrt, dass dem Glauben an die Hölle nicht mit Vernunft, sondern nur mit anderen Glaubenssätzen beizukommen ist. Wenn sie es schon selbst nicht könne, sage ich also zu meiner Mitgefangenen, werde ihr ein barmherziger Gott gewiss vergeben. In meinem Mund zerplatzt eine Mirabelle. »Der Allmächtige wird schon nicht zulassen, dass wir bei Wasser und Marmelade in dieser Gruft verkompostieren …«

Ich breche ab. Warum haben sich mir so heineske Begriffe durch die Lippen gezwängt? Vielleicht, weil ich zu sehr damit beschäftigt bin, mit meiner Zunge ein störendes Mirabellenhäutchen von meinem Gaumen zu lösen. Wenn ich schon predige, dass man nicht essen sollte, was man nicht mag, sollte ich meine eigene Weisheit auch im tiefen Keller beherzigen. Ich verschließe das Eingemachte also wieder, stelle es zurück und bediene mich woanders.

Fabienne greift das weniger schlimme Wort augenblicklich auf. »Gruft!«, bringt sie schluchzend hervor. »Tot! Er ist tot, Katja! Ich habe meinen Mann umgebracht!«

Vor Schreck rutscht mir das neue Weckglas aus der Hand und rollt über den Teppich. Die dicke Wolle verhindert zumindest ein Scherbengericht, aber das Glas kullert weiter über den abschüssigen Steinboden und knallt an die gegenüberliegende Wand.

»Du?«, frage ich entsetzt, als das dumpfe Klackern verklungen ist. Ein Film mit gänzlich unglaubwürdiger Handlung läuft vor meinem inneren Auge ab.

Gut, die eingewickelte Frau mag auf dem kleinen Parkplatz ausgepackt worden sein, aber wie sollte das zierliche Persönchen neben mir einem Mann das Genick gebrochen haben? Könnte sie das als Krankenschwester oder Sportlehrerin schaffen? Ätherische, weibliche

Kampfmaschinen kann ich mir in der real existierenden Eifel nicht vorstellen. Die kenne ich nur aus Martial-Arts-Filmen wie *Tiger and Dragon*. Da wird mit allen Tricks gearbeitet. So können die gelenkigen Frauen der Schwerkraft nur scheinbar trotzen, weil ihre gigantischen Sätze in große Höhen zwar als Abwärtssprünge aufgenommen, auf der Leinwand aber rückwärts abgespult werden. Und ihre Kämpfe in den Baumwipfeln unterliegen einer strengen Choreografie. Da ist nichts dem Zufall überlassen. Der entstehende Film in meinem Kopf aber lebt von Zufällen.

Ich lege einen Arm um Fabiennes magere Schultern und streichele den dünnen Stoff ihres ärmellosen Kleides, von dem ich mir vorstelle, dass es so schwarz sein muss, wie es mir hier unten vorkommt. Das kleine Schwarze, das alle Formen der Trägerin betont, wenn es mit seinem Inhalt aus einer Decke geschält wird.

»Es war ein Unfall, Fabienne!«

Sie zieht laut die Nase hoch.

»Nee, nee, das war kein Unfall, Katja«, schnieft sie. »Das sollte nur so aussehen. Weil er schon vorher krepiert war, mengen Heeng.«

Ich schlucke kurz. Dann rufe ich mich zu jener Ordnung, die in der Eifel schon viel länger vorhanden ist als ich existiere: Hier krepieren Tiere – gehen manchmal sogar kaputt – warum also nicht auch Menschen?

»Es ist alles meine Schuld! Hätte ich doch bloß nie diese Website gefunden, dann wär das alles nicht passiert!« Der Körper neben mir bebt. Langsam begreife ich, was sie meint. Sie gibt sich die moralische Schuld am Tod ihres Mannes.

»Du hast Heeng nicht umgebracht, Fabienne!«

Das Schluchzen verebbt. Die junge Frau packt mich am Arm: »Er lebt noch? Wirklich? Ist das wahr, Katja?«

Kann ich denn nichts richtig machen? Es ist herzzerreißend, aber falsche Hoffnung bringt uns nicht weiter. Unbeholfen streichele ich ihr die Hand. Sie entzieht sie mir, tastet hinter sich, als suchte sie nach etwas, an dem sie sich festhalten könnte.

»Nein, tut mir schrecklich leid, Fabienne. Dein Mann ist wirklich tot. Aber du warst das nicht. Du hast ihm doch nicht das Genick gebrochen … oder?« Das letzte Wort hätte ich liebend gern in meinen Mund zurückgestopft.

»Das Knacken«, jault sie. Ich streichele ihr einen nackten Arm. Die Muskeln sind angespannt, als drückte sie etwas fest in den Händen. »Das habe ich ganz deutlich gehört. Da wusste ich es. Dass Heeng tot ist. Auch, weil er nix mehr gesagt hat. Davor hat er die ganze Zeit laut geschimpft. Bis es …«

Ein lautes Geräusch neben mir lässt mich zusammenfahren. »Entschuldigung«, sagt Fabienne. »Das ist nur ein blödes Stück Holz. Mist, ein Splitter …« Sie wirft die Holzstückchen unter die Falltür. »Genauso hat sich das angehört. Wie wenn ein Stück Holz zerbricht. So ein Knacken. Mittendrin in dem Satz von Heeng: ›Ich bring dich um.‹ Knack. Dann war es ganz still. Da wusste ich, dass Allä ihm den Hals umgedreht hat. ›Jetzt sagt er nix mehr‹, hat er noch gesagt und mich rausgeworfen. Dann ist er losgefahren. Aber nur kurz. Und dann hat es Rums gemacht. So richtig laut. Als wie wenn ein Auto irgendwo runterfällt. Ich konnte doch nichts sehen, Katja, mit der Maske!

Mich gar nicht bewegen. Überall hat es mich gejuckt … Dann hat er mich gezogen und in so ein Loch geschubst. Ich dachte, jetzt bringt er mich auch noch um. Oder begräbt mich lebendig. Da bin ich ohnmächtig geworden.«

Sie atmet schwer. Und ich merke jetzt erst, dass ich während ihres ganzen Vortrags genickt habe. Aber was nützt es mir hier unten, dass Marcel und ich mit unserer Mord-Rekonstruktion goldrichtig gelegen haben? Ein paar Fragen sind jedoch noch offen.

»Ganz ruhig, Fabienne. Lass uns das gleich alles auf die Reihe bringen. Wir haben ja Zeit.«

Erstaunlich, wie wenig ironisch mir der letzte Satz über die Lippen geht. Wie viel Zeit haben wir denn? Was hat Alain Becker mit uns vor? Marcel soll sich beeilen, mein Auto finden, ganz Ouren mobilisieren – so viele Häuser kann es in diesem Dorf doch nicht geben. Würde ich es hier unten merken, wenn jemand oben ins Haus kommt? Würde man mich hören, wenn ich schreie? Mühsam erhebe ich mich. Mit wackligen Knien gehe ich die paar Schritte, lege dann ein Ohr an die Falltür. Nichts zu hören. Ich sammele Luft und stoße sie geräuschvoll aus, als ich mit all meiner Kraft versuche, das Holz hochzustemmen. Die Falltür bewegt sich keinen Millimeter. Und oben bleibt weiterhin alles still.

»Verriegelt«, sagt Fabienne. »Du musst warten, bis er die Klapptür aufmacht. Er kommt bestimmt gleich wieder und schmeißt was runter. Geh lieber da weg.«

Wie schnell sie doch ihre Fassung wiedergewonnen hat. Da erinnert sie mich an Gudrun, die jede Panik sofort vergisst, wenn sie etwas tun oder auf einem Nebenschauplatz Ratschläge erteilen kann.

»Willst du das Kissen haben?«, fragt Fabienne, als ich mich wieder neben ihr niederlasse. Sie legt mir ein weiches Teil in den Schoß. »Wenn man länger so sitzt, tut es unten weh.«

»Mir nicht«, versichere ich. Die Knochen ihres Hinterteils sind dem harten Boden näher als meine. Ich gebe ihr das Kissen mit einer dahingeworfenen Frage zurück: »Was macht Alain Becker eigentlich beruflich?«

»Was? Was hat das damit zu tun?«

»Viel, Fabienne. Es ist nicht leicht, jemandem das Genick zu brechen. So was muss man, nun ja, irgendwo gelernt haben.«

Sie schweigt einen Augenblick. »Gelernt hat er nur was beim Militär«, sagt sie dann leise. »Da war er als Para, auch in Afghanistan. Dann ist er zurückgekommen und hat wieder gar nichts gemacht. Immer nur gejammert, wie schrecklich das da war. Weil er da was machen musste, weil ihn da mal jemand rangenommen ...« Ihre Stimme verliert sich. »Oh Gott«, setzt sie flüsternd hinzu. »Das hat er da gelernt? Menschen umbringen? Ich hab ja nur gemeint, dass er in seinem Leben nie richtig gearbeitet hat.«

»Weil er seine Mutter versorgen musste.«

»Hah!« Ihre Stimme ist wieder kräftig. »Da haben sich aber andere viel mehr um Liese gekümmert!«

»Du, zum Beispiel?«

»In letzter Zeit nicht mehr. Weil, weil der Allä mich so ...«

»... bedrängt hat?«

»Ja«, sagt sie, »viel schlimmer als früher.« Als sie zu erzählen beginnt, kristallisiert sich der Vorspann zu dem

Film in meinem Kopf deutlicher heraus. Nach ein paar weiteren Fragen kann ich mir die ersten Szenen zusammensetzen, die für den tragischen Ausgang der Handlung entscheidend gewesen sind.

Fabienne und Alain sind als Nachbarskinder zusammen aufgewachsen. Ihre Eltern, die gern aus zwei kleinen Höfen einen großen gemacht hätten, förderten das gemeinsame Spiel. Das aber wurde schon dem Kind Fabienne zu langweilig. Sie sah sich nach anderen Freunden um und beachtete Alain nicht mehr. Was diesen umso mehr anspornte, dem hübschen Mädchen hinterherzulaufen. Als sie älter wurden und Fabienne ihren künftigen Mann schon kennengelernt hatte, drohte sie Alain, ihn der Polizei zu melden, wenn er sie weiter belästigte. Er zog sich zwar zurück, aber bei Fabienne blieb das unbehagliche Gefühl, dass er ihr immer noch nachstellte. Als kurz nach dem Tod seines Vaters Alains Mutter krank wurde, sah sie sich verpflichtet, der Nachbarin ihre Hilfe anzubieten. Alain nutzte den unvermeidlichen Kontakt, um ihr wieder seine unverbrüchliche Liebe aufzudrängen. Sein Leben lang sei er ihr treu geblieben – im Gegensatz zu ihrem Mann: Er wisse genau, dass der auf seinen vielen Reisen ständig mit anderen Frauen rummache. Sie habe auf das Geschwätz zwar nichts gegeben, sagt sie, aber ganz ausschließen könne sie nicht, dass sich Heeng anderweitig amüsierte.

»Aber nie im Leben hätte ich deswegen was mit Allä angefangen!«

Auch mit niemand anderem aus Ouren oder ihrem Bekanntenkreis.

Als sie ihre Arbeitsstelle als Bürokraft in einem belgischen Möbelkaufhaus verloren hatte, nutzte sie die viele freie Zeit, um sich im Internet umzusehen. Da erst ging ihr auf, weshalb ihr bei aller Liebe zu Heeng bestimmte Bereiche des Ehelebens schal vorgekommen waren. »Es war so aufregend, was andere Leute taten!« Der vorsichtige Versuch, ihren Mann im Bett mal auf neue Ideen zu bringen, scheiterte auf der ganzen Linie. Er brach in Gelächter aus, als sie sich ihm in spezieller Reizwäsche näherte. Er fand, dass alles schön sei, wie es war und bloß so bleiben solle. Vor einem halben Jahr nahm Fabienne all ihren Mut zusammen und reagierte auf eine Website, die anonymen Sex mit Unbekannten anbot. Sie redete sich ein, das sei kein echtes Fremdgehen, aus so einer Sache könne schließlich keine Beziehung entstehen, die ihrer Ehe gefährlich werden könnte.

»Im Gegenteil, ich dachte, dass wir uns besser verstehen würden, wenn ich zufriedener wäre. Und das hat auch gestimmt.« Die letzten Monate ihrer Ehe bezeichnete sie als die glücklichsten.

Der Rest lässt sich schnell genauso zusammenreimen, wie wir das bereits getan haben. Alain Becker schafft es, in seinem Nachbarn Misstrauen zu schüren, legt sich mit ihm auf die Lauer und verfolgt den Wagen, in dem Fabienne abtransportiert wird. Mit den bekannten katastrophalen Folgen.

»Warum warst du so scharf auf eine Entführung?«

»Damit bin ich doch aufgewachsen! Ich fand das romantisch.« Auf mein verständnisloses Schweigen setzt sie hinzu: »Jeder kennt doch die Sage von Ouren!«

»Ich nicht.«

»Oh, das ist so eine schöne Geschichte!«

Die lässt sich kurz zusammenfassen: Einst hatten sich ein Raubritter und die Gemahlin des Herrn von Ouren ineinander verliebt, konnten aber, wie immer in solchen Legenden, nicht zusammenkommen. Also ließ sich die edle Dame von ihrem Liebhaber eines Nachts entführen und ritt mit ihm davon. Zuvor hatte er die Hufe seines Pferdes neu beschlagen lassen, aber verkehrt herum, um die Verfolger zu täuschen. Liebe macht offenbar nicht nur blind, sondern auch taub, sonst hätte der dumme Lover schon auf dem Weg zur Burg den Lärm der harten Eisen auf dem felsigen Grund hören müssen. Die Männer des Burgherrn hatten bessere Ohren, sattelten ihre Rösser und nahmen die Verfolgung auf. Sie stellten die Flüchtenden auf einem steilen Felsen oberhalb der Our. Das Paar saß in der Falle, konnte weder vor noch zurück. Der Raubritter hatte keine Lust, so wie wir in einem Kellerverlies zu vergammeln, und trieb sein Pferd mit dem Wahnwitz der Verzweiflung an. In hohem Bogen sprang es in die Fluten des Flüsschens, brach sich dabei aber leider die Beine. Wie durch ein Wunder blieb das Liebespaar unversehrt.

»Deshalb heißt der Felsen am Ortseingang Rittersprung«, beendet Fabienne die Geschichte.

»Und die beiden Liebenden lebten glücklich zusammen bis an ihr Lebensende?«, frage ich.

»Leider nicht. Der Raubritter versprach Gott, ihm für die wundersame Rettung eine Kapelle am Fuß des Felsens zu bauen. Aber er hat sein Gelübde nicht gehalten.«

»Pech für Gott.«

»Nein, für den Raubritter. Der wurde zur Strafe kurz darauf vom Blitz erschlagen.«

Noch vor einer Stunde hat mir das auch gedroht. Ich weiß also, wie die Wetter über Ouren wüten können. Neu für mich ist aber nicht nur die Sage, sondern vor allem der Ton, in dem Fabienne sie mir erzählt hat. Sehr ernsthaft, bar jeglicher Ironie und voller Leidenschaft und Mitgefühl für die armen Liebenden. Da dämmert mir etwas. Vorsichtig frage ich sie, ob es immer derselbe Mann gewesen sei, dem sie in den gewissen Nächten zugeführt wurde.

»Ja«, sagt sie, darauf habe sie schon nach dem ersten Mal bestanden. Einen besseren Liebhaber könne und wolle sie sich nicht vorstellen. »Er ist so schlank, schön, hat so volles Haar, eine wunderbare Stimme«, schwärmt sie. »Und ihm fallen immer ganz tolle Sachen ein.«

Wie zum Beispiel Leute mit dem Erhängen einer Sexpuppe zu erschrecken. In Frank Geilsdorf stecken offenbar multiple Persönlichkeiten. Bis zum gestrigen Tag hatte ich unseren Nachbarn für das langweilige Anhängsel einer spannenden und exaltierten Frau gehalten. So kann man sich irren. »Ich habe nur noch für die Stunden mit ihm gelebt«, schluchzt Fabienne, »aber das ist jetzt wohl für immer vorbei.«

Die Bemerkung, dass sich da wohl doch eine Liebesbeziehung entwickelt habe, schiebe ich ebenso wenig nach wie die Frage, warum sie sich in die Decke hat einwickeln lassen. So wie die edle Dame in der Sage hatte sie sich wohl dem geliebten, fremden *Raubritter* ganz und gar ausliefern wollen. Weil sie schon lange vorher von ihm eingewickelt worden war.

Ich blicke auf meine Armbanduhr. Das Leuchtzifferblatt zeigt halb zwei an. Also hocke ich schon anderthalb

Stunden in diesem Loch und kann nichts gegen die finsteren Gedanken tun, die in mir aufsteigen. Wenn Alain Becker mit seinem Mord davonkommen will, wird er uns beide umbringen müssen. Klappe zu, Frauen tot.

»Weshalb hat er dich am Leben gelassen?«, frage ich Fabienne. »Du bist doch die Zeugin seines Mordes.«

»Und der Grund«, gibt sie flüsternd zurück. »Das hat er mir gesagt. Dass ich genauso schuldig bin wie er. Sogar mehr. Wenn ich nicht …«

»Quatsch«, unterbreche ich sie grob. »Lass dich doch nicht schon wieder einwickeln! Er manipuliert dich nach Strich und Faden. Will dich hier unten brechen. Irgendwann lässt er dich mal ein bisschen Tageslicht schnuppern, da wirst du ihm richtig dankbar sein, und dann stößt er dich wieder zurück ins Loch. So kann das ewig weitergehen.«

»Nee«, sagt sie triumphierend, »das wird ganz anders weitergehen. Fühl mal!«

Wieder nimmt sie meine Hand und führt sie zu einem kleinen Loch in der Wand. »Vorsicht, Katja, da könnten Glassplitter sein.«

Fabienne Lorenz hat ihre Zeit im Kellerloch gut genutzt und mit Scherben von Einmachgläsern bereits zwei Bruchsteine aus der Wand gepult. Sie plane, sich zum Hauptkeller durchzugraben, sagt sie. Von da aus könne sie über die Kellertür ins Freie gelangen. Der große Keller sei wie unser Verlies ebenfalls oberirdisch gelegen. In den alten Zeiten, als alle Kinder im Ort noch Stelzengehen lernen mussten, sei der Keller gelegentlich vom Fluss überflutet worden. Deshalb verfügten einige Häuser in Ouren über so einen vom Wohnzimmer aus zugänglichen, kleinen Vorratsraum, in dem früher Kartoffeln gelagert wurden.

»Manche Kellerchen sind viel kleiner als dieser. Unserer ist nur sechzig Zentimeter tief.«

»Da haben wir ja noch mal Glück gehabt.«

»Glück ...«, flüstert sie. »Davon brauchen wir jetzt ganz viel.«

»Hoffentlich wird Marcel mein Handy bald orten«, sage ich, und drücke ihr mein leeres Weckglas in die Hand. »Sollen wir das jetzt auch zerbrechen? Um zusammen die Steine zu bearbeiten?«

»Bloß nicht!« Sie knallt das Glas ins Regal. »Ich hab genug Scherben. Wir brauchen auch ein paar leere Weckgläser.«

»Wozu?«

Sie klopft gegen Metall.

»Für diesen Eimer darin leer zu machen. Den hat er auch runtergeschmissen. Aber es riecht nicht so, wenn wir hinterher die Gläser wieder ordentlich zumachen und ein bisschen Wasser drüber schütten. Du verstehst, nettu?«

Ich verstehe, dass Eifeler Frauen in jeder noch so verzweifelten Lage auf Ordnung und Sauberkeit achten, vor allem, wenn es um Gefäße geht, in denen man seine Notdurft verrichten muss. »Gute Idee«, lobe ich.

Sie öffnet ein Weckglas. »Hast du noch Hunger, Katja? Das hier ist eine ganz tolle Quittenmarmelade.«

Ich gebe zu bedenken, dass Marmelade ohne Gerät schlechter aus dem Glas herauszukriegen sei als Obststücke. Sie bittet mich, einen Moment Geduld zu haben, fuhrwerkt herum und drückt mir dann etwas in die Hand.

»Baguette. Das hat er …«

»… runtergeschmissen.«

»Ja. Und mit einer sauberen Scherbe habe ich da Marmelade draufgetan, ohne mir die Finger schmutzig zu machen.«

Die Marmelade schmeckt ziemlich fad. »Diese Quitten eignen sich toll für ein Chutney«, sage ich. »Wenn wir hier raus sind, bringe ich dir meins vorbei. Hab ich nach dem Rezept von einem guten Freund gekocht.« Ob ich Herbert aus Cochem jemals wiedersehen werde? Ich scheuche den düsteren Gedanken fort. Wir werden hier schon rauskommen. Irgendwie. Ich räuspere mich und erkläre betont fröhlich: »Am besten, du holst dir das Chutney direkt bei mir auf der Kehr ab.«

»Kehr«, murmelt sie. »Ist das Belgien oder Deutschland?«

»Beides«, antworte ich, packe sie dann hart an der Schulter. »Da oben tut sich was!«

Lautes Gerumpel. Die Falltür wird zurückgeschlagen. Ich traue meinen Augen kaum: Eine Holzleiter wird herabgelassen.

»Fabi?«, hören wir Alain Beckers Stimme. »Du kannst jetzt raufkommen.«

Erstarrt bleiben wir hocken.

»Du zuerst«, flüstert mir Fabienne zu. »Du bist stärker.«

Ich rappele mich auf, nähere mich der Leiter und blicke nach oben. Alain Beckers Gesicht verdunkelt den Ausgang.

»Fabienne hab ich gesagt!«, schnauzt er mich an. »Du bleibst unten.«

Ich halte mich an der Leiter so gut fest, wie es mit einer großen, scharfen Scherbe in der rechten Hand eben möglich ist, und nehme die erste Sprosse.

Ein Schwall heißen Wassers trifft mich im Ausschnitt und läuft mir über die Brust bis zum Bauch. Rückwärts stürze ich zurück ins Loch. Meine Haut brennt, und in meinem Knöchel meldet sich stechender Schmerz.

»Du glaubst wohl, ich bin bescheuert. Fabi, komm direkt rauf. Hopphopp!«

»Ich komm ja schon!«, ruft Fabienne. Ich zucke zusammen, als sie mir sanft über die Haut unter meinem Hals fährt. »Ogottogott«, flüstert sie, schreit dann nach oben: »Schmeiß erst Eis runter, Allä! Dann komm ich.«

»Eis? Du kannst hier oben so viel Eis essen, wie du willst. Schokoladeneis, Vanilleeis, Zitroneneis, hab ich alles für dich da. Was du willst, Fabi, wenn du nur lieb bist.«

»Eisstücke, Allä. Für die Frau. Die hast du verbrannt.«

»Ist mir doch egal.«

»Eisstücke oder ich bleibe hier unten.«

»Und Verbandszeug«, murmele ich. Meine Waffe, die Scherbe, hat sich gegen mich selbst gerichtet und mir beim Sturz die Hand aufgeschnitten.

»Und Verbandszeug. Die Frau ist verletzt. Sie blutet.«

»Soll sie doch abkratzen.«

»Dann kratz ich auch ab.«

»Na schön.«

Die Leiter wird nach oben gezogen, und die Falltür knallt wieder zu.

»Das ist so gemein, Katja, dich zu verbrennen!«

»Hat er nicht«, beruhige ich sie. »Das Wasser war heiß, aber nicht kochend.«

»Echt?«

»Echt. Der Mann kann nichts, hast du gesagt. Also kann er nicht mal Wasser kochen.« Meinen müden Witz kommentiert sie mit einem erleichterten Seufzer.

Wenig später wird das Gewünschte *runtergeschmissen.* Erfreulicherweise gleich zwei Behälter mit Eiswürfeln. Einen werde ich für meinen Knöchel brauchen.

Im schwachen Licht von oben verbindet mir Fabienne notdürftig die Hand, während ich mir mit Eis Ausschnitt, Brust und Fuß kühle.

»Wird's bald!«

»Ich hol dich hier raus«, flüstert mir Fabienne zu, als die Leiter wieder herabgelassen wird. »Aber grab trotzdem weiter, nettu?«

Sie drückt mir einen Kuss auf die Wange und steigt hinauf. Nach ihr verschwindet die Leiter sofort wieder. Alain Beckers Gesicht verdunkelt die Öffnung.

»Ich lass die Tür jetzt auf, aber wenn Sie schreien, geht sofort wieder das Licht aus. Sie haben mich verstanden, nettu?«

Wie erfreulich, dass wir wieder bei der Höflichkeitsform angekommen sind. Und dass ich zumindest etwas Licht habe.

Vielleicht sogar eine winzige Chance zur Flucht. Ich beiße die Zähne zusammen, stehe auf und humpele zur Öffnung der Falltür. Wenn ich mich auf die Zehen stelle, kann ich gerade so hinausblicken, aber nicht viel mehr als die Wohnzimmerdielen wahrnehmen. Irgendwo schlägt eine Tür zu. Sonst ist nichts zu hören. Ich lege beide Hände auf die Kante, stoße mich vom Boden ab und befehle meinen Muskeln, mich hochzuziehen.

Deren Verweigerung ist leider nicht der verbundenen Hand zuzuschreiben, sondern dem Umfang meines Gesamtkörpers. Der ist nicht für Klimmzüge gemacht. Wie eine reife Birne am Baum schaukele ich kurz hin und her. Ein Stich fährt durch meinen Knöchel, als ich wieder festen Boden berühre.

Zum Nachdenken kehre ich in die Teppichecke zurück und beginne, all die Dinge zusammenzutragen, die Alain Becker runtergeschmissen hat. Kaum etwas eignet sich dafür, einen ausreichend hohen Hügel zu errichten. Ich versuche es mit dem Zinkeimer, doch der faltet sich unter meinem Gewicht sofort zusammen. Den Gedanken, auf gestapelten Einmachgläsern balancierend in die Höhe zu steigen, verwerfe ich. Aber das schmale Holzregal ließe sich doch in eine Leiter verwandeln!

Mein Geistesblitz lässt mich alle Schmerzen vergessen. Hastig räume ich das Regal leer. Bis es stabil unter der Falltür schräg an die Wand gelehnt steht, habe ich mir ein paar Mal gehörig den Kopf gestoßen, aber das ist jetzt egal. Die fünfstufige Treppe in die Freiheit steht! Ich setze den heilen Fuß in das erste Fach. Knack. Auch das zweite Brett bricht augenblicklich durch. Ich versuche, mein Gewicht so viel wie möglich auf meine Arme zu verlagern, kralle mich mit den Händen also an der Öffnungskante fest und gebe der dritten Stufe eine Chance. Knack, knack, knack. Ich rutsche durch sämtliche Fächer und komme hart auf dem Boden auf.

Es summt mir in den Ohren. Der Schmerz in Hand, Kopf und Fuß wird nur noch von dem meiner Verzweiflung übertroffen. Der Haufen Elend, in den ich mich verwandelt habe, wird keinen Weg aus diesem Loch finden. Ich krieche in die Ecke, breite mich auf dem Teppich aus und beginne zu heulen. Nie im Leben bin ich mir verwundeter und hilfloser vorgekommen, nie einsamer. Es gibt nur noch eins, was ich tun kann: Schreien. Soll dieser Mörder doch die Falltür wieder zuhauen! Solange ich schreie, besteht zumindest die Hoffnung, dass mich auch jemand anders hört.

Ich rutsche unter die Falltür. »Hilfe!« Meine eigene Stimme donnert mir in den Ohren. Bis die Stimmbänder reißen, denke ich, an mir ist jetzt so viel kaputt, da können die auch dran glauben. Wenn sie mir nur helfen!

Die Falltür wird nicht zugeschlagen. Ich schreie und schreie, bis kein Ton mehr herauskommt.

Niemand hat mich gehört.

Es ist fast drei Uhr. Mein Auto auf dem Dreiländerblick-Parkplatz müsste doch längst gefunden worden sein! Ein entsetzlicher Gedanke keimt in mir auf: Könnte es sein, dass sich Marcel überhaupt keine Sorgen macht und nicht nach mir sucht? Weil er zu beschäftigt ist und glaubt, ich hätte unsere Verabredung vergessen und mache mir nur irgendwo einen schönen Lenz?

Wo sind Alain Becker und Fabienne? Und wie soll ich mit meiner verwundeten Hand Bruchsteine aus der Wand kratzen?

Plötzlich ein Geräusch: Jemand versucht offenbar, die Haustür gewaltsam aufzubrechen. Endlich, endlich. Ich richte mich auf, stütze mich an der Wand ab und öffne den Mund weit. Doch es kommt nicht einmal ein Krächzen raus. Ich habe meine Stimme verausgabt und muss warten, bis jemand meinen Haarschopf auf dem Dielenboden entdeckt.

Ein lauter männlicher Ruf dringt aus dem Flur zu mir herunter: »Hier liegt eine tote Frau!«

Beides, die Stimme und die Nachricht, jagen mir einen Schauer über den Rücken. Hat Alain Becker jetzt auch Fabienne getötet? Und was zum Teufel hat Erich Trautmann hier zu suchen?

Da sich die Verteidigung als **Zehntes**
geschnitten hat, fliegt nach Durchsicht
des Waffenarsenals einiges in die Luft.
Dass dabei ein Enkel verletzt wird,
kann der Wischmopp mit Armen zwar verkraften,
muss dafür aber seine Stimme abgeben.
Ein Wiedersehen regt bildlich gesprochen an,
uralten und hochaktuellen Fluchtwegen nachzugehen.

Vegetarische Königinpastetchen:

Gewürfelte Karotte, Zucchini und Pastinake in einen Topf geben, mit Weißwein und Gemüsebrühe aufgießen, aufkochen und zehn Minuten ziehen lassen.
Dann Lauchringe, klein geschnittenen grünen Spargel ohne die Spitzen und Apfelschnitze dazugeben, weitere zehn Minuten auf kleiner Flamme köcheln lassen, mit Eigelb verrührte Sour Creme hinzufügen und mit Worcestersauce, frischem Kerbel, Salz und Pfeffer verfeinern.
Das Ragout in die Blätterteigpasteten löffeln, alles bei 150 Grad im Backofen erwärmen und mit gebratenen Austernpilzen, den grünen Spargelspitzen und Zitronenscheiben servieren.

Ich ducke mich zurück in die Tiefen des Lochs. In meiner Lage wäre mir jede Stimme höchst willkommen, doch die von Trautmann versetzt mich in Furcht und Schrecken. Es kann doch kein Zufall sein, dass der Alpenländer plötzlich in dieses Haus eindringt! Wie nur habe ich seine Stimme je als *samtig* wahrnehmen können? Durchdringend klingt sie, bedrohlich. Trautmann steckt bestimmt nicht mit Becker unter einer Decke, sondern geht hier einer eigenen Agenda nach. Hat er den Mann aus Ouren etwa aufgespürt, um einen weiteren Zeugen zu eliminieren? Weil auf der B 265 alles ganz anders abgelaufen ist, als Fabienne es mit der Maske über den Augen und der Panik im Herzen wahrgenommen hat? Kurz nach dem *Knacken* und dem *Rums* sei sie ohnmächtig geworden, hat sie gesagt, den kurzen Auftritt des angeblichen Helfers habe sie gänzlich verpasst.

Ich glaube ihr, dass sie erst wieder zu sich gekommen ist, als Alain Becker sie in Ouren aus der Decke gewickelt hat. Weshalb sollte sie lügen? Sie hat mir die Geschichte so wiedergegeben, wie sie sich ihr aus allem Gehörten zusammengesetzt hat. Doch sogar, wenn wir im Besitz sämtlicher Sinne sind, neigen wir dazu, Erinnerungslücken mit logisch erscheinenden Passagen zu stopfen. Gudrun und ich servieren immer zwei unterschiedliche Geschichten, wenn wir vor anderen ein gemeinsames Erlebnis rekapitulieren. Bei Fabienne kommt die Todesangst hinzu, die zu Sinnestäuschungen führen kann. Meine eigene Todesangst zwingt jetzt meinen schmerzenden Kopf, den Schnelldurchlauf eines gänzlich neuen Mord-Szenarios abzuspulen:

Trautmann hat vorgestern Nacht mitbekommen, dass seine lebendige Lieferung gekapert worden ist. Er wendet sofort und zwingt seine Verfolger zum Parken an geeigneter Stelle. Da das Ganze schnell und ohne Worte abläuft, nimmt Fabienne den dritten Mann überhaupt nicht wahr. Sie kann nicht wissen, dass er es ist, der den unablässig schimpfenden Heeng Scholtes mit geübtem Griff nicht nur mundtot macht. Nach diesem Auftritt kann sich Becker dem Kommando nicht verweigern, einen künstlichen Unfall an der Leitplanke herzustellen. Danach laden die beiden Männer die bewusstlose Fabienne um. Becker gelingt es, den Österreicher zu überlisten – vielleicht hat er sich mittlerweile auch eines

Kunststücks seiner Kampfausbildung entsonnen – und er flüchtet mit dessen Wagen. Ich habe keine Zeit darüber nachzudenken, weshalb er Fabienne später eingesperrt hat, anstatt sich ihr als Retter in der Not zu präsentieren.

Es geht jetzt um meine Haut. Ich muss mich wappnen, gefasst darauf sein, dass ein Mensch, der bereits einen Mord auf dem Gewissen hat, vor einem zweiten nicht zurückschrecken wird. Oder gar vor einem dritten?

Hier liegt eine tote Frau!

Nein, bitte nicht Fabienne!, bete ich. Hat Becker sie vorhin diesem bösen Schicksal überlassen, als er abermals vor dem Österreicher geflüchtet ist? Oder ist Trautmanns Ruf etwa eine mörderische Ankündigung gewesen, bei der er ein Wort ausgespart hat? *Hier liegt gleich eine tote Frau?* Nämlich ich, die er nur noch aufspüren muss? Meine Gedanken flattern umher wie Fledermäuse ohne Peilung.

Ich spitze die Ohren, höre aber weiterhin nur einen einzigen Menschen durchs Haus poltern. Sehr bald wird er das Loch im Wohnzimmerboden entdeckt haben.

Dankbar für das bisschen Licht, das zu mir herunterdringt, inspiziere ich mein Waffenarsenal. Ich werde mit Kleinholz um mich schlagen, mit Marmeladengläsern herumballern und mit Scherben zustechen können. Die beiden schweren Bruchsteine könnten den Angreifer beim Nahkampf im Loch ins Stolpern bringen, der platt gedrückte Zinkeimer mir als Schild dienen. Wenn Trautmann die Leiter herunterlässt, werde ich sie wegziehen und ihn herabstürzen lassen. Könnte ich daraufhin den geschmeidigen Österreicher mit meiner Körpermasse überwältigen? Ihm die Weichteile zertreten, die Augen eindrücken, mit Wasserflaschen auf ihn einschlagen und mein kräftiges Gebiss einsetzen? Lässt sich die Decke in ein Fangnetz verwandeln?

Alles Unsinn. Der sportliche Trautmann wird jamesbondgleich in den Höllenschlund hopsen und mich im Nu überwältigt haben. Ihm gegenüber bin ich nur in einer Hinsicht im Vorteil: Nach diesen Stunden haben sich meine Augen an die Dunkelheit gewöhnt. Was mir in diesem winzigen Verlies allerdings nur helfen könnte, wenn sich Trautmann an der niedrigen Decke den Kopf einrennt. Das wird ihm nicht passieren, da der Mann im Gegensatz zu mir die Achtsamkeit in Person ist.

»Hallo?« Eine zweite Männerstimme. »Herr Trautmann! Was machen Sie denn hier?«

Ich atme tief aus, lasse mich rücklings auf die Decke fallen und lege beide Hände auf mein wild klopfendes Herz. Eine warme Welle wogt durch meinen Körper. Marcel ist da, er hat es geschafft, ich bin gerettet!

»Kommen Sie, kommen Sie, hier liegt eine tote Frau!«, ruft Trautmann.

»Um Gottes willen! Nee, nee, nee!« Solch schrille Töne habe ich von Marcel noch nie gehört. Ich ahne, was der arme Mann gerade durchmacht.

Ich bin hier! Ich lebe!, will ich schreien, aber mir kommt nur Röcheln über die Lippen.

»Hier drüben, kommen Sie, Herr Polizist!« Das klingt zwar aufgeregt, aber keinesfalls bedrohlich. Die Lichter in meinem Kopfkino gehen aus. Der Horrorfilm ist nur ein Produkt meiner überreizten Nerven gewesen. Ganz gleich, was Erich Trautmann hier sucht; er ist nicht darauf aus, mir zu schaden.

Die Stimmen entfernen sich.

Ich rappele mich wieder auf. Es gibt nur einen Weg, mich bemerkbar zu machen. *Waffen zu Flugkörpern,* singe ich innerlich, während ich alles, was mir zwischen die Finger kommt, lustvoll aus dem Loch herausschmeiße. Da ich nicht sehen kann, was ich mit Holz, Wasserflaschen, Zink und Marmeladengläsern treffe, und meine Retter nicht mit Wurfgeschossen verletzen will, schleudere ich alles in die Richtung, die der Wohnzimmertür abgewandt ist. Über mir höre ich es klirren, klappern und scheppern.

Plötzlich tauchen zwei Füße vor meinen Augen auf. Ich umklammere beide Knöchel, von denen einer in einer blauen, der andere in einer schwarzen Socke steckt.

»Ma chérie!«

Das hat er noch nie gesagt. Ich stelle mich auf die Zehenspitzen, lege den Kopf in den Nacken und lasse mir von dem über mir knienden Mann die Tränen von den Wangen küssen.

»Vorsicht, Herr Polizist, Sie fallen da gleich runter!« Trautmanns Gesicht erscheint über dem von Marcel. »Kruzitürken, das ist ja Frau Klein!«

Marcel fährt mit einer Hand über meinen Verband. »Du hast dir wehgetan, Katja!«

Schnaufend schüttele ich den Kopf.

»Wir machen das so«, sagt Trautmann. »Sie nehmen einen Arm, ich den anderen, und auf drei stößt sich Frau Klein vom Boden ab. Geht das?«

Ich schüttele wieder den Kopf. Sollen sich denn zwei Männer ihre Rücken brechen, wenn doch in der Nähe eine Leiter liegen muss? Sagen kann ich es ihnen leider nicht.

»Wir schaffen das, Frau Klein, nicht wahr, Herr Polizist?«

»Natürlich. Mach schon, Katja!«

»Aufi! Eins, zwei, drei!«

Die Erleichterung hat Marcel wohl jene Bärenkräfte verliehen, über die der durchtrainierte Gewichtheber ohnehin verfügt. Im Nu bin ich emporgezogen.

Ich deute auf die Leiter, als ich in Marcels Armen auf dem Dielenboden neben dem Loch sitze.

»Hätte viel zu lange gedauert«, sagt Trautmann verächtlich. Wusste ich doch, dass er Leitern verschmäht. Aber ansonsten habe ich ihm unrecht getan. Stumm leiste ich Abbitte.

»Was ist mit Ihrer Hand?«

Ich hechele, lege drei Finger an meine Kehle, zwei an die Lippen und hebe die Schultern.

»Armes Mädchen, hast dir wohl die Stimme aus dem Leib geschrien. Mais non, siehst du verschandeliert aus, mon chou!« Dass sich der wild gewordene Wischmopp mit Wurfarmen als seine aus fremden Nähten geplatzte Freundin entpuppt, muss ihn ja erschrecken. »Was hast du da bloß an?«

Er hält mich etwas von sich ab und versucht vergeblich, die Fetzen, die von Liese Beckers altem Sonntagskleid übrig geblieben sind, um meinen Busen zu drapieren. Hilflos zupft er an ein paar Streublümchen herum. Der blaue Polyester knistert leise. *Vorsicht, Feuergefahr.*

Jetzt erst merke ich, dass ich mir auch die Knie aufgeschürft habe. Das wäre in Jeans nicht passiert. Um meine Kleidung werde ich mich gleich kümmern. Erst muss ich wissen, wer die tote Frau ist. Ich öffne den Mund, japse kurz und bearbeite dann frustriert den Holzboden mit meinen Fäusten.

»Vorsicht, deine Hand«, sagt Marcel. »Versuch zu flüstern.«

»Ist Fabienne tot?«, hauche ich.

»Noch mal.« Marcel legt sein Ohr an meinen Mund.

»Nein«, sagt er, nachdem ich die Frage wiederholt habe. »Eine andere Frau ist tot. Die Mutter, glaube ich.«

Liese Becker. Betroffen lasse ich mich von Marcel hochziehen. Er hält mich immer noch fest, als wir den engen Flur betreten. Arm in Arm schubbern wir die Wand entlang, bis wir die Tür des letzten Zimmers betreten.

»Sieht nach natürlichem Tod aus«, sagt Trautmann, als wir vor dem Bett der alten Frau stehen, die sich noch vor wenigen Stunden über die Aussicht, Oma zu werden, so gefreut hat.

Marcel zieht die Augenbrauen zusammen und drückt meine Schulter. »Ich weiß nicht …«

Ich schon. Liese Beckers Tod war so natürlich, wie es eben ist, wenn man einen geschwächten Körper abrupt von der Zufuhr lebensnotwendiger Infusionen trennt. Alain Becker hat offenbar nicht vor, in sein Elternhaus zurückzukehren.

Mit den gefalteten Händen auf der Bettdecke sieht die alte Frau friedlich aus. Ich hoffe, dass der Tod sanft zu ihr gekommen ist. Dem ersten Impuls, ihr zum Abschied einen Kuss auf die wächserne Stirn zu drücken, gebe ich nicht nach. Meine Lippen sollen nicht die gleiche Stelle berühren wie die des Mörders.

»Welch ein Panorama«, sagt Trautmann leise. Er klopft an eine Postkartenwand. »Am Ende hat sie die ganze Welt im Haus gehabt.«

Nachdem wir die Tür des Sterbezimmers hinter uns zugezogen haben und wieder im Flur stehen, setze ich Marcel mit dem bisschen Stimme, das mir mein Flüstern verleiht, ins Bild und flehe ihn an, so schnell wie möglich auf die Suche nach Fabienne zu gehen. Seine Kollegen seien informiert, sagt er, sie würden gleich da sein, auch eine Ambulanz, die könne sich um meine Verletzung kümmern.

Ich reiße mir den Verband ab. Die Hand blutet noch etwas, aber der Schnitt ist nicht so tief, wie es sich zunächst angefühlt hat.

»Lassen Sie mich mal machen«, sagt der gelernte Sanitäter, dem ich noch vor wenigen Minuten mehrere Morde unterstellt habe. Im Badezimmer, wo meine Kleidung immer noch auf dem Wäschekorb unter dem Medizinschränkchen liegt, versorgt er fachmännisch meine Wunde und klebt zum Schluss ein Pflaster drauf.

Marcel telefoniert abermals mit seiner Dienststelle.

»Danke«, flüstere ich Trautmann ins Ohr. »Warum sind Sie hier?«

»Weil ich mein Auto finden wollte«, sagt er.

»Scheune«, flüstere ich.

»Ich weiß.«

Auch er hat eins und eins zusammengezählt. Er ist zu jenem Ort zurückgekehrt, wo das böse Geschehen seinen Anfang genommen hat, um herauszufinden, von wo aus man die Tür des Nachbarhauses mit einem fahrbereiten Auto am besten im Auge behalten kann. Das Scheunentor brauchte er nicht aufzubrechen. »Ich nehme an, Sie haben mir diese Arbeit erspart?«, fragt er

Ich nicke.

Marcel kommt ins Badezimmer. »Ich habe mit Gudrun gesprochen. Und ihr gesagt, dass du heute Abend nicht arbeiten kannst.«

Moment mal, will ich ihn anfahren, was natürlich nicht funktioniert. Wie immer versteht er mich auch ohne Worte.

»Kommt nicht infrage, Katja, wir müssen dich erst in die Notaufnahme ins Kloster bringen.«

Ich schüttele heftig den Kopf und registriere erfreut, dass dessen Schmerzen verschwunden sind. *Nein,* formulieren meine Lippen. Mit beiden Armen beschreibe ich einen weiten Bogen, um anzuzeigen, wie unversehrt ich doch sei.

»Noch etwas Jod auf die Schürfwunden«, sagt Trautmann, wühlt im Medizinschränkchen herum und wedelt dann mit einer Knöchelbandage. »Und die zieh ich Ihnen gleich mal drüber. Ihr Enkel ist leicht geschwollen.«

Oder hat er *ankle* gesagt? Mit diesem Wort hat David vor Kurzem Gudrun erschreckt, als er vom Jogging frühzeitig zurückgekehrt ist. Sie war dann sehr erleichtert, dass die Verletzung nicht ein ihr unbekanntes Familienmitglied, sondern nur das Fußgelenk ihres Liebsten getroffen hatte. Mein Mund formt sich zu einem

Lächeln, das Marcel mit finsterer Miene kommentiert: »Und wer weiß, was mit ihrem Kopf los ist.«

Ist okay!

»Schauen Sie mich an«, sagt Trautmann, »und folgen Sie meinem Finger mit den Augen.« Nachdem er mir noch ein paar weitere Übungen aufgezwungen hat, nickt er.

»Scheint wirklich alles in Ordnung zu sein, Frau Klein. Aber schon wegen dem Schock sollten Sie vielleicht doch ins …«

»Nein!« Ich habe es tatsächlich geschafft, das Wort herauszubellen.

Widersprechen kann mein besorgter Freund jetzt nicht mehr, denn seine Kollegen sind angekommen. »Wo bist du, Marcel?«, höre ich Erwin Hannens Stimme im Flur.

Trautmann zieht mir die Knöchelbandage über und deutet dann auf den Wäschekorb. »Sie möchten sich jetzt bestimmt etwas waschen und wieder Ihre eigenen Sachen anziehen, Frau Klein, ich warte draußen.«

Wie sympathisch, dass er diesen Siebziger-Jahre-Albtraum nicht für einen Teil meiner eigenen Garderobe hält.

Ich wasche mir den Kellerstaub von Leib und Haaren, schlüpfe in die vertraute, noch klamme Kleidung und habe jetzt nur noch den Wunsch, an die warme Luft zu kommen.

Trautmann hält mich am Arm fest, als ich an ihm vorbei zur offenen Haustür stürmen will.

»Halt, Frau Klein! Nach all der Dunkelheit können Sie jetzt nicht einfach so ins Helle. Da machen Sie sich Ihre Augen kaputt. Nehmen Sie meine Sonnenbrille!«

Ich reiße ihm das teure Designermodell aus der Hand und flüstere: »Danke, Herr Trautmann. Für alles!«

Das ist ehrlich gemeint, muss aber in seinen Ohren ironisch klingen. Ohne seine vorgestrige Fuhre wären zwei Menschen noch am Leben und wir alle nicht in dieser Lage. Doch es erübrigt sich, Gedanken an die nicht mehr vorhandene Alternative von gestern zu verschwenden. Es ist, wie es ist, sagt Jupp gern und völlig zu Recht. Wir können nur noch versuchen, weitere böse Folgen des Geschehenen zu verhindern. In diesem Fall heißt das, so schnell wie möglich herauszufinden, wohin Alain Becker mit der armen, tapferen Fabienne verschwunden ist.

Erwin hat nicht nur fünf Kollegen und einen Spürhund mitgebracht, sondern auch den Gerichtsarzt, der sich bei Marcels Notruf zufällig in der St. Vither Dienststelle aufgehalten hat. Ich erfahre, dass die Staatsanwaltschaft schon informiert sei.

»Hackerstivvel, was hast du da nur mitgemacht«, sagt Marcel, als er sich wenig später zu mir auf die Steintreppe vor dem Haus setzt.

Das Gewitter hat die Luft nur kurzzeitig abgekühlt, doch im Schatten der Scheune lässt sich die Hitze gut ertragen. Erst jetzt geht mir auf, wie kalt es im Keller gewesen ist. Vermutlich hat mich das Adrenalin warmgehalten.

Marcel zündet sich einen Zigarillo an. »Nicht zu glauben. Jetzt ist die arme Fabienne Lorenz schon zum vierten Mal entführt worden.«

»Aber nicht in Beckers Auto«, bemerkt Polizeiinspektor Erwin Hannen. »Das steht noch da drinnen.« Er nickt zur Scheune hin. »Tach, Katja, da bist du ja wieder in eine ganz üble Sache reingerutscht!«

»Zu Fuß kann er noch nicht weit gekommen sein«, sagt Marcel. »Aber wo sollen wir ihn und die Frau anfangen zu suchen?«

Erwin zückt sein Handy. »Ich weiß, wer uns da weiterhelfen kann!«

Kurz nachdem der Sarg mit Liese Becker aus dem Haus getragen wird, begrüßt er eine hübsche, dunkelhaarige Frau, etwa im Alter von Fabienne.

»Das ist Claudine Lorenz«, stellt er sie uns vor.

»Lorenz?«, krächze ich, »mit Fabienne verwandt?«

»Jeder ist hier mit jedem irgendwie verwandt«, sagt Erwin. »Wichtiger ist, dass sie hier jede Ecke kennt. Sie ist in Ouren groß geworden und schreibt grad eine Chronik über das Dorf.«

Marcel kratzt sich am Kopf. »Aber wie kann der Becker die Frau aus seinem Haus entführen, ohne dass jemand das hier mitkriegt? Wo doch alle Häuser Augen haben.«

Mit den Händen forme ich eine Pistole, die ich Marcel in die Rippen drücke.

»Er hat eine Pistole?«

Ich nicke.

»Dann geht er so mit ihr raus, für dass alle denken, er hilft seiner Nachbarin«, sagt Erwin und hängt sich ans Telefon.

Wenn ein bewaffneter Mann mit einer Geisel auf der Flucht ist, muss eine Spezialeinheit aus Lüttich oder Brüssel anrücken. Die Polizei von St. Vith darf zwar weiter ermitteln und beobachten, aber in einem solchen

Fall keineswegs eingreifen. Ihre Aufgabe besteht vor allem darin, die Fahndung einzuleiten und alle Dienststellen in der Umgebung, auch die der beiden Nachbarländer zu benachrichtigen.

»Ja«, sagt Marcel. »Der Kerl stützt die arme Frau, weil sie gerade ihren Mann verloren hat. Das haben die Leute ja schon mitgekriegt. Keiner wird sich was dabei denken.«

»Er war schon als Kind immer hinter ihr her«, setzt Claudine Lorenz hinzu. »Alle wissen, dass sie seine ganz große Liebe ist.«

»Aber wo geht er mit ihr hin?«, fragt Erwin. »Wo kann er sich mit ihr verstecken?«

»Och«, sagt Claudine Lorenz, »da gibt es hier eine Menge Möglichkeiten. Kommt mit, ich zeig euch die!«

»Nee, nee, nee!«, rufen Erwin und Marcel gleichzeitig.

»Der Mann hat eine Waffe«, sagt die Stimme, die mich vor Kurzem noch so erschreckt hat. »Da sollten sich die Damen lieber fernhalten.«

»Juste.« Marcel holt sein Smartphone hervor. Während er sich von Claudine auf irgendeiner geografischen App mögliche Verstecke zeigen lässt, verabschiedet sich Erich Trautmann von mir. Er hat seine Aussage bereits gemacht und will mit seinem eigenen Auto nach Hause fahren. Die Mietwagenfirma habe sich bereit erklärt, das geliehene Auto in Ouren abzuholen.

Seine Sonnenbrille könne ich auf der Kehr bei Geilsdorfs abgeben, sagt er. Ich schüttele den Kopf und drücke sie ihm in die Hand. Im Schatten brauche ich sie nicht mehr. Außerdem möchte ich meinen Nachbarn nicht so schnell wiederbegegnen.

Trautmann ahnt wohl, was in mir vorgeht. »Ich kann Ihnen gar nicht sagen, wie leid mir das alles tut, Frau Klein. Dass Sie durch uns in so eine schlimme Lage geraten sind.«

»Sie haben mir sehr geholfen, Herr Trautmann«, wispere ich und denke erschauernd an meine Hilflosigkeit im Loch. »Vielleicht sollte ich bei Ihnen in Prüm mal ein Fitness-Training durchziehen.«

»Solange ich dableibe …«, er holt tief Luft, »können Sie bei mir jederzeit kostenlos trainieren. Wenigstens das bin ich Ihnen schuldig.«

»Solange Sie dableiben?«

»Wir erwägen, weiterzuziehen. Frank, Sabine und ich.«

»Wäre schade«, sage ich und meine es auch. Nicht, weil ich unbedingt noch herausfinden will, was diese drei Menschen miteinander verbindet oder ob mir meine Nachbarn fehlen würden, sondern weil mich Trautmann irgendwie *charmiert* hat. Zudem muss ich dringend in Form kommen. Am besten so schnell wie möglich. »Kann ich bei Ihnen gleich morgen einen Termin haben?«, frage ich.

Trautmanns verschmitztes Lächeln erinnert mich an Bruce Willis. Wäre ich früher auf diese Assoziation gekommen, hätte ich mich nicht vor ihm gefürchtet, sondern ihn gleich als Retter meiner Welt begrüßt.

»Erholen Sie sich erst mal, Frau Klein. Und kurieren Sie Ihren Enkel aus. Für EMS brauchen Sie stabilen Halt.«

Wir schütteln einander die Hände. Ich sehe ihm nach, als er durch die offene Hintertür in der Scheune verschwindet. Kurz danach heult ein Motor auf.

Marcel eilt wieder herbei. »Ihr Frauen bleibt hier. Wir ziehen jetzt los, für den Sausack zu finden!«

»Ihr dürft doch gar nicht eingreifen«, erinnere ich ihn. Nachzusehen bedeute noch nicht einzugreifen, und wenn Gefahr im Verzug ist, sei Eile geboten. Also marschiert Marcel in seiner schusssicheren Weste mit Erwin und dem kleinen Team los. Claudine Lorenz lässt sich neben mich auf die Stufe fallen und holt tief Luft.

»Was für eine schreckliche Geschichte!«, sagt sie. »Dass es mal so weit kommen würde, hätte wohl keiner gedacht. Der Alain war manchmal schon ziemlich komisch, aber das ist ja auch kein Wunder, bei dem Vater.«

Ich hake nach. Alain Beckers Vater, erfahre ich, sei ein Tyrann gewesen, wie er im Buche steht. Er habe seinen Sohn abgelehnt, ihn und seine Ehefrau misshandelt und beiden das Leben zur Hölle gemacht. »Jeder hat das gewusst, aber keiner hat was dagegen gemacht. Wenn sich jemand von außen einmischen wollte, stand der alte Becker mit der Flinte im Anschlag in der Haustür. Da waren wir dann schnell weg. Wir waren alle bang vor dem Mann.«

»Polizei?«, flüstere ich.

»Haben wir ein paarmal hingeschickt. Aber was kann die schon tun, wenn Liese sagt, sie wär die Treppe runtergefallen gegen eine Tür gelaufen oder habe sich beim Kochen selbst verbrannt? Wenn sie Stein und Bein schwört, dass ihr Mann damit nichts zu tun hat? Und wenn Jungs rumtoben, kriegen sie nun mal blaue Flecken oder brechen sich was.«

»Lehrer, Krankenhaus? Ärzte?«, frage ich flüsternd weiter.

»Die haben sich natürlich das Ihre gedacht, wenn der Alain wieder eingeliefert wurde. Aber sie konnten auch nichts machen, weil der Vater für alle Verletzungen eine so schöne Geschichte parat hatte. Und der Junge wollte immer wieder ganz schnell nach Hause, für seine Mutter vor den Übergriffen des Alten zu schützen.« Deshalb, sagt Claudine, habe Alain später sogar auf alle Chancen eines geregelten Arbeitslebens verzichtet.

»Dabei konnte er eine ganze Menge«, sagt sie. »Der hätte in jeder Firma Karriere machen können. Er ist intelligent und kann sehr umgänglich sein.«

»Moment mal«, flüstere ich, bitte um ihr Ohr und hauche hinein, wie sich dieser umgängliche Mann Fabienne und mir gegenüber verhalten hat.

»Furchtbar!« Sie schüttelt sich. »Ganz der Vater. Brutal und rabiat. Gnadenlos. Mein Gott, sogar das mit dem heißen Wasser hat er sich von ihm abgeschaut! Alain hat ein böses Vorbild gehabt. Das ist nicht zu entschuldigen, aber er hat wahrscheinlich geglaubt, dass er sich nur mit Gewalt Autorität verschaffen kann.«

»Über Fabienne«, wispere ich.

»Und über Sie. Sie waren bestimmt eine formidable Herausforderung, Frau Klein. Obwohl, wenn ich Sie mir so angucke …«, sie mustert mich nachdenklich, »sehen

Sie der Liese Becker in jüngeren Jahren ziemlich ähnlich. Stammen Sie vielleicht auch aus Weppeler?«

»Nein. Wo ist das?« Es ist noch nicht ganz meine Stimme, aber sie ist schon fast zurückgekehrt.

»Da kommt die Liese her. Die arme Frau! Ihr Leben lang hat sie davon geträumt, durch die Welt zu reisen. Große Städte zu besuchen, den Papst zu sehen oder mal durchs Brandenburger Tor zu gehen. Und dann hat sie es nur von Weppeler bis nach Ouren geschafft. Ich dachte, Sie könnten vielleicht …«

»… mit ihr verwandt sein, weil das hier jeder mit jedem irgendwie ist?«

»Genau.«

»Ich komme von der Kehr, Frau Lorenz. Weit weg.« Ich nicke den belgischen Polizisten hinterher. »Wo werden die Männer jetzt suchen?«, wispere ich und denke an den Ort, von dem ich abstamme. Auf der Kehr wüsste ich ganz genau, wo man sich bestens verstecken könnte. »Haben Sie hier auch Bunker?«

»Ja, im Wald zwischen Ouren und Sevenig, das ist schon in Deutschland. Da kann man problemlos zu Fuß hingehen. Und dann gibt es auf der Westseite der Burg ein kleines Schlupfloch, das wäre auch ein geeignetes Versteck.« Sie habe den Polizisten geraten, als Erstes im alten Schweinestall bei ihrem eigenen Haus nachzusehen. Der sei über einen kleinen Fußpfad zwischen uralten Gebäuden erreichbar. Schon vor mehr als sechzig Jahren hätten die Lausbuben aus dem Dorf den Stall als Spielplatz genutzt. »Ich selbst hab mich da als Kind oft versteckt. Alain bestimmt auch.«

»Wenn er vor seinem brutalen Vater flüchten musste«, sage ich nachdenklich. »Wann ist dieser Mann eigentlich gestorben?«

»Vor ein paar Jahren. Da war Alain grad aus Afghanistan zurück.«

»Und woran ist er gestorben?«

»Er wollte das Scheunendach reparieren und ist runtergefallen. Genickbruch. Er war auf der Stelle tot. Alain hat ihn gefunden.« Mir läuft ein Schauer über den Rücken. »Das war zwar eine schlimme Sache, aber eine Befreiung für Liese und Alain.«

Claudine Lorenz steht auf und reckt sich. »Sie haben jetzt bestimmt Lust auf eine gute Tasse Kaffee«, sagt sie und schlägt mir vor, ihn in ihrem Haus zu trinken. »Ist gleich da drüben.« Sie deutet nach Westen.

Ich lehne dankend ab. Marcel soll mich genau da wiederfinden, wo er mich hinterlassen hat. Er darf sich heute keine weitere Sekunde um mich sorgen.

»Dann bring ich Ihnen einen hierhin.«

Wir sind schon beim zweiten Kaffee, als Erwin und Marcel zurückkehren.

»Nix«, sagt Marcel. »Alles gute Verstecke, aber keine Spur von Becker oder Fabienne Lorenz.« Sehnsuchtsvoll blickt er auf unseren Kaffee.

»Holen Sie den«, sagt Claudine und reicht ihm ihren Becher. »Ich hab noch nicht davon getrunken. Zwei sind sowieso zu viel für meinen Magen.«

Marcel gönnt sich mit zusammengezogenen Brauen erst nur einen klitzekleinen Schluck, strahlt dann erkennend und erklärt auf gut Deutschbelgisch, wie wählerisch er doch sei: »Danke, Frau Lorenz, ich bin eben jelott.« Und setzt nach einem größeren Schluck hinzu: »Die Kollegen durchsuchen grad jedes Haus, irgendwo muss der Mann ja sein.«

»Vielleicht hat er ja den berühmten Fluchtweg gefunden«, bemerkt Claudine nachdenklich.

»Welchen Fluchtweg?«, fragt Erwin.

»Die Burg soll für den Fall von Belagerungen einen Geheimgang gehabt haben, der irgendwo in einem der alten Häuser um den Schlossfelsen rauskommt. So sagen das hier jedenfalls die alten Leutchen.« Sie lächelt. »Meine Tante behauptet, der wär in unserem Haus gewesen, aber gefunden haben wir ihn noch nicht.«

»Dann sollten wir hier direkt den ganzen Keller untersuchen«, sagt Marcel. »Nicht nur Katjas Loch. Alle Wände genau prüfen.«

»Sinnlos!«, ruft ihm Claudine hinterher, als er seinen Kaffee auf eine Stufe stellt und seine Mannschaft zusammentrommeln will. »Bei Plügers hinterm Garten sind wir viel zu weit weg für einen Fluchtweg.«

»Bei wem?«, frage ich verwirrt, während Marcel schnell wieder zu seinem Lieblingsgetränk greift.

»Bei Plügers hinterm Garten. So hieß diese Ecke früher. Als hier an der Our noch mehr Häuser standen, nicht nur die von Alain und Fabienne.« Die anderen seien schon vor langer Zeit abgerissen worden. Dabei habe man natürlich keinen Geheimgang entdeckt. »Auch nicht die goldene Wiege«, berichtet die Chronistin. »Die soll der Sage nach hier irgendwo vergraben liegen. Man hat hier ja bislang noch nicht alles archäologisch umgebuddelt.«

Mein Rücken schmerzt. Ich muss mir kurz die Beine vertreten. Mühsam erhebe ich mich, gehe die paar Schritte zum Hinterausgang der Scheune und werfe einen Blick durch die offene Tür. Trautmanns Auto ist natürlich verschwunden. Wie auch ein anderes Gefährt.

»Das Wohnmobil!«, keuche ich aufgeregt und humpele rasch zu dem Grüppchen an der Steintreppe zurück. Auf lautes Rufen sind meine Stimmbänder noch nicht vorbereitet. Ich schüttele Marcel so fest an den Schultern, dass der restliche Kaffee im Becher schwappt, und flüstere ihm zu: »Die sind nicht mehr in Ouren! Becker ist mit seinem Wohnmobil abgehauen!« Ein ideales Transportmittel für eine gefesselte oder wieder einmal in eine Decke eingewickelte Frau.

Marcel ruft die Einsatzkräfte zurück, und Erwin hängt sich ans Telefon.

»Straßensperren bringen jetzt wohl nichts mehr. Der Kerl kann mit seiner Geisel inzwischen überall sein«, höre ich ihn sagen. »Belgien, Deutschland, Luxemburg … ja, natürlich brauchen wir die Plaquennummer. Kann doch nicht so schwer zu beschaffen sein!«

Ich wiege mein Haupt. Von außen hat das Wohnmobil ziemlich abgemeldet ausgesehen, von innen hingegen wohn- und abfahrbereit. Alain Becker ist ein Mann der Planung. Diese Flucht hat er offenbar genauso vorbereitet wie die Verfolgung der fremdgehenden Fabienne mit dem armen Heeng Scholtes. Wie den Tod der Mutter und vielleicht auch den des Vaters? Bitte, flehe ich sämtliche Gottheiten an, die jemals ihre schützenden Hände über Ouren gehalten haben, lasst diesmal niemanden sterben!

Erwin sieht zu mir herüber. »Wann genau sind die noch mal losgefahren, Katja?«

Ich blicke auf meine Uhr und hebe erst einen, dann einen zweiten Finger.

»Ein, zwei Stunden, anderthalb Stunden?«, übersetzt Marcel.

Ich nicke. Es ist gleich halb fünf. Wenn ich jetzt quer durch die gesamte belgische Eifel gondele, könnte ich zum Abendgeschäft rechtzeitig in der *Einkehr* sein und den Schotten Whisky aus Luxemburg servieren. Wird der überhaupt noch genießbar sein? Nach den vielen Stunden in meinem aufgeheizten Auto müsste er inzwischen den Siedepunkt erreicht haben. Jupps Schokoladengeschenk wird zerflossen sein, und der Mangold ist auch hin. Ich muss darauf vertrauen, dass sich David ein anderes Hauptgericht ausgedacht hat. Wie wohltuend es doch ist, sich über solche Alltäglichkeiten den Kopf zu zerbrechen!

Erwin und Marcel tuscheln miteinander. Claudine sammelt die leeren Kaffeebecher ein und verspricht, demnächst auf die Kehr zum Essen zu kommen. »Mit meinem Mann Erich.«

Ich nicke erfreut. Alle Erichs sind mir derzeit herzlich willkommen. Und die sympathische Chronistin sowieso. Ouren scheint voller interessanter Ecken zu stecken, vielleicht sollten wir wirklich unseren Betriebsausflug hierhin machen.

»Marcel bleibt hier, für sich um dich zu kümmern, Katja«, verkündet Erwin, nachdem sich Claudine Lorenz verabschiedet hat. Eine Spezialeinheit übernehme die Verfolgung des Flüchtigen und seiner Geisel.

»Ich würde erst mal jeden Campingplatz im Umkreis von 100 Kilometern abklappern«, schlage ich vor. »Da fällt ein Wohnmobil mehr oder weniger doch gar nicht auf. Falsche Kennzeichen sind doch schnell besorgt.«

»Überlass den Mörder den Profis und bring dich bloß nicht wieder in Gefahr«, mahnt Erwin. »Marcel fährt dich jetzt auf die Kehr.«

»Ich muss noch mein Handy holen«, sage ich, als Marcel mit den Autoschlüsseln klimpert. »Tschüss, Erwin, viel Erfolg!« Beinahe hätte ich ihm eine gute Jagd gewünscht.

Marcel folgt mir ins Haus. Mein Smartphone hat die Kanonade von unten unbeschädigt überstanden und liegt immer noch auf dem Wohnzimmertisch. Die Falltür ist zugeklappt. »Handys lenken eben nicht nur beim Autofahren vom Wesentlichen ab«, stelle ich fest und demonstriere meinen Sturz in die Tiefe.

»Du hättest dir alle Knochen brechen können!«, sagt Marcel erschauernd. Er kickt ein Stück Regalholz zur Seite, stellt eine Wasserflasche auf den Tisch und zieht den platt gedrückten Zinkeimer aus der zersplitterten Glasfront eines riesigen Buffets. Ein Marmeladenglas kugelt heraus und poltert auf den Boden.

»Was ist das denn?«

»Ein unbrauchbarer Tritt, um aus dem Loch zu krabbeln«, antworte ich.

Wir sehen einander an und brechen gleichzeitig in Gelächter aus. »Ach, Mamsell Courage …« Mein Freund zieht mich an sich und flüstert mir ins Ohr: »Was bin ich vorhin erschrocken! Als der Trautmann …«

»Ich weiß«, unterbreche ich ihn und verschließe seinen Mund mit einem Kuss, als könnte ich noch nachträglich seine Todesangst um mich bannen. Keine Ahnung, wie lange wir uns mitten in diesem Scherbenhaufen umarmt haben. Irgendwann löse ich mich und stecke mein Handy ein.

»Hast du im *Pipas* überhaupt was gegessen?«, frage ich, als wir das Zimmer verlassen.

Hinter mir murmelt er etwas Unverständliches.

»Wie, Pullover?«, rätsele ich und bleibe im Flur stehen. Ein solcher Begriff wäre mir doch schon früher auf der Menükarte aufgefallen.

»Vol-au-vent.«

»Flug in den Wind, in die Luft?«

»So heißt bei uns das Essen, was es bei dir leider nie gibt: Königinpastetchen. Vol-au-vent.«

Das Lieblingsgericht meiner Mutter. Es ist mir immer zu altmodisch und fad für mein eigenes Restaurant vorgekommen. Aber ein Ragout muss nicht unbedingt aus langweiligen Kalbs- oder Hähnchenfasern bestehen. Es lässt sich aus vielen Zutaten herstellen, sogar aus rein vegetarischen. Ich atme tief aus. Wenn mein Hirn Rezepte ersinnen kann, sollte es wie auch mein Körper wieder fit sein.

»Ich habe meinen Flug in die Luft heute schon hinter mir«, sage ich. »Und gleich morgen mach ich dir auch einen. In der *Einkehr.* Versprochen. Flug … Da fällt mir was ein, Marcel. Komm mit.«

Vielleicht ist diese Eingebung Quatsch, denke ich, als ich die Tür von Liese Beckers Zimmer wieder öffne. Aber es kann nicht schaden, sich die vielen bunten Bildchen an der Wand mal genauer anzusehen. Alain Becker wird wohl kaum mit Fabienne zum Papst nach Rom, zum Brandenburger Tor oder zur Golden Gate Bridge fliegen, aber mir sind vorhin mehrere Fotos aufgefallen, die hier in der Gegend aufgenommen worden sein könnten. Wenn der Mann seine Flucht geplant hat, dann wird er auch ein Ziel vor Augen gehabt haben. Vielleicht sogar täglich. In diesem Zimmer.

»Zum Beispiel das hier«, sage ich, als wir an einer der Bilderwände stehen. Ich tippe auf ein sepiafarbenes Foto von einem typischen Eifeler Bruchsteinhaus.

Marcel fummelt seine Lesebrille aus der Hemdtasche. »Das scheint heute so auszusehen«, sagt er und deutet auf das Foto daneben. »Eine Ruine.«

Die Anordnung der Fenster und Türen auf dem vergilbten Farbfoto stimmen mit der uralten Aufnahme überein. Der Zahn der Zeit hat das alte Gemäuer zerfressen, dem knorrigen Baum links vom Haus hingegen eine üppigere Krone geschenkt. Marcel reißt beide Bilder herunter und dreht sie um. Auf dem neueren entziffern wir die verblasste, krakelige Kinderschrift: *Mamas Haus. Wenn ich groß bin, mach ich alles wieder heil.*

»Wo kann das bloß sein?«, rätselt Marcel. »Wir sollten Claudine Lorenz fragen.«

Ich drücke ihm einen Kuss auf den Mund. »Sie hat mir die Antwort schon gegeben, Marcel. Auf nach Weppeler!«

Als **Elftes** werden bei einer Berg- und Talfahrt
Höhen und Tiefen der menschlichen Natur ausgelotet;
wonach zwar nichts wirklich im Fluss ist,
es jedoch gehörig knallt, bis schließlich
nicht nur eine Entscheidung gefällt worden ist.

Salat-Wrap:

Aus Hummus, pürierten Datteln und kleingehackten Cashewnüssen eine Creme herstellen, große Salatblätter damit bestreichen und Zitronensaft darüber träufeln.
Karotten, Zucchini, Avocado, Rotkohl, Radieschen, gelbe sowie rote Paprika und Salatgurke in sehr feine Streifen schneiden, in die Mitte der Salatblätter legen, diese aufrollen und mit dem längsgeschnittenen Grün von Lauchzwiebeln zubinden.

Marcel ist nicht überzeugt.
»Wieso soll er mit dem Wohnmobil nach Weppeler fahren, wenn er da doch ein Haus hat?«

Ich tippe auf das Ruinenbild. »Das nennst du ein Haus?«

»Hat er vielleicht inzwischen *heilgemacht*«, schnaubt Marcel. »Mit Subsidien von der Wallonischen Region renoviert. Aber so blöd für dahinzufahren, ist der nicht. Ist zu klein, der Ort. Da kann sich der Sausack nicht verstecken. Wo er jetzt doch öffentlich gesucht wird.«

Das wiederum überzeugt mich nicht. Ich erinnere Marcel daran, wie oft Aufrufe an die Landbevölkerung ins Leere gegangen sind, weil Radio und Fernsehen nicht eingeschaltet waren. »Grad jetzt, wo die Leute so viel auf den Feldern und in den Ställen zu tun haben und Holz machen müssen. Und die Zeitung kommt erst morgen raus. Es kann doch nicht schaden, dahinzufahren und mal nachzugucken.«

Marcel brummt. »Willst du nicht erst nach Hause? Dich was erquobbern nach all diesem Stress?«

Ich befrage den Routenplaner meines Handys. Weppeler liege quasi auf dem Weg, sage ich. »Da bietet sich doch ein Abstecher an.«

»Das denkst auch nur du«, sagt Marcel. »Wir müssen in Steinebrück runter von der Nationalstraße und dann tief in die Walachei …«

»Ein Umweg von nur sieben Minuten.« Ich halte ihm mein Smartphone mit dieser Angabe unter die Nase und fordere ihn auf, das berüchtigte belgische Nationalregister nach der Adresse des Hauses in Weppeler zu befragen. »Bitte tu mir den Gefallen.«

Den er mir nach all den Stunden meiner Drangsal schwerlich abschlagen kann.

»Fehlalarm. Da gibt es nichts auf Becker«, sagt er nach einem Telefonat.

»Das Haus hat ja auch Beckers Mutter gehört!«

»Na und?«

Ich genieße den kleinen Triumph, meinen Belgier daran zu erinnern, dass verheiratete Frauen in seinem Land den Mädchennamen nicht ablegen. Der ist schnell herausgefunden.

»Auf Elisabeth Marx ist ein landwirtschaftliches Gebäude in Weppeler eingetragen«, informiert er mich.

»Und ein Wohnhaus«, setze ich hinzu.

»Nein. Das Wohnhaus ist das landwirtschaftliche Gebäude. So kann er die Ruinensteuer sparen.«

Das Verwaltungswesen des Königreichs birgt für mich ständig neue Überraschungen und rätselhafte Formulierungen. »Wieso besteuert ihr Ruinen?«

»Leute sollen eben zahlen, wenn sie ihre Häuser verwahrlosen, verfallen oder leerstehen lassen«, erläutert er. »Ist ganz schön teuer, bei uns offiziell eine Ruine zu haben.«

Ein weiteres Telefonat ergibt, dass weder auf Becker noch auf Marx ein Wohnmobil angemeldet ist. »Wir müssen das Ding erst finden, für die Chassisnummer zu kriegen«, setzt er seufzend hinzu.

Ich stecke die beiden Bildchen ein. Ein Schauer durchfährt mich, als ich die seltsam zusammengeführte Welt auf den Fotowänden noch einmal betrachte. Die chinesische Mauer wie auch die vor dem Brandenburger Tor erinnern mich an eine Mauer, aus der vor Kurzem zwei Bruchsteine herausgebrochen worden sind. Nichts wie raus aus diesem Haus!

»Wo steht dein Jeep?«, frage ich vor der Tür.

»Hat ein Kollege mitgeholt. Damit du gar nicht erst darüber diskutierst, dass du nach all dem Zinnober, den du mitgemacht hast, noch fahren kannst. Wir holen dein Auto. Ich fahre.«

»Und wie willst du dann morgen nach St. Vith zur Arbeit kommen?«

Statt zu antworten, winkt er Claudine Lorenz zu, die gerade die Steintreppe ihres Hauses herunterkommt.

»Wie geht es Ihnen jetzt?«, ruft sie mir zu.

»Besser«, will ich antworten, merke aber, dass meine Stimme immer noch keine Lautstärke abgeben kann.

»Danke noch mal für Euren wunderbaren Kaffee, Frau Lorenz, der hat meine Lebensgeister geweckt«, sagt Marcel, als sie näherkommt.

»Gibt es was Neues?«

Der Polizeiinspektor schüttelt den Kopf.

Ich hingegen nicke. »Wir fahren jetzt …«, flüstere ich.

»… auf die Kehr«, vollendet er meinen Satz. »Kommen Sie uns da doch mal besuchen!«

Wie selbstverständlich ihm das *Uns* über die Lippen kommt. Rasch verscheuche ich das kleine Unbehagen, das sich in die Mitte meines Körpers geschlichen hat. *Nie wieder werde ich mich allein in mein Haus verkriechen können.* Was bin ich nur für ein Mensch! Ich habe doch grad erlebt, wie gefährlich Alleingänge sein können, da darf mir der Preis für ständige Zweisamkeit nicht zu hoch sein. Und mein Haus, unser Haus, hat schließlich Türen. Eine davon werde ich immer zumachen können. *Und dann klopft er an.*

»Das habe ich vor«, antwortet Claudine Lorenz und verabschiedet sich. Sie müsse jetzt nach Hause fahren. So erfahre ich, dass sie eigentlich in Maspelt wohnt und nur gelegentlich ihr altes Elternhaus aufsucht. »Wir verbringen hier die Wochenenden, aber wenn wir alt sind, werden wir ganz in Ouren leben.«

Wie warm und heimelig dieses *Wir* doch klingt. Ich werde mich daran gewöhnen. Ich sollte schon mal üben.

»Da haben wir ja Glück gehabt, dass Sie heute hier waren«, hauche ich.

Sie lächelt. »Dabei habe ich Euch doch gar nicht weiterhelfen können!«

Oh doch, das hat sie. Ich weiß nicht, weshalb ich felsenfest davon überzeugt bin, Fabienne Lorenz in Weppeler aufzuspüren. Vielleicht ist das so eine übersinnliche Sache, eine unerklärliche Verbundenheit zwischen zwei Menschen, die miteinander ein Verlies geteilt haben.

Während Marcel in meinem Wagen den Fahrersitz auf seine Maße einstellt, will ich Weppeler in mein Navi eingeben.

»Brauchst du nicht«, sagt er.

»Aber ich sehe auf der Karte gern, wo wir fahren.«

»Wirst du nicht«, brummt er.

»Wieso nicht?«, frage ich alarmiert. »Willst du mich etwa reinlegen und doch gleich auf die Kehr …«

»Nee, nee, mon chou«, entgegnet er lachend. »Das würde ich nicht riskieren. Wir holen besser den Schleichweg nach Weppeler. Den würde jemand mit einem unangemeldeten Wohnmobil fahren.« Genau wie auch die Handwerker und Bauunternehmer, die so ihre Route abkürzen, wenn sie mit ihren *Kamionetten* von Schönberg oder Winterspelt aus ihre Baustellen im Großherzogtum aufsuchen. »Du wirst gar nicht merken, dass wir dabei mehrmals das Land wechseln«, sagt Marcel. Er unterbricht mich, als ich ein Hohelied auf das grenzenlose Europa anstimmen will. »Es ist eine sehr schmale Straße, Katja.« Er lässt den Motor an. »Da kann ein aufgeregter Wohnmobilfahrer schon mal durch den Bratsch in den Kulang fahren …«

»… was wir nach dem Regen an den Spuren sehen könnten!«, krächze ich begeistert.

»Vielleicht an einigen Stellen.« Er nickt Richtung Seitenfenster. »Achte also weniger auf den Weg, die Karte oder sonst was, sondern mehr auf den Rand.«

Die kurvige Straße führt an Oberhausen, Stupbach und Reuland vorbei und bietet wechselhafte Ausblicke auf die Our. Nach den ersten Anstiegen glitzert sie tief unten im Tal, fließt dann nach steiler Abfahrt auf gleicher Höhe erst rechts und später links von uns.

»Halt!«, keuche ich hinter Steffeshausen an einer besonders scharfen Kurve. Hier sind deutliche Reifenspuren im Matsch des Straßenrandes zu erkennen. Marcel steigt aus und fotografiert sie.

»Kennst du Weppeler?«, frage ich, als er wieder im Wagen sitzt.

»Bin im letzten Winter mal da gewesen. Da haben sich vor der Kapelle gleich drei Lkw auf der glatten Straße festgefahren.«

»Wie schön, wenn die Polizei mal als Freund und Helfer auftreten kann!«

»In dem Fall nicht. Als wir angekommen sind, hatten Bauern von Weppeler die Kamions mit Bagger und Träcker schon selbst ausgegraben.«

»Da wart ihr eben zu spät. Das wird uns heute nicht passieren!«

Kopfschüttelnd nimmt Marcel eine weitere scharfe Kurve. »Heute wird gar nichts passieren. Weil du dich vertust. Der Mann wäre doch blöd, ausgerechnet in ein Haus seiner Familie zu flüchten …«

»Wer weiß denn schon von dem Haus, Marcel? Du hast es ja auch nur herausgefunden, weil ich mir das aus verschiedenen Informationen zusammengereimt habe. Nicht mal Claudine Lorenz hat das Haus erwähnt, und das hätte sie, wenn sie davon gewusst hätte! Ich glaube, dieses Haus war Beckers großes Geheimnis.«

»Warum? Was ist so toll an einer alten Ruine? Davon haben wir hier mehr als genug, was meinst du, wie viele landwirtschaftliche Gebäude …«

»Weil das Elternhaus seiner Mutter für ihn den Traum von einer besseren Welt symbolisiert. Fern von der seiner Kindheit, in der es so viel Leid gegeben hat. Vielleicht hofft er, ein besserer Mensch zu werden, wenn er mit seiner großen Liebe dort leben kann.«

»Die er da wieder in ein Kellerloch einsperrt? Tolle Liebe, mon chou.«

Wenn es um Liebesdinge gehe, dächten und handelten auch normale Menschen höchst selten rational, entgegne ich. Womöglich hoffe der alles andere als normale Becker, Fabienne mit der Umgebung, die seiner Vorstellung vom Paradies nahekomme, verzaubern zu können. »Wir wissen nicht, was im Kopf eines Mannes mit seiner Geschichte vorgeht«, füge ich hinzu. »Wer so viel Einsamkeit, Lieblosigkeit und Zurückweisungen erfahren hat, flüchtet zum Überleben gern in eine Traumwelt.«

»Sag bloß, du versuchst, diesen Bötschkopp zu verstehen?«, fragt Marcel entsetzt.

»Du nicht? Wenn wir ihn fassen und Fabienne retten wollen, sollten wir uns in seine Lage versetzen. Zumindest probieren, seine verquere Logik nachzuvollziehen.«

»Quatschverzähl. Der muss doch wissen, dass er bald auffliegen wird!«

»Vielleicht ist ihm das ein paar göttliche Tage mit der Geliebten wert. In einem Paradies, das er ganz für sie geschaffen hat.«

»Er will mit Fabienne Adam und Eva in Weppeler spielen?«, gibt Marcel ungläubig zurück. »Für im Prisong was zum Weiterträumen zu haben?«

»Vielleicht glaubt er ja, dass er gar nicht ins Gefängnis muss«, sage ich. »Er weiß ja nicht, dass er wegen Mordes gesucht wird, weil die deutsche Spurensicherung so schlau war, den Unfall als *fake* zu erkennen. Womöglich denkt er, dass er nur wegen Entführung dran ist. Und wenn er Fabienne rumkriegt, sie also nicht gegen ihn aussagt, dann ist er aus dem Schneider.«

»Nicht, was dich angeht«, gibt Marcel grimmig zurück. »Und da gibt es noch ein paar andere nette Dinge. Unterlassene Hilfeleistung, Autodiebstahl, Bedrohung, Freiheitsberaubung, Körperverletzung, der Mordversuch an dir …«

»Er hat nicht versucht, mich zu ermorden!«

»Und wenn du dir den Hals beim Sturz ins Loch gebrochen hättest?«

Dazu fällt mir etwas ein. »Ihr solltet den Tod seines Vaters noch mal untersuchen, Marcel. Ich glaube, dass Becker seine militärische Nahkampfausbildung damals auch schon eingesetzt hat.«

Jetzt erst bin ich stimmlich in der Lage, meinem Freund alles im Detail wiederzugeben, was mir Claudine und Fabienne über Alain Becker erzählt haben. »Fabienne hat ihm nie Hoffnungen gemacht«, ende ich, »aber der Mann ist total besessen von ihr. Liebe kann schon schlimm sein.«

»Nicht, wenn man sich einig ist«, sagt Marcel und streichelt mir mit der rechten Hand über den Oberschenkel. »Dann ist sie nur manchmal etwas kompliziert. Bei uns zum Beispiel …« Er bricht ab.

»Zum Beispiel?«, hake ich beunruhigt nach, als wir Auel hinter uns lassen.

»Ach nichts«, weicht er aus, »Später.«

»Raus damit, Marcel, Probleme sollten wir sofort ansprechen, damit sie nicht größer werden.«

Ich erschrecke vor meiner Heuchelei, beschwichtige mich dann rasch wieder. Die kleinen Reibereien und Irritationen der vergangenen drei Wochen stellten doch kein echtes Problem dar. Wir haben nur ein paar Anlaufschwierigkeiten. Irgendwann werde ich es schon schaffen, mich der neuen Zweisamkeit anzupassen.

»Mein Untermieter in St. Vith hat gekündigt …«

Es wäre kein Problem für uns, die Wohnung bis zu einem neuen Mieter leer stehen zu lassen. Marcel grübelt über etwas anderes nach. Geht ihm womöglich das Gleiche durch den Kopf wie mir? Immerhin hat auch er den größten Teil seines Lebens genau wie ich sehr gern allein gelebt. Die ständige Nähe zu einem Menschen kann den Blick auf das versperren, was ihn zuvor so liebenswert gemacht hat. Differenzen können das Bild auf den anderen verzerren. Haben wir beide in den vergangenen Wochen Stellvertreterduelle geführt? Uns über Kleinigkeiten echauffiert, um das Große nicht ansprechen zu müssen? Weil wir glaubten, den anderen mit der Wahrheit zu verletzen? Wann ist uns der gemeinsame Blick aufs Leben abhandengekommen? Oder ist er etwa noch da? Könnte es sein, dass uns beide sogar der heimliche Wunsch verbindet, wieder getrennt miteinander zu leben? Der Wirrwarr in meinem Magen entknotet sich. Ich hole tief Luft.

»Wenn du in deine Wohnung zurückziehen willst, Marcel, ist das für mich völlig in Ordnung.«

Er hält abrupt den Wagen an, direkt am kleinen Grenzübergang Elcherath, löst seinen Gurt, beugt sich zu mir rüber und nimmt mich in die Arme.

»Wirklich nicht?«, flüstert er mir ins Ohr. Es klingt unendlich befreit.

»Das täte uns bestimmt gut«, versichere ich. »Wenn jeder wieder in seiner eigenen Bude wohnt. Früher haben wir uns besser verstanden. Vielleicht sind wir einfach nicht fürs Zusammenleben gemacht.«

»Fürs Zusammenbleiben aber schon«, sagt er. »Findest du nicht auch?«

Mit einem innigen Kuss beantworte ich seine Frage und setze dann hinzu: »Ich finde es wunderschön, wenn wir uns wieder richtig aufeinander freuen können. Aber, Marcel, was ist, wenn du in Rente gehst …«

Werde er nicht, sagt er, das sei die zweite Sache, die er mit mir besprechen wolle. »Ich habe heute gemerkt, dass ich immer noch mit Leib und Seele Polizist bin. Ich fühle mich zu jung für in Pension zu gehen. Sag mal ehrlich, mon amour, was soll ich denn auf der Kehr tun? Mit Linus Gassi gehen, Gläser sortieren und Gästen was von früher erzählen?«

»Wenn überhaupt welche da sind«, sage ich. *Ich hatte mal einen spannenden Beruf.* Nicht auszudenken, wie wehmütig Marcel einen solchen Satz aussprechen würde. »Wobei ich mich freuen würde, wenn du all das andere auf der Kehr gelegentlich weiterhin tust. Aber nicht hauptberuflich.«

Er streckt sich, als wollte er einen Krampf loswerden, und schnallt sich wieder an.

»Gut, dass das geklärt ist«, brummt er zufrieden. Es ist gesagt worden, was gesagt werden musste, und nichts daran ist kompliziert gewesen. Er startet wieder den Wagen und fährt los.

Ich blicke mich um. »Wo ist jetzt eigentlich die Our? Die hat uns bis hierher doch begleitet.«

»Kommt in Belgien wieder raus«, sagt er. »Bei Steinebrück.«

Wohlig schweigend hängen wir weiter unseren Gedanken nach. Ich schätze an Marcel, dass ich mich nie für ihn habe verbiegen müssen. Warum bin ich dann nicht früher mit der Sprache rausgerückt? Weil ich kompromissbereit sein wollte, gebe ich mir selbst die Antwort. Doch unsere gemeinsame Route führt eben nicht über den Mittelweg, den Zusammenlebende für ein harmonisches Leben einschlagen müssen.

Ich räuspere mich, als das Ortsschild *Weppeler* in Sicht kommt. »Das Leben ist ein langer, ruhiger Fluss«, sage ich und lasse meinen Blick über die Our schweifen, die wieder rechts von uns unter einer Brücke durchsprudelt. »Und an diesem hier hat Liese Becker-Marx ihr Leben lang gewohnt. Jetzt müssen wir nur noch ihr Haus finden. Und das Wohnmobil.«

Marcel drosselt die Geschwindigkeit.

»Wenn der Mann wirklich da ist, Katja, dann mach bloß nicht wieder was Unvorsichtiges! Nein, unterbrech mich nicht! Dann halten wir uns im Hintergrund, bis Verstärkung da ist, verstanden?«

»Ich bin doch nicht blöd und stelle mich einem Mann mit einer Pistole in den Weg! Hauptsache, Fabienne passiert nichts.«

»Du scheinst dir deiner Sache sehr sicher zu sein, ma biche.«

»Je näher wir kommen, desto sicherer. Fabienne ist hier, Marcel, ich spüre das.«

»Morgen kaufe ich dir eine Glaskugel.«

Wir lassen eine Reihe von Wohnhäusern und ein Kirchlein links liegen. Hinter einem großen, offenen Kuhstall auf der rechten Seite fahren wir an den Rand, um ein aufheulendes Quad hinter uns vorbeizulassen.

»Katja, Marcel!«, ruft eine Männerstimme, »Was macht ihr denn hier?«

Werner Kasseler, einer unserer Stammgäste, hat sein Quad zum Stehen gebracht und beugt seinen Kopf zum offenen Fahrerfenster rüber.

»Und wo willst du hin?«, fragt Marcel nach der Begrüßung zurück.

»Zu meiner deutschen Waldparzelle da drüben!« Der kräftig gebaute, junge Mann nickt zu den Bäumen jenseits der Our. »Muss nach dem Sturm eben mal schauen, ob es da gefährliche Hänger gibt.«

»Fährst du mit deinem Quad etwa durch die Furt?«, fragt Marcel.

»Nee, nee, da sind zu viele spitze Steine. Wir haben die Holzbrücke neu aufgebaut und extra so breit gemacht, dass ich mit meinem Quad da rüberkomme. Und wo wollt ihr zwei beiden hin?«

»Kennst du einen Allä Becker?«, fragt Marcel.

Werner schüttelt den Kopf. »Sagt mir nix. Hier wohnt niemand, der so heißt.«

Auch er hat Besseres zu tun, als Radio zu hören.

»Weißt du denn, wo das Haus von Elisabeth Marx steht?«, frage ich.

»Die alte Bruchbude unten am Bach?«, fragt Werner stirnrunzelnd zurück und gibt uns eine Wegbeschreibung. Wir sollten die Straße bis zur Furt weiterfahren, links am Ufer den Feldweg holen, dann würden wir zwischen alten Bäumen die Ruine schon bald sehen. »Aber kauft die bloß nicht! Steht schon ewig leer und ist komplett verfallen.«

Er lässt den Blick über die Wiese zu unserer Rechten schweifen und schüttelt den Kopf. »Ganz schön dreist, dieser Tourist«, empört er sich und deutet auf die Büsche am Ufer der Our.

Marcel und ich folgen seiner Handbewegung und erstarren. Ohne Werners Hinweis hätten wir das blasse Wohnmobil etwa hundert Meter weiter vor dem dichten Gestrüpp am Ufer glatt übersehen.

»Sich einfach so auf die Wiese zu stellen. Aber schön, dies ist ein freies Land, er stört ja niemanden.«

Marcel wirft mir einen eisigen Blick zu. Jetzt nur nichts sagen, sondern den belgischen Waldbauern schnell nach Deutschland aus der Schusslinie schicken.

»Dann mach mal schön Holz«, verabschiedet ihn Marcel. »Grüß Nathalie von uns!« Wir sehen Werner nach, bis er auf seinem Quad hinter der Biegung verschwunden ist.

»Es könnte das Wohnmobil sein«, sage ich, »aber ganz sicher bin ich mir nicht. Da müsste ich schon ein ganzes Stück näher ran.«

Ich will aussteigen, doch Marcel hält mich auf.

»Merde! In meinem Jeep hätte ich ein Fernglas gehabt. Du bleibst hier, Katja. Ich schau nach.«

»Und wenn er auf dich schießt?«

»Warum sollte er? Wenn er das Ding da schon so auffällig parkt.«

»Ja, das ist merkwürdig. Als wollte er gefunden werden, wenn er es denn ist.«

Marcel hat es nicht eilig. Im Schlendergang, als wäre er ein neugieriger Anwohner, nähert er sich dem Wohnmobil. Ich sehe ihn die Tür öffnen und halte den Atem an, als er im Gefährt verschwindet. Kurz danach kommt er wieder heraus und winkt mich zu sich.

»Ja«, rufe ich ihm zu, noch bevor ich bei ihm angekommen bin. »Das ist ganz eindeutig Beckers Wohnmobil.«

Marcel telefoniert Verstärkung herbei. »Die Lütticher sind schon auf dem Weg nach St. Vith«, sagt er, »und müssten spätestens in einer halben Stunde hier sein.«

»Und was tun wir bis dahin?«

»Du gehst zurück ins Auto, schließt dich ein und rührst dich nicht vom Fleck. Ich schleich mal zum Haus rüber und schau, was da los ist.«

»Besser du wartest mit mir«, sage ich, wohl wissend, dass er die Geduld dafür nicht aufbringen kann.

»Allez hopp, Katja, marsch zum Auto!«, befiehlt er.

So langsam wie er vorhin stapfe ich über die Wiese, kehre aber in dem Augenblick um, als Marcel auf dem Feldweg hinter den Bäumen am Ufer verschwunden ist. Was kann mir schon im leeren Wohnmobil passieren?

Ich versuche, mich daran zu erinnern, welche Vorräte ich darin gesehen hatte. Das meiste scheint noch unangetastet zu sein, nur ein paar Wasserflaschen fehlen. Ob Becker die zum Haus gebracht hat? Das selbst als Ruine noch über einen gemauerten Keller verfügen könnte, in dem einst Kartoffeln gelagert wurden. Und wo heute womöglich Fabienne mit bangem Herzen hockt.

Spiel bloß nicht den Helden, Marcel! Der Typ ist unberechenbar, und die Spezialeinheit ist doch gleich da!

Die Enge und die stickige Luft treiben mich aus dem Wohnmobil. Ein scheußliches Teil, auf unsympathische Weise altmodisch, denke ich, nur das kleine Ding auf der Kante sieht up to date aus. Was ist das überhaupt? Eine Webcam? Wieso hat Becker die dort angebracht?

Als wollte er gefunden werden!

Mein Herz überspringt einen Schlag. Plötzlich begreife ich: Die Webcam ist seine Alarmanlage. Deshalb also hat er das Wohnmobil so relativ auffällig auf die Wiese gestellt. Damit er gewarnt wird. Und jetzt weiß er, dass ihm ein belgischer Polizist auf der Spur ist. Um Gottes willen, ich muss Marcel irgendwie zurückpfeifen! Aber wie? Anrufen geht nicht, der Klingelton könnte ihn verraten. Mit wild pochendem Herz renne ich die Our entlang zur Furt und blicke dorthin, wo das Haus stehen müsste. Vom Ufer aus kann ich nichts sehen.

In der Hoffnung auf einen besseren Blickwinkel stürme ich auf die Brücke und lehne mich weit über das Geländer. Ganz in der Nähe, auf deutscher Seite, verschluckt eine kreischende Motorsäge alle anderen Geräusche.

Oder doch nicht alle? Das war doch grad ein Knall! Ich spitze die Ohren, stelle sämtliche Antennen auf Empfang. Und dann höre ich es noch einmal. Ein Schuss. Kein Zweifel möglich. Er hallt durchs Tal, ist eindeutig aus der Richtung gekommen, in die Marcel vorhin gegangen ist. Um sich heimlich anzuschleichen. Er konnte ja nicht ahnen, dass Becker auf ihn vorbereitet gewesen ist. Mein Atem geht schwer. Ist Marcel verletzt? Lebt er überhaupt noch? Was ist an der Ruine passiert?

Verzweifelt kralle ich mich am Geländer der Holzbrücke fest. Was kann ich, was soll ich tun? Wie kann ich Marcel zu Hilfe eilen?

Ein Schrei entfährt mir. Becker ist plötzlich aus dem Unterholz geprescht. Mit der Pistole in der Hand stürmt er auf die Brücke zu.

»Weg da!«, donnert er und feuert einen Schuss in meine Richtung ab. Ich breche auf den Holzplanken zusammen. Getroffen bin ich nicht, aber vor Schock wie gelähmt. Ich kann keinen Muskel rühren, nur hilflos zusehen, wie der Flüchtige auf die Furt neben der Brücke zuhastet. Bevor er den Fluss erreicht, wendet er sich um und schießt noch zweimal in die Richtung, in der ich Marcel vermute. Was mich zutiefst erschreckt, aber auch einen Funken Hoffnung aufkeimen lässt: Wenn Marcel getroffen am Boden läge, würde der Kerl doch nicht noch weiter auf seinen Verfolger schießen, oder? Das Wasser spritzt hoch auf, als Becker durch die Furt ans deutsche Ufer pflügt.

Eine gewaltige Wut ergreift mich, lässt alle Kraft in meinen Körper zurückströmen und schaltet sämtliche Gedanken aus. Bis auf einen: Du kommst mir nicht davon!

Keine Ahnung, wie ich es schaffe aufzuspringen und dem Flüchtigen nachzujagen, der womöglich meinen Freund auf dem Gewissen hat. Ich muss nicht weit laufen. Hinter der Kurve am Hang ist Becker auf Werners Quad gesprungen und lässt es grad an. Ich bin schon fast da. Das Singen der Motorsäge erstirbt und wird durch ein Röhren aus menschlicher Kehle ersetzt: »Weg da, Katja!«

Ich blicke nach oben und springe rasch zurück. Werner hebt einen Daumen und drückt dann kräftig gegen eine schmale Fichte. Unter ihm lässt Becker den Quadmotor aufheulen, weshalb er wohl das Knacken und Rascheln nicht hören kann. Der kleine Baum fällt erst wie in Zeitlupe und gewinnt dann an Geschwindigkeit. Sein schlanker Stamm poltert auf den Hang und bleibt dort liegen. Die lichte Krone prasselt auf das Quad. Unter den wippenden Zweigen regt sich etwas.

Werner und ich sind gleichzeitig zur Stelle.

»Was für ein verfluchter Dreckskerl! Denkt, der kann mir einfach so mein Quad klauen!«

»Der hat noch viel Schlimmeres getan«, sage ich, als wir zu zweit den Mann weit genug von dem Gestrüpp befreien, um erkennen zu können, dass er nicht verletzt ist. Er schlägt heftig um sich, doch gegen die Fichte und uns beide hat er keine Chance. Zusammen gelingt es uns, ihn zu Boden zu zwingen.

»Was ist das denn!«, schreit Werner, als Becker die Pistole aus dem Hosenbund fällt. Er kickt sie an den Straßenrand. »Sind wir hier denn im Wilden Westen?«

Ich fackele nicht lange und werfe mich mit meinem ganzen Gewicht auf den am Boden liegenden Mann.

»Katja, Katja!« Diese Stimme ist mehr als nur Musik in meinen Ohren, sie versetzt mich in bislang ungekanntes Verzücken. Marcel lebt, er ist unverletzt! »Was in aller Welt tust du da, Katja?«

Mit meiner ganzen Kraft drücke ich die Schultern des unter mir liegenden Mannes auf den Asphalt, presse meine Schenkel in seine Seiten, setze mich auf und strahle den herbeieilenden Polizeiinspektor an.

»Das siehst du doch, Marcel, ich habe ihn für dich festgesetzt!«

»Mon dieu, das ist wahr«, sagt er, lässt die Handschellen rasseln und nickt dem Waldbauern zu. »Merci, Werner, und chapeau: Noch nie ist ein Baum beeindruckender gefällt worden.«

Fabiennes Entführer leistet keinen Widerstand mehr, als mir Marcel beim Absitzen und Aufstehen hilft. Ich stöhne vernehmlich. Eben noch war ich voller Vitalität und Energie, jetzt spüre ich wieder alle Knochen, vor allem die am maladen Fußgelenk. Becker scheint unverletzt zu sein. Die Schramme auf seiner Stirn ist kleiner als die Wunde, die der böse Uhu Gudrun zugefügt hat. Werner hebt die Pistole auf, reicht sie Marcel und wartet auf eine Erklärung: »Was zum Teufel ist eigentlich …«

»Sorry«, unterbreche ich ihn. »Er hat auf dich geschossen, Marcel!«

»Aber nicht getroffen. Der Sausack hat mich erwartet und gleich losgeballert. Ich bin direkt in Deckung gegangen und dann hinter ihm her.«

»Wo ist Fabienne?« Meine Frage ist sowohl an Marcel als auch an dessen Gefangenen gerichtet.

Becker schweigt.

Marcel schüttelt den Kopf. »Ich bin nicht bis ins Haus gekommen, Katja, aber sie ist bestimmt dort. Die Verstärkung wird gleich hier sein und sich darum kümmern. Abmarsch, Herr Becker!« Der Mann sagt weiterhin kein Wort und rührt sich nicht vom Fleck. »Schön, dann warten wir eben hier auf die Kollegen. Geh zurück zum Auto, Katja!«

Glaubt er wirklich, dass ich das tun werde? Natürlich gehe ich hinter der Brücke nicht geradeaus, sondern schlage rechts den Feldweg ein, der zu der Ruine führt. Fabienne Lorenz soll keine Minute länger als nötig in ihrem Gefängnis verharren. Wie wohltuend es ist, bei der Befreiung als Erstes ein bekanntes Gesicht zu sehen, habe ich ja grad erst selbst erfahren.

Nach etwa zwanzig Metern sehe ich durch vertrocknetes Buschwerk den verwitterten Bruchstein. Der Baum, den ich von den alten Fotos her kenne, ragt hoch über den Giebel hinaus. Ich beschleunige meinen Schritt, kann das Adrenalin fast schmecken und den Schmerz im Knöchel nicht mehr spüren. Schon erstaunlich, wie entspannt mein Körper auf Anspannung reagiert!

Die morsche Holztür hängt in den Angeln und lässt sich mühelos öffnen. Durch einen kleinen Flur mit einer kaputten Holztreppe komme ich in einen leeren Raum. Mein Blick schweift von bröckligem Putz an den Wänden, über ein schmutzblindes, kleines Fenster zum Lehmboden, der keinerlei Hinweis auf eine Falltür gibt. Becker hat noch nicht einmal damit begonnen, *Mamas Haus* zu restaurieren. Außer einer langen, dicken Rolle mit Plastikfolie in der Ecke weist kein Gegenstand darauf hin, dass er überhaupt vorgehabt hat, solche Arbeiten aufzunehmen.

Ich bin schon fast im nächsten Zimmer, als ich ein schubberndes, leises Geräusch wahrnehme. Ich wirbele auf der Türschwelle herum und starre ungläubig in die Ecke. Hat sich die Plastikrolle etwa bewegt?

Ich stürze auf das steife Bündel zu, zerre die Klebestreifen herunter und reiße die Folie an der Stelle auf, wo aus einem kleinen Loch eine Nase lugt. Ein Schwall langen, dunkelbraunen Haares ergießt sich auf den Boden. Über dem zugeklebten Mund blicken mich zwei trübe, helle Augen ausdruckslos an.

Fabienne wirkt wie benommen, schreit nicht einmal, als ich ihr das Pflaster mit einem Ruck vom Mund reiße. Sie atmet stoßweise. Hastig beginne ich, sie aus den vielen Schichten der Folie zu schälen. Mit allem, was ich habe, einschließlich meiner Zähne und Fingernägel sowie einem scharfkantigen Stein, reiße und zerre ich die Verpackung herunter. Fabienne hilft nicht mit, scheint unfähig zu sein, sich zu rühren. Wahrscheinlich hat sie ihre letzte Kraft dafür aufgewendet, um mit einem winzigen Ruck einen möglichen Retter, in diesem Fall also mich, auf die Rolle in der Ecke aufmerksam zu machen. Es dauert ewig, bis ich sie ausgepackt habe.

Nie zuvor habe ich ein ekelhafteres und gleichzeitig befreienderes Geräusch gehört als das Schmatzen des Plastiks, als ich die letzte Lage abziehe. Das kleine Schwarze klebt an Fabiennes schweißnassem, eiskaltem Körper. Ihre kreidebleichen Beine sind so fest umwickelt gewesen, dass ich schon befürchte, dort fließe überhaupt kein Blut mehr. Wie gut, dass ich nicht auf Marcel gehört habe! Ich beginne, Fabiennes Gliedmaßen kräftig zu massieren und bin sehr erleichtert, dass sie langsam wieder Farbe annehmen.

»Merci, merci villmols«, haucht Fabienne und versucht vergeblich, sich aufzurichten. Ich knie mich hinter sie, ziehe sie hoch, bis ihr Kopf an meiner Brust ruht und halte sie fest.

»Es ist vorbei«, flüstere ich ihr zu. »Wir haben Alain Becker geschnappt. Hilfe wird gleich da sein. Glaubst du, dass du aufstehen kannst?«

Langsam hebt sie die rechte Hand und deutet auf einen winzigen Punkt an ihrem Oberarm.

»Eine Spritze?«, frage ich.

Sie nickt. »Für dass ich still bin.«

Was sie nach diesen Worten auch ist. Alarmiert sehe ich ihr ins Gesicht. Die Augen sind halb geschlossen, ihr Atem geht sehr flach, ihre Glieder hängen schlaff wie die einer Puppe herab. Ich klopfe ihr auf die Wangen, drücke ihre Brust, taste nach ihrem Herz.

»Fabienne, Fabienne!«

Ich weiß nicht, mit was für einem Medikament der Kerl sie ruhiggestellt hat, vermute aber, dass ich die Frau in meinen Armen unbedingt wachhalten muss. Ich schleife sie über den Lehmboden durch das Zimmer in den Flur, stoße mit den Füßen die zugeschwungene Haustür auf, lasse mich auf die bröcklige Steinstufe fallen und bette den Kopf der inzwischen gänzlich bewusstlosen Fabienne in meinem Schoß.

Wie als **Letztes** alles außer guten Gaben ausgepackt,
nichts dabei verschüttet und zum Glück
am Ende kein weiterer Mord herbeigerufen wird.

Eiskalte Attacke:

Die Schale von unbehandelten Limetten dünn abreiben, den Saft auspressen und mit sehr fein gewürfelten, entkernten Chilischoten, saurer Sahne, Joghurt und Puderzucker gut verrühren, in kleine Gläser füllen und in die Tiefkühltruhe stellen.
Vor dem Servieren gehackte Mandeln und Pistazien darüberstreuen.

Kurz vor Mitternacht

Wir können es nicht länger hinausschieben. Die letzten fremden Wagen haben unseren belgischen Gästeparkplatz verlassen. Küche und Behelfsterrasse sind aufgeräumt, und die Belegschaft sitzt voller gespannter Erwartung an jenem Tisch, an dem wir vorgestern Nacht auf Autofahrer gewartet haben, die in unsere Fake-Blitzer-Falle tappen sollten. Da konnten wir noch nicht ahnen, welchen Strudel der Ereignisse die beiden Wagen auslösen würden, die wenig später hinter der *Einkehr* scharf in die Bremsen gegangen sind, um eine eingewickelte Frau erst aus- und dann einzuladen. Marcel und ich sehen einander an. Unsere Freunde haben ein Recht darauf zu erfahren, was Fabienne Lorenz zugestoßen, was mit ihrem Entführer geschehen ist und in welche Bedrängnis wir uns selbst gebracht haben. Jetzt ist der Moment gekommen, alles zu berichten.

Gleich nach unserer Ankunft hatte ich auf meine angeschlagene Stimme verwiesen, den Gästen an den voll besetzten Tischen zugenickt, meinen Hund mit einem Klaps begrüßt und war in die Küche geeilt.

Gudrun musterte mich entgeistert.

»So kannst du doch nicht bedienen, Katja! Du bist ja völlig verdreckt! Wo warst du denn überhaupt?«

»Lange Geschichte«, flüsterte ich, warf den welken Mangold in den Biomüll und stellte befriedigt fest, dass David Forellen mit jungem Spinat in den Blätterteigmantel gehüllt hat. Auf der Anrichte stand ein Tablett mit kleinen, beschlagenen Gläsern, in denen unser süß-sauer-scharfes Eisdessert servierbereit antaute.

Durchs offene Fenster drangen Jubelrufe. Schotten und Belgier begrüßten begeistert den endlich eingetroffenen Whisky. Mein Team schien auch ohne mich alles unter Kontrolle zu haben. Selbst wenn es dafür wieder Jupp als Kellner engagieren musste.

»Geht es dir gut, Katja?«, fragte unser sanfter Riese und griff mit zitternden Händen nach einem der vier vollen Suppenteller auf der Anrichte.

»Bloß nicht draufgucken, Jupp!«, schrie ihn Gudrun an. »Sonst verschüttest du wieder die Hälfte!«

»Bring ich raus«, sagte ich und arrangierte die Teller auf einem großen Tablett.

»So wie du aussiehst?«

»Sieht doch keiner im Dunklen«, entgegnete ich. »Dann geh ich gleich rüber und zieh mich um.«

Hein fing mich an der Straße ab. »Jetzt sag schon, Chefin, was ist passiert?« Ich schüttelte ihn ab. Als ich über die Straße stapfte, hörte ich noch, wie Marcel die Essenz des Tages zusammenfasste: »Die Frau ist gefunden und der Sausack im Prisong.«

Die Details müssen warten.

Ich hatte Fabienne Lorenz in der Ruine zwar gefunden, aber nachdem sie ausgewickelt war, schien sie zwischen Leben und Tod zu schwanken. War ich etwa doch zu spät gekommen? In meiner Verzweiflung hatte ich sie vorsichtig auf die Erde vor dem Haus gelegt und gerade mit Wiederbelebungsversuchen beginnen wollen, als die Spezialeinheit mit Marcel auftauchte. Die Ambulanz war sofort zur Stelle und kümmerte sich um die geschundene Frau. Erleichtert nahm ich wahr, dass sie bald wieder die Augen geöffnet hatte und normal atmete.

»Gut gemacht, du ungehorsames Weib«, sagte Marcel. »Du willst bestimmt mit ihr ins Krankenhaus fahren.«

Erst nickte ich, lehnte es aber dann ab, in den Krankenwagen zu steigen. »Die behalten mich ja dann auch da!«

»Bien sûr«, sagte Marcel. »Zur Beobachtung. Nach allem, was du …«

»Tschüss, Fabienne«, sagte ich und drückte der Frau auf der Trage einen Kuss auf die Wange. »Erhol dich gut! Ich komm dich gleich morgen besuchen.«

Das kleine Lächeln, das sie zustande brachte, verscheuchte meine größte Angst. Jetzt blieb nur zu hoffen, dass die Torturen der vergangenen beiden Tage keine bleibenden Schäden hinterlassen würden.

Was voraussichtlich nicht der Fall sein wird. Vorhin habe ich im Krankenhaus angerufen und von einer befreundeten Schwester die Auskunft erhalten, dass es Fabienne erstaunlich gut gehe und ihr nur die letzte Stunde der Entführung bös zugesetzt hätte. »In der Folie wäre sie nicht lange am Leben geblieben. Jetzt ist sie aber ansprechbar, und unsere Ärzte haben alles im Griff«, hat mich die Schwester beruhigt. »Du kannst sie morgen direkt besuchen kommen.«

»Fabienne Lorenz erholt sich grad im Krankenhaus«, sage ich jetzt am Außentisch der *Einkehr* zu unseren Freunden und setze krächzend hinzu: »Sie hat eine grausige Tortur hinter sich.«

»Was ist mit deiner Stimme los?«, fragt Hein.

»Marcel soll erzählen«, bittet Gudrun.

Das ist mir nur recht. Ich wüsste gar nicht, wo ich beginnen sollte, und bin sicher, dass mir die Stimme versagen wird, wenn ich über meine Gefangennahme, die Stunden im Kellerloch und das Schicksal der armen Fabienne spreche. Das alles muss ich erst mal für mich verarbeiten, ehe ich mit anderen darüber reden kann. Mühsam erhebe ich mich von meinem Stuhl. Diesmal weiß ich zumindest, dass meine Schmerzen nicht auf lang andauernde körperliche Untätigkeit zurückzuführen sind, ganz im Gegenteil. Ich bin der humpelnde Beweis dafür, wie kontraproduktiv zu viel Bewegung sein kann. In den nächsten Tagen werde ich es ruhiger angehen lassen.

»Wo willst du denn hin?«, fragt Hein.

»Geschenke für euch holen. Die sind noch da drin«, sage ich, deute zu meinem Auto auf der anderen Straßenseite und mache mich wieder auf den Weg ins Königreich.

Einer der Gäste muss unser neues Parkschild umgefahren haben. Ich bücke mich, lasse es dann aber doch liegen. Jupp soll sich morgen darum kümmern. Als ich mich wieder aufrichte, sehe ich aus den Augenwinkeln auf der bundesrepublikanischen Straßenseite eine weibliche Gestalt zögernden Schritts auf die *Einkehr* zugehen.

»Sabine?«, rufe ich ungläubig über die Straße.

Sie bleibt stehen, lässt einen Wagen vorbeifahren und kommt dann rüber.

»Guten Abend, Katja«, sagt sie freundlich. »Ich möchte mich bei dir entschuldigen.«

Mit einer wegwerfenden Handbewegung will ich ihr verdeutlichen, dass unsere gestrige Auseinandersetzung für mich von keinerlei Bedeutung mehr ist. Es gibt Wichtigeres in meinem Leben.

Sie hält mir den Umschlag hin, den mir schon Frank gegeben und den Hein gestern in ihren Briefkasten zurückgesteckt hat.

Ich schüttele den Kopf. »Mit Geld ist nichts gutzumachen, Sabine.«

»Wenn du es nicht willst, gib es bitte …« Sie zögert, fährt dann fort: »… Kleopatra. Ihr habt sie doch gefunden?«

Ich nicke.

»Und der Mörder ist gefasst?«

Ich nicke wieder.

Sie atmet tief aus. »Gott sei Dank. Bitte gib ihr das Geld, Katja, auch wenn damit nichts ungeschehen gemacht werden kann. Ich möchte irgendwas für die arme Frau tun. Ohne uns wäre das alles nicht passiert.«

Seufzend nehme ich den Umschlag entgegen. Schon weil ich neugierig bin, ob Hein das ganze Geld zurückgegeben oder etwas für sich selbst abgezweigt hat.

»Ich habe gehört, dass ihr wegzieht?«, frage ich. »Du, Frank und Erich Trautmann?«

Sie wiegt den Kopf.

»Es ist etwas komplizierter. Erich und ich ziehen weg. Natürlich mit Wendelin. Frank muss hierbleiben. Jedenfalls bis zu seinem Prozess.«

Ich bin ehrlich überrascht. »Ach was, ich denke ihr habt euch rechtlich total abgesichert!«

»Aber steuerlich nicht«, gibt sie zurück. »Frank ist wegen Steuerhinterziehung dran. Jetzt, wo sein geheimes Geschäft aufgeflogen ist.«

»Euer Geschäft!«

»Du glaubst doch nicht etwa, dass Frank mich bei einem so einträglichen Unternehmen beteiligt hat!«

»Aber du hast doch mitgemacht?«

Sie schüttelt den Kopf. »Nur gelegentlich was organisiert und meinem Mann den Rücken freigehalten, das ist alles nicht strafbar.«

»Katja!«, ruft Hein von der anderen Straßenseite rüber. »Komm schnell wieder her! Lass dich von der bloß nicht einwickeln!«

»Die haben jetzt sicher eine ganz tolle Meinung von mir«, flüstert Sabine. »Aber das kann mir egal sein. Wendelin und ich sind morgen weg.«

»Und Erich Trautmann«, setze ich hinzu. »Woher kennt ihr euch eigentlich?«

»Aus der Schule. Wir waren zusammen im Internat. In der Schweiz.«

»In der Schweiz?«

»Ja, in einer ganz feinen Einrichtung. Wie es sich für zwei Diplomatenkinder gehört.«

»Daher die Benimmschule!«

»Ja, wenn man schon nichts anderes Vernünftiges gelernt hat … Leb wohl, Katja, und mach's gut.«

Ohne mir die Hand zu geben, wendet sie sich abrupt ab und stiefelt davon. Sie hat sich tadellos benommen und tapfer gehalten, doch im Licht des Vollmonds habe ich Tränen in ihren Augen glitzern sehen.

»Was wollte die denn von dir?«, fragt Gudrun empört, als ich zum Tisch zurückgekehrt bin. Sie hält Davids Hand so fest, dass ihre Knöchel hell hervortreten.

»Sich verabschieden«, sage ich. »Diese Nachbarn sind keine mehr.«

»Ist vorbei«, sagt David, zieht Gudruns Hand zu sich heran, küsst sie kurz und setzt entschlossen hinzu: »It's all over now!«

»Baby Blue«, singt Hein leise, *»Look out the saints are comin' through, and it's all over now, baby blue.«*

»Du sei mal ganz still, du komischer Heiliger«, sage ich und öffne demonstrativ den Umschlag.

»Sehr gut!«, trompetet Hein und klopft auf den Tisch. »Dass du endlich zur Besinnung gekommen bist, Katja. Obwohl ich mir gut vorstellen könnte, dass da bestimmt nicht die ganze alte Summe drinsteckt …«

Ich sehe ihn intensiv an. »Das Geld ist nicht für uns gedacht, Hein, sondern für Fabienne Lorenz. Auch wenn es sie nicht für den Terror entschädigen kann, dem sie ausgesetzt gewesen ist.«

Hein blickt betreten auf sein leeres Eiscremeglas. »Dann gebe ich dir morgen noch was dazu«, flüstert er und setzt eilig hinzu: »Tut mir leid, Katja, hätte ich echt nicht tun dürfen.«

»Hättest du nicht«, gebe ich leise zurück.

»Wir sollten alle was dazugeben!«, ruft Jupp, der zum Glück nicht begreift, was sich grad neben ihm abgespielt hat. »Marcel hat uns die ganze Geschichte erzählt, die arme, arme Frau und du, Katja, was dir passiert …«

»Nein«, unterbreche ich ihn. »Ihr habt es alle nicht so dick, und hier drin steckt ein Haufen Geld. Fabienne hat ihren Stolz und wird keine Almosen wollen. Frank und Sabine haben sie in diese Lage gebracht, und da ist es nur fair, wenn sie von denen dafür was kriegt.«

»Apropos kriegen?«, fragt Hein. »Du hast doch eben von Geschenken für uns gesprochen. Bevor Sabine Benimmschule aufgekreuzt ist.«

»Richtig, die hole ich jetzt.« Ich will mich erheben, doch Jupp hält mich auf.

»Still!«, ruft er. »Hört ihr das auch?«

In der Ferne erklingt lautes Jaulen. Ich lege meine Hand auf den Kopf meines Hundes, der sich unter dem Tisch aufgesetzt und die Ohren gespitzt hat.

»Ruhig, Linus, das ist nur ein Kollege von dir.«

»Oder ein Wolf«, sagt Hein, »der den Vollmond anheult, bevor er ein paar Schafe reißt.«

»Wölfe gibt es hier nicht«, erwidert Jupp.

»Toch«, widerspricht Marcel. »Vor ein paar Wochen ist einer bei uns im Hohen Venn gesehen worden. Vielleicht kommen sie bald so wie früher durch die Ardennen wieder her.«

»Dann haben wir ja dich hier für uns zu beschützen, Marcel«, erklärt Gudrun.

Alles hat mein lieber Freund der Runde wohl doch nicht mitgeteilt.

»Wenn er dann überhaupt hier ist«, sage ich und bringe es schnell hinter mich: »Planänderung. Marcel lebt und arbeitet weiter in St. Vith. Und nein, wir haben uns nicht gestritten, sondern finden, dass es für unsere Beziehung das Beste ist, wenn jeder seine eigene Bude hat.«

»Ihr wollt nicht drüber reden?«, fragt Hein.

»Nein!«, rufen Marcel und ich gleichzeitig.

»Welch schöne Einstimmigkeit«, kommentiert Hein, »das ist schon mal ein gutes Zeichen.«

»Bei uns gibt es auch was Neues«, meldet sich Gudrun und rückt noch näher an David heran. »Wir werden im nächsten Monat doch schon heiraten. David meint auch, dass Mathilde das so gewollt hätte.«

»Ach, Mathilde«, sage ich wehmütig. Mir fehlt Davids Mutter und ihr kluger Rat. Den anderen offenbar auch, denn wir hängen eine ganze Weile schweigend unseren Gedanken nach. Bis uns wieder ein Geräusch aufschreckt, diesmal ein kurzes gewaltiges Rauschen über uns.

Wir müssen ein schönes Bild abgegeben haben, wie wir da allesamt mit offenen Mündern auf die weiten Schwingen des riesigen Vogels starrten, der jetzt im Tiefflug geräuschlos unseren Fake-Blitzer ansegelt. Auf dem Deckel meines Jubiläumsgeschenks faltet der Uhu seine Flügel zusammen und bleibt vom Mondlicht beschienen reglos sitzen. Welch ein majestätischer Anblick!

David drückt Gudrun einen Kuss auf die Stirn und streicht ihr dann sanft über die verblassende Schramme. Leise schiebt Hein seinen Stuhl zurück und steht auf.

Ich halte ihn am Arm fest und flüstere: »Verjag ihn bitte nicht, Hein! Ein Uhu bringt Glück.«

Ich erschrecke vor diesem Wort, und mir läuft ein Schauer über den Rücken. Ganz unvermittelt kommen mir Szenen aus den Dramen Shakespeares in den Sinn. Sowohl in *Julius Caesar* als auch in *Macbeth* kündigt der Eulenruf einen Mord an. *Die Eule hört ich schrein, und Heimchen zirpen.* Doch unser Uhu gibt keinen Laut von sich. Und den Mord haben wir hinter uns. Zum Glück.

ENDE

Ich danke …

Nathalie Heinen, die nicht nur meinen deutschsprachigen Belgiern wieder drastische Formulierungen in den Mund gelegt, sondern sogar ihren eigenen Heimatort Weppeler für den Showdown vorbereitet hat;

Werner Kesseler, ihrem Mann, der für Katja aufs Quad gestiegen ist und eigenhändig zur Motorsäge gegriffen hat;

Erwin Hannen, der für diesen Krimi wieder mal seinen Pensionsstatus aufgegeben, fleißig mitermittelt und mich mit Details zur Polizeiarbeit versorgt hat.

Claudine Lorenz fürs Mitspielen in ihrer realen Rolle als Chronistin von Ouren. Außerdem wäre ohne sie Katja weder in einem so interessanten Keller gelandet, noch hätte sie so viele aparte Einzelheiten aus Leben und Vergangenheit der Oureinwohner erfahren;

Heinrich J. Jodocy, dass er mich auf Claudines Spur gebracht und mich jahrelang unermüdlich bekniet hat, das Dreiländereck Ouren endlich auf die Krimi-Landkarte zu setzen;

Arno Knoll, der meinen Tatort mit Markierungen ausgestattet, mir alles über konsequente Spurensicherung erzählt und bedauert hat, dass die Dienststelle dafür noch zwei Jahre auf Drohnen warten muss;

Klara Knoll, seiner Frau, die sich auch diesmal als Meisterin im Auffinden von Tippfehlern erwiesen hat;

Detlef Kleiss, der für mich die Partei FOB erfunden und Schotten ins Spiel gebracht hat.

Klaus Quetsch, der mir auch im realen Leben so manche Forelle aus dem Weiher hinter dem Holzhaus geangelt hat;

Katharina Schubert, die engagiert mitgelesen und am Ende mit einem sehr konstruktiven Vorschlag recht gehabt hat;

Christine Neumann, Mieke Jenniges und Regina Molden, die mich mit Rat und Tat beim Schreiben angespornt haben.

Volker Maria Neumann, meinem Lektor, für seine sorgfältige Korrektur, vor allem im Umgang mit meinen Konjunktiven;

Hans-Udo Meyer, meinem Schlusskorrektor, der dieser Geschichte den endgültigen Schliff verliehen hat und *Sabine Hockertz* vom KBV-Verlag für die Rundumbetreuung;

Peter Molden, der sich nicht nur als mein Agent bewährt hat, sondern als Österreicher auch die Redeweise von Erich Trautmann begutachtet hat – wiewohl er nicht zu den zehn Prozent seiner Landsleute gehört, die einen Enkel dem Fußgelenk zuordnen;

Alfred Heintges, der geholfen hat, den idealen Tatort an der B 265 zu entdecken und immer bereit ist, mich mit Neuigkeiten aus meiner alten Eifelheimat zu versorgen;

Herbert Budweg vom Hotel-Café *Germania* in Cochem für das Quittenchutney, dem Restaurant *Essen'z* in Wuppertal für den Pfifferlings-Cappuccino;

Ralf Kramp, meinem Krimi-Verleger, für den schönen Uhu auf dem Cover und die unkomplizierte Zusammenarbeit;

meinem Mann *Michael* für seinen wieder einmal so geduldigen, sprachgewaltigen und kreativen Umgang mit den kriminellen Elementen in unserem Haus.

Martina Kempff

UMKEHRSCHUSS

Taschenbuch, 256 Seiten
ISBN 978-3-95441-386-7
10,95 EURO

Henkersmahlzeit in Katjas Einkehr?

Auf dem Friedhof im Grenzörtchen Kehr liegt eine Leiche. Nicht, wie sich das gehört, ordentlich im Sarg, sondern mitten auf dem Rasen. Mit einem Loch in der Brust. Die Polizei steht vor einem Rätsel: Niemand kennt den Toten, nichts weist auf seine Identität oder Herkunft hin. Wie kann man ohne jeglichen Hinweis den Täter ermitteln? Doch dann führt die erste Spur ausgerechnet in Katja Kleins Restaurant Einkehr: Im Magen des Toten finden sich Bestandteile des schrägen Menüs vom Vorabend. Wer hat dem schönen jungen Mann die Henkersmahlzeit serviert?
Für Katjas Freund, den belgischen Polizeiinspektor Marcel Langer, ist das Grund genug, die deutsche Polizei mit ungewöhnlichen Ermittlungsmethoden zu unterstützen.

Schon zum achten Mal wird Martina Kempffs eigenwillige Ermittlerin in einen Kriminalfall verwickelt.

KBV KRIMINALROMAN

KBV KRIMINALROMAN

Stefan Barz

SPIEL DES BÖSEN

Taschenbuch, ca. 250 Seiten
ISBN 978-3-95441-461-1
12,00 EURO

Ein tiefer Blick in Eifeler Abgründe …

An der Kakushöhle bei Mechernich ereignet sich ein mysteriöser Todesfall: Eine Frau stürzt während einer Wanderung vom hohen Kartsteinfelsen. Kommissar Jan Grimberg und sein Kollege Jürgen Wagner rätseln über die Hintergründe. War es Selbstmord? Oder wurde sie hinuntergestoßen?

Kurz darauf wird eine weitere weibliche Leiche am Zülpicher See gefunden. Hängen die beiden Fälle womöglich zusammen? Treibt ein Frauenmörder sein Unwesen in der Eifel? Das ungleiche Ermittler-Duo stößt bei seinen Nachforschungen auf ein makabres Spiel …

»Ganz nebenbei kreiert der promovierte Philosoph Stefan Barz eine Vielschichtigkeit, die sich mit grundsätzlichen Themen der Menschheit auseinandersetzt.«
(Kölnische Rundschau zu »Nimmerwiedersehen«)

Carola Clasen

WENN DIE EIFEL BRENNT

Taschenbuch, 256 Seiten
ISBN 978-3-95441-439-0
12,00 EURO

Die Eifel-Kommissarin und ein heißer Verdacht

Als mitten in der Nacht der Feuerwachturm von Wolfgarten in Brand gerät, nimmt nicht weit davon entfernt Ulrich Reinarz gerade heimlich eine Lieferung hochwertiger Elektroartikel in Empfang. Im zuckenden Blaulicht und im Schein der Flammen glaubt er einen Schatten in seine Scheune huschen zu sehen. Sicher nur ein Tier, aufgeschreckt durch die Sirenen, denkt er.

Einen Tag später erscheint ein Fremder auf der Suche nach seiner verschwundenen Schwester. Reinarz verjagt den Mann, der behauptet, sie halte sich auf seinem Hof versteckt, doch wenig später entdeckt er tatsächlich ein Mädchen. Verängstigt, verwildert, ohne Sprache.

Auch Hauptkommissarin a. D. Sonja Senger ist in ihrem Forsthaus am Ende der Stromleitung von den lodernden Flammen am nächtlichen Himmel aufgeschreckt worden. Als wenig später am Brandort eine Leiche gefunden wird, ist Frieda Stein, ihre Nachfolgerin bei der Mordkommission Euskirchen, nur mit halbem Herzen bei der Sache, weil ihr Vater im Sterben liegt. Also mischt sich Sonja in die Ermittlungen ein. Mehr als den Ex-Kollegen lieb ist und mehr als dem Mörder lieb sein kann …

»Die Crime-Lady unter den Eifelkrimiautoren«
(Trierischer Volksfreund)

KBV KRIMINALROMAN